文豪ストレイドッグス外伝

綾辻行人 VS. 京極夏彦

角川書店

目次

装画・口絵　春河３５
装丁　佐々木 基

近来《ちかごろ》の世の乱《みだれ》は朕《わ》がなす事《わざ》なり。生きてありし日より魔道にこゝろざしをかたぶけて、平治《へいぢ》の乱《みだれ》を発《おこ》さしめ、死して猶《なほ》朝家に祟《たたり》をなす。見よ〳〵やがて天《あめ》が下に大乱を生ぜしめん……

——崇徳《すとく》上皇の亡霊

上田秋成《あきなり》著　雨月物語「白峯《しらみね》」／安永《あんえい》五年

序幕

滝霊王の滝

夕刻
霧雨

滝の上の崖《がけ》に、ふたつの影があった。

ひとつは背の高い青年。

もうひとつは白髪の老夫である。

互いの影は向き合い、視線は無言のうちに火花を散らしていた。

何故ならば——二人は宿敵であったから。不倶戴天《ふぐたいてん》の対立者であり、いずれ遠からず一方が他方を討ち倒し、そして命を奪わずにはおれない宿命であると、互いに理解していたから。

そして、その宿命の日がすなわち今日この日であり、宿命の場が此所《ここ》この場であることを——二人は既に諒解《りょうかい》していた。相手が諒解していることも諒解していた。

故に——無言であった。


轟々《ごうごう》と鳴る滝。幽《かす》かに差す斜陽。

周りを囲む森も、濡《ぬ》れた岩肌も、はるか足下に消える滝壺《たきつぼ》も、あらゆるものが青白い霧雨に包まれ、青白くその姿を霞《かす》ませている。

幽境の地。

逢魔《おうま》が刻《とき》。

故にその地は境であり縁であり——現世《うつしよ》と隠世《かくりよ》のあわいであった。

背の高い青年が口を開いた。

「今これから訪れるものが、貴様の死だ。よく味わえ、京極《きょうごく》」

冷血の蛇でさえ寒気に震えるであろう、低温のよく通る声。

鳥打帽《ハンチング》に遮光眼鏡。死者のように白い肌。青年の周囲だけ冷気が漂い、畏《おそ》れたように霧雨が避けて落ちる。

対する白髪の老夫が、応じて呵々《かか》と嗤《わら》った。

「美事《みごと》。実に美事である、綾辻《あやつじ》君」

襤褸《ぼろ》の和服を纏《まと》った隠者のような装い。千年の智謀を閉じ込めた泥色の瞳《ひとみ》。頬には稚気と邪悪を同時に感じさせる靨《えくぼ》が刻まれている。

飄々《ひょうひょう》と愉《たの》しげな中老の声に、一切の憤怒は聞きとれない。どこにでもいる好々爺《こうこうや》といった風情だ。だが、綾辻君と呼ばれた青年は、笑声に不快そうに目を細めた。

「嗤うな、狒《ひ》々爺《ひじじい》。貴様の泥のような笑声は耳に障る。――京極。貴様は自分の犯した罪の数を記憶しているか？」

「はて？　罪とは何のことかのう？　この臆病《おくびょう》で善良な年寄りを捕まえて罪人扱いとは、君には敬老精神が足りんのではないかな？　これでも儂《わし》は遵法の徒。道を渡る時は必ず青信号じゃ」

　白髪の中老は、飄々とした口調を崩さない。

「面白い冗談だ。では呆《ほう》けた貴様の代わりに、俺が貴様の罪を数え上げてやろう。――殺人教唆が三十八件、恐喝が二十九件、窃盗、監禁、暴行。未遂も含めれば数百件の重犯罪および軽犯罪。だが――貴様は決して自分の手を汚さない。蘇芳堂《すおうどう》事件、牛頭《ごず》事件。世間を震撼《しんかん》させた数多《あまた》の事件で、貴様が首謀者であるという証拠はどこにも残っていない。罪を着せられるのは皆、自分が操られているとも気づかん実行犯ばかりだ」

　中老は否定せず、ただ笑みを深めるのみ。

　その表情を見る綾辻は、不快そうに眉《まゆ》を寄せた。

「罪を犯さない貴様を、政府すら手出しできなかった。だが」

　綾辻は冷気を切り裂いて掌《てのひら》を掲げた。

「それも今日で終わりだ」

　掲げた綾辻の手が滑るように懐に沈み、やがて一枚の銅貨を取り出した。

「これが先の博物館虐殺で、貴様こそがすべての首謀者だったという証拠だ」綾辻は銅貨を正面に掲げて見せた。「博物館の展示貨幣を袋に詰めて被害者を撲殺し、その後堂々と展示し直す――それが凶器消失のトリックだ。この銅貨からは被害者の血痕《けっこん》、それに貴様の指紋が検出された」

京極と呼ばれた老夫は――ただ唇を薄く引いて笑った。

だが目だけは笑っていない。その泥色の瞳は神仙の鬼謀を閉じ込め、静かに光っている。

「この輝きを覚えておけ、京極」綾辻は銅貨をつまんで回転させた。あるかなきかの黄昏《たそがれ》を照り返し、銅貨が鈍く光る。「貴様のせいで死んだ被害者達に、冥府《めいふ》の底で詫《わ》びることだ」

「冥府か。成る程。ふむ――ところで、ただの興味で訊《き》くのじゃが綾辻君、一口に冥府と云っても色々だ。古事記《こじき》ならば黄泉國《よもつくに》あるいは底根國《そこつねのくに》、大乗仏教なら十界最下層たる奈落《ナラカ》。日蓮《にちれん》上人の仰《おつしや》る菩提《ぼだい》の彼岸、旧約聖書で云うならば暗き墓所《シエオル》。あるいは新約に於《お》けるマタイやルカの福音書では――」

「地獄《ハーデス》」綾辻は遮って云った。「どこだろうと同じだ。本質は変わらん」

「君にはそうかもしれんが、儂は気にする」

「気にするだけ無駄だ。いずれにしろ、すぐに判る」

綾辻の口から、死者のような冷たい息が吐き出される。

「貴様はすぐそこに行くのだからな――もう数刻のうちに」

しばしの間、両者は沈黙した。

雷霆《らいてい》のような滝の音が、二人の間にまとわりついては霧雨に溶けていく。

「そうであった」京極は感情のない声で云った。「それが探偵・綾辻行人《ゆきと》と――殺人犯よりも、、、、忌まわしき探偵たる君と、相対したものの宿命であった。げに恐ろしきことよ」

老夫から放たれるかすかな嘲弄《ちょうろう》の気配。

低温の青年はその気配を、ただ目を細めただけで遣《や》り過ごす。

「京極。貴様とはいい加減長い付き合いだ」先に口を開いたのは綾辻のほうだった。「今日くらいは本当のことを話してやる。――実際のところ、貴様がどんな謀略を巡らし、どんな悪行を働こうと、俺の知ったことではない。興味もない。好きなだけ企《たくら》み、好きなだけ殺せ」

「逢佛殺佛《ほとけにおうてはほとけをころせ》――という訳か」

「人の命は平等ではない。その証拠に人は誰もが善人の死を悲しみ、悪人の死を喜ぶ。そして俺にとって人間の命は、等しく無価値だ。俺に人命の尊さを語る資格はないし、その気もない。だとしても――」

綾辻は、銅貨を指で弾《はじ》いた。

澄んだ金属の音が山間《やまあい》にこだまする。

「――それでも、貴様は殺し過ぎた」

銅貨はくるくると空中を舞い、二人の眼下に広がる崖下へと落ちていく。

京極を――稀代《きたい》の大犯罪者を糾弾するはずの証拠品は、けぶる滝壺の奥へと落下していき、やがて見えなくなった。

その軌跡を目で追いつつ、京極は目を細める。

「善いのかのう？　折角の証拠品を」

「もう必要ない。――判っているはずだ」

京極は泥色の瞳で微笑んだだけで、何も答えなかった。

彼岸と此岸《しがん》とをつなぐ幽谷で。

死者のような静謐《せいひつ》さをたたえた崖上で。

綾辻は――一歩を踏み出した。

「予告しよう」綾辻は、囁《ささや》きにも似た声で云った。「落下死。――それが貴様の死因だ。貴様はこの崖から落ちて事故死する」

京極は、促されるように崖下の滝壺を見た。

「落下死」京極は独り言のように云った。「落下死か。――悪くない」

「この高さでは助からん」綾辻はさらに一歩前に出る。「この崖は一本道だ。周囲は既に軍警が固めている。間もなくここも包囲されるだろう。逃げ道はない。此所《ここ》が貴様の終焉《しゅうえん》だ」

告げる探偵に、感情の揺らぎはない。

ただ淡々と事実を述べる。これまで何度も犯人に――自らが暴いた事件の首謀者に向けて告げたのと同じように、綾辻は云う。

「名探偵の予告か。――ならば外れる道理もなかろうな」

応じて、京極の足が一歩下がった。

京極の踵《かかと》が叩《たた》いた小石が跳ね、そのまま崖下へと落下していく。

「貴様との長い長い勝負も、これでようやく終わる」

「然《しか》り」京極は頷《うなず》いた。「君との対決は実に愉しかったのう。しかし残念よ。これから始まる〝式〟に較べれば、今までの勝負など除幕式のようなもの」

「何だと？」

綾辻の問いには答えず、京極がまた一歩後ろへ下がった。

もはや踵のすぐ後ろは崖。これ以上一歩たりとも下がることはできない。

「君は儂に勝てぬよ、殺人探偵。永遠にな。これは敗北を定められた戦い。勝利の存在せぬ泥濘《ぬかるみ》の撤退戦。綾辻君——敗者の道行き、愉しみ給え」

綾辻は動けない。

か細い腕しか持たぬ中老の矮軀《わいく》を前に——綾辻は指の一本も動かせない。

それは。

京極が放つ、その気配は。

「そして君の最後の予告も外して見せよう。——事故死？　儂は事故死などせん。見るがいい」

京極は愉しそうに嗤って——


崖から身を投げた。

轟々と滝の音が鳴る。

はるか下方へ、襤褸の衣をはためかせながら。

滝壺の瀑布《ばくふ》の中へ。

ただ、嗤いながら。

霧雨の向こう、遠く隔たった彼岸の先へ――。


「…………」

綾辻は何も云わず、ただ京極の消えた滝壺を睨《にら》み続けた。

その姿勢のまま、ただ黙し、怪人の消えた下方の風景を見つめ続けた。

やがて軍警が駆けつけ、何が起こったか問い詰められても、一言も答えず。

ただ、宿敵の消えた先を――。


妖術師《ようじゅつ》・京極夏彦《なつひこ》。

殺人探偵・綾辻行人。

これは二人の智謀もつ異能者の。

頭脳を矛とし、智謀を牙《きば》として身骨相食《あいは》む宿敵の。

闘いの物語である。

第一幕

山間の旧礼拝堂

正午　晴天

「犯人はこの中にいる」

静かな礼拝堂に、温度のない声が響き渡る。

礼拝堂の中には、青ざめた人影が並んでいる。皆次の言葉を聞きのがすまいと、呼吸を忘れて声のほうを注視している。

古い礼拝堂だ。

ひび割れた漆喰《しっくい》の壁、使われずうっすら埃《ほこり》の積もった主祭壇。板張りの床は、数え切れないほどの靴裏の往来を反映して、つやつやとすり減っている。

部屋の中にいる人影は全部で十一人。

どの顔にも憔悴《しょうすい》の、あるいは不安の色が見てとれる。奇怪で陰惨な殺人事件が、彼らの顔の上に残していった置き土産だ。

彼らが注視するのは室内でただ一人、焦りも悲しみも、他のあらゆる表情も浮かべていない人間。すべての真実を知る人物。

「犯人は六十八人いた小学校児童の中から一人を意図的に選択し、朝食に毒を仕込んで死に至らしめた。明確な殺意を持った殺人だ」

ただ一人、感情のゆらぎのない静かな声で云うのは、礼拝堂の中央に立つ背の高い人影である。

鳥打帽《ハンチング》に遮光眼鏡。革手袋を嵌《は》めた指は、火の入っていない細煙管《キセル》をくるくると弄《もてあそ》んでいる。『死』に『殺人』——台詞《せりふ》に交じる剣呑《けんのん》な単語などわずかも感じさせないような、冷たく無感動な声。遮光眼鏡の奥の目ばかりが、どこまでも鋭い。

探偵の名は綾辻。

そして聴衆は、林間学校のさなか起こった殺人事件に混乱する教諭と、施設関係者達だ。

今まさに、奇怪な殺人事件の謎が、綾辻の手によって解かれようとしていた。

「ですが探偵さん」

不安げな顔で話を聞いていた人影のひとつが、こらえきれずに一歩を踏み出した。

声を発したのはスーツ姿の男性教諭だ。よく眠れていないのだろう、充血した目の下にはうっすら隈《くま》が浮かんでいる。

「被害者の児童が毒殺だというのは警察の発表にもあった通りですが……食事ではなく、毒針による一刺しが死因だと推定されていませんでしたか？　現に被害者の少年には、首の後ろに針で刺されたような傷があったそうですが……」

「偽装だ」綾辻は一言で切って捨てた。「死の前……毒で苦しむ被害者を介抱するふりをして、用意していた針で刺したのだろう。症状が瞳孔《どうこう》の散大を伴う四肢麻痺《まひ》や呼吸困難等であったことから、神経作用系の毒であることは間違いない。だがそれが経口感染であるか傷口感染であるかは専門家でも判別が困難だ。犯人はそのことを利用し、警察に殺害手段を誤認させた」

綾辻の声に感情はない。綾辻だけに見える、透明な数式のページを読み上げているようだ。

「で……ですが、食事に毒が盛られていたかどうかは、警察も調べたはずです！　しかし食事は、全員同じ鍋《なべ》で調理した料理に、食器棚にひとまとめに保管されていた食器が使われていました。同じ食堂、同じ調理室、同じ料理人です。なのに狙った生徒ひとりだけに毒を盛るなど、不可能ではないのですか？」

「不可能か、だと？」綾辻は教諭のほうを見た。「無論可能だ」

狼狽《ろうばい》する男性教諭の台詞を、隣にいた眼鏡の女性教諭が継いだ。

「ではまさか……配膳《はいぜん》が終わって、一人一人の食事が目の前に配られた時——つまり食事の直前か、食事中に毒を盛った、ということですの？」

綾辻は首を横に振る。

「違う。被害者が食事する時、周囲には大勢の他の児童の目があった。衆人環視の中、被害者本人の目すら欺いて毒を盛るのは、状況的に考えて不可能だ」

「では一体どうやって」

「ああ。……どうやって、か。そう来るだろうな、やはり」

綾辻は独り言のようにため息をついてから沈黙した。

室内にいる全員が、探偵の奇妙な沈黙に不安になって、互いの顔を見交わした。……何かまずいことを云っただろうか？

「まあいい。気にするな。君達に考える頭がないことは先刻承知だ。事件の関係者というものはどういう訳か、探偵が母親のように優しく事件のひとつひとつを、まるでおむつの穿《は》き方を教えるみたいに優しく丁寧に教えることが当然の義務であると思っている。実に無邪気で微笑ましい」

その場にいた人間は全員きょとんとした。自分が探偵に何を云われ、どう傷つくべきなのか、理解が及んでいない。彼らが腹を立てるのは翌日の朝のことだ。

探偵は指に挟んでいた煙管に口をつけて吸い、ゆっくりと細い煙を吐き出した。

そして云った。

「オッカムの剃刀《かみそり》という言葉を知っているか」

「……剃刀……？」

不思議そうな顔で互いを見合わせる一同に、探偵は云った。

「論理構築における原則だ。〝複数の理論が存在する場合、最も仮説の数が少ないものが真実である〟――つまり最も単純な理論こそ最も真実に近いとする指針のことだ」

綾辻は全員の表情を一通り眺めたあと、云った。

「同じ料理を食べた児童達の中の一人だけが殺された。ならば理屈は簡単だ。全員の朝食に同じように毒を入れ、一人だけを狙って殺せる、そんな毒を使った。それが最もシンプルな解だ。

そういう毒は実在する。それも自然界のどこにでも、当たり前に存在している」

「え……」

聴衆がざわつく。

そのどよめきを無視するように、綾辻は煙管を唇に咥《くわ》えて続けた。

「犯人は前日の夜のうちに食器に細工をし、ごく微量の毒を付着させた。全員の食器に、同じように。そして……翌日、全員が朝食を摂《と》りはじめたタイミングを見計らって、被害者の少年だけ席を立たせる」

教諭達は思い出していた。確かに被害者の少年は事件直前、盗まれた教諭の財布が彼の鞄《かばん》から見付かったことを受け二十分ほど叱責《しっせき》を受けている。しかしそれは食堂の隅で行われたことで、全員が叱られる児童を見ていたことから、事件に無関係であるとされていた。

「では、その間に誰かが毒を……？」

「どうやら貴方《あなた》には記憶力の欠片《かけら》もないと見える。毒は既に塗られていたと云っただろう」綾辻は冷ややかな目で云った。「毒が塗布されていたのは溶き卵の器だ。そして——その毒はわずか1グラムで百万人の人間を殺傷可能な、自然界最強の猛毒だ。しかも毒の生産者は土中や湖底に当たり前に存在し、栄養のある条件下では爆発的に増殖する」

「そうか！」黙って聞いていた施設の管理人がいきなり叫んだ。「ボツリヌス毒素……！」

綾辻は頷《うなず》いて云った。「クロストリジウム属の嫌気性細菌であるボツリヌスは、極めて強い毒素ボツリヌストキシンを産生する。テロリストが生物兵器として使用するほど危険な猛毒だ。この菌は生卵、特に黄身と白身を混ぜたものと接触した環境で爆発的に繁殖する。菌そのものは通常食べても体内で毒を産出しないためほぼ無害だが、一度食品内で増殖し毒素を産出したものを食べると、八時間から三十二時間で死に至る」

綾辻は室内を静かに歩きながら、ゆっくりと真実を告げていく。古びた礼拝堂にもかかわらず、探偵の靴は床板をわずかも軋《きし》ませない。

「犯人は全員が生卵を混ぜたタイミングで、被害者だけが食事を中断するように状況をコントロールし、菌が毒素を発生するだけの時間を稼いだ。具体的には食堂の隅に呼び出し、長時間指導を行ったのだ。そうすることで、被害者だけを殺す毒という、特殊な状況を成立させたのだ。他のクラスメイトは全員同じものを食べているのだから、まさか自分の卵だけが危険な猛毒に変化しているなど思いもよらない」

「じゃあ、犯人は……！」

全員が一人の男性教諭を見た。

事件当日、被害者を呼び出して食堂の隅で叱りつけていた、体育担当の教諭だ。

「お……俺じゃないぞ！　俺はあの時ただ……」

「彼は犯人ではない」遮るように、綾辻が云った。「よく考えろ。犯人がボツリヌスという時限式の毒を使ったのは、完全なアリバイを手に入れるためだ。被害者が毒に倒れるまで、絶対に被害者に近づいていないという完璧《かんぺき》なアリバイ……それを手に入れるため、タイミングを見計らって体育教諭に『盗まれた財布が被害者の鞄から見つかった』という偽の情報を流した人物」

綾辻は聴衆の一人を煙管で指した。

「盗まれた財布の持ち主。――君が犯人だ」

聴衆の目が一点に集中する。

「わ……私……?」

綾辻に指された人物は、消え入りそうな声をあげた。

その人物は先程探偵に殺害方法を質問した教諭だった。黒スーツに眼鏡の、どこにでもいそうな若い小学校教諭。快活で人当たりがよく、一度挨拶《あいさつ》をしても次会った時には忘れそうなほど平凡な顔をしている。

「そんな……」

「先生が、まさか……」

室内がざわつく。

「な、何を莫迦《ばか》な。私が児童を殺す?」探偵によって糾弾された教諭は、引きつった笑みを浮かべた。「ありえない! 私はただの国語教諭で、菌の知識なんて……第一私が殺したっていう証拠が、どこにあるんですか!」

「証拠ならある」

綾辻の声は、その問いを予測していたかのように低く静かだ。

「君の靴裏に、さっと見ただけでは気づかない小型の針を貼り付けておいた。俺が依頼でここに来た時すぐにな。案の定君は証拠隠滅のため、培養シャーレを裏の登山道まで埋めに行った。その道中どこを歩いたかを、登山道の足場についた細針の跡が教えてくれる。跡を追った先でシャーレが見つかれば、言い逃れはできんぞ」

「う……あ……」

周囲の気配に気圧《けお》され、黒スーツの教諭が一歩退く。

つい数秒前まで、その旧礼拝堂を支配しているのは不安と混乱、そして怯《おび》えだった。だが混乱というものが長く人間を支配することはない。今室内を支配しているものは、はっきりとした怒りだ。

「無駄なことは考えないことだ」綾辻は氷点下の声で告げた。「俺の目から逃れようと、これまで多くの犯罪者が無数の工夫を重ねてきた。だがその工夫が報われたことは一度もない」

黒スーツの教諭が、怯えたようにもう一歩退いた。

その時。

「綾辻先生！」礼拝堂の入口で、女性の声が響いた。「何をしているんです！　こんなところで、勝手に関係者を集めて――！　我々に無断で犯人の告発を行ってはならないと、何度警告すれば判るんですか！」

怒声と共に乗り込んで来たのは、スーツ姿の細身の女性だった。スーツ姿に気の強そうな吊《つ》り目。だが体格では黒スーツの教諭と較べても、一回り以上小さい。

「おや辻村《つじむら》君」探偵が冷たい目を女性のほうに向けた。「相変わらず最悪のタイミングでやって来るな、君は」

声と同時に、黒スーツの男性教諭が弾《はじ》かれたように駆け出した。

聴衆の誰かが「逃げるぞ！」と叫んだ。

「辻村君、そいつが犯人だ。捕まえろ！」

「え……え!?」

黒スーツは、入口に向けて突進した。その先には辻村君と呼ばれた女性が立っている。

殺気立った男性教諭は姿勢を低くしたまま、辻村に向かって突進した。

辻村の下半身が旋回した。

一瞬の後、男性教諭は視認できないほどの速度で放たれた蹴《け》りに顎《あご》を弾き飛ばされ、地面に転がっていた。

すれ違いざまに放たれた辻村の後ろ回し蹴りが——風を切って旋回した辻村の踵《かかと》が、教諭の顔面を叩《たた》き落としたのだ。

地面でもがく男性教諭の腕を辻村が素早く摑《つか》んで捻《ひね》り上げ、背中に馬乗りになって押さえつける。

「大人しくしてください」スーツの女性は、膝《ひざ》で男の背中を押さえつけながら云った。「貴方には黙秘権、それに弁護士を雇う権利があります」

「相変わらずその手の台詞が好きだな辻村君」

「だって……折角黙秘権があるんだから、云わないと損じゃないですか!」辻村が堂々と云った。

「映画に感化されすぎだ」綾辻は冷たい目で辻村を見下ろした。「第一、そんなのんびりした権利を使う時間など、彼にはないと思うが」

「そんなことより!」辻村は犯人を押さえこんだまま綾辻を睨《にら》んだ。「綾辻先生! 今回の独走は上に報告しますからね。これ以上我々の警告を無視して勝手に犯人を告発するのであれば、我々特務課でもしかるべき対応を」

「何を云う。事件の解決を依頼したのは君達だ。ゆえに俺は従順な犬となってそれに従い、皆を集めて事件を解決した。そのうえ状況は一刻を争ったのだ。その男が殺したい児童のリストにはまだ名前があったからな。君達特務課が俺を飼い犬だと思ってるなら、芸をこなした時の褒め方くらい学んで欲しいものだ」

「くそっ！　どうして私が捕まるんだ！」地面に押しつけられた男性教諭が叫んだ。「捕まる訳には……あのガキども、調子に乗って俺を毎日莫迦にするあのクソガキどもに、世間ってものを思い知らせてやる、全員俺にしたことを後悔させてやる時まで！　それまで私は捕まる訳にはいかないのに……！」

「捕まる？」探偵が遮光眼鏡の奥の目を細める。「その心配は必要ない。君は捕まらない。〝殺人探偵〟に罪を見抜かれたものが行く場所は監獄ではないからだ。——俺が何故、〝殺人探偵〟と呼ばれているのか、君は知らないのか？」

「綾辻先生」辻村女史がたしなめるように短く叫ぶ。

「辻村君。その男を放してやれ」

「しかし！」

「君まで巻き添えになるぞ？」

辻村がためらいを見せた一瞬の隙をついて、男が跳ね起きた。

辻村を突き飛ばして、入口へと駆け出す。突き飛ばされた辻村は、入口近くの壁にしたたかに背中を撲《う》った。肺から空気が絞り出される。

犯人の逃走に、しかし綾辻は何も云わず、ただ入口の上部を見上げていた。

旧礼拝堂の入口上部には古いステンドグラスが嵌まっている。かつては教徒を集め祈りを捧《ささ》げる場だったこの礼拝堂も、その役目をとうに終え、林間学校の集会場として使われていた。おかげで壁には無数のヒビが走り、ステンドグラスにも補修のためのフィルムテープが貼られている。

辻村が壁に衝突した衝撃で、ステンドグラスに新たなヒビが刻まれた。

亀裂《きれつ》は新たな亀裂を生み、崩壊が全体へ広がっていく。

「こんなはずじゃない！」逃亡しながら、男が叫んだ。「これは何かの間違いだ！　絶対にバレないと……私は絶対に捕まらないと、あいつはそう云っていたのに！」

瑠璃《るり》色、翡翠《ひすい》色、緋《ひ》色――さまざまな色合いで騎士と聖母を描いたステンドグラス。

百年近くもの間光を放ち続けた美しい玻璃《はり》細工は、その瞬間長い責務を終え、地上へと降り注いだ。

光を凝固させたような、色とりどりの硝子《ガラス》。

重い硝子板が、犯人の肩から胴体までを両断した。

鮮血が噴き上がった。

両断された男の喉《のど》から、悲鳴にならない笛のような音が漏れる。

幅広の硝子は、犯人の耳を切断し、首の付け根に刺さった。その勢いのまままっすぐ胸元にまで貫通し、肉と骨を引き裂いて停止した。内臓の覗《のぞ》く断面から、間欠泉のような血液がほとばしる。

朱色の血が、礼拝堂の前の地面に円状の模様をつくった。その上に、色あざやかな硝子の破片がきらきらと降り注いだ。

最後にその上に、胸元までぱっくり割れた死者が前のめりに倒れた。

そして――静寂。

「し……」聴衆のひとりが呟《つぶや》いた。「死んだ……？」

誰もが呆然《ぼうぜん》としていた。悲鳴すらあげられない。何が起こったか理解できない。

ステンドグラスが古びてひび割れていることは、誰もが承知していた。だがステンドグラスはテープで補修されていたし、何かのはずみで落下するにしても何年も後、自分達とまるで関係ないところで発生するはずの事故だった。

それが、偶然。

全くの偶然で、このタイミングに――。

割けた死者の肩から噴き出していた血液が、力を失ってやがて途切れる。

「犯人が……事故、死……？」

誰ともなくそう云った。

全員が誤解していた。政府から派遣された探偵。冷酷ながら明晰《めいせき》な頭脳で、殺人事件を解決する探偵。――彼らの前で眉《まゆ》ひとつ動かさず死者を眺める探偵が、〝殺人探偵〟と呼ばれていることを皆が知っていた。

だがそれは、〝殺人事件を解決する探偵〟という意味だと——誰もが思っていた。この瞬間までは。

「……先生」身を起こしながら、辻村が云った。その声は嚙《か》みしめられた歯の奥で、唸《うな》るような響きを持っていた。「綾辻先生。あなたは、また——」

「これは自然現象だ」綾辻の声にはわずかな変化もない。「生の隣に死があるように、夕闇のあとに夜が来るように、願いや意図とは関係なく起こる必然的な現象。そこに俺の意志は介在しない。——俺に罪を暴かれた犯人は、100パーセント絶対に、何らかの形で事故死する」

死者のように冷たい言葉。

ただ立ち尽くすその黒い影には、人間らしい気配すら感じられない。

特一級危険異能者。

〝殺人探偵〟。

その呼び名は、〝殺人事件を解決する探偵〟という意味ではない。

立ち上がった辻村が、押し殺した怒りを含んだ唸り声で一言、呟いた。

「犯人を〝殺人〟する探偵——」

第二幕

異能特務課　機密拠点《スキップ》前

朝　晴天

前髪がキマっている、と私は思う。

車のウインドウに映り込んだ自分の前髪を、ちょっとつまんで持ち上げる。自分と目が合ったので、ぐっと力を入れて睨《にら》んでみる。

大丈夫だ。私は完璧《かんぺき》。こんな怖いエージェントに立ち向かえる異能犯罪者なんているはずない。私は完璧だ。

私は図書館の裏口駐車場にいた。

駐車場はしんと静かだ。利用者の老人がちらほら見えるほかには、人の気配もない。当然だ。ここは政府の極秘施設。内務省直轄の情報集積基地《インテリジェンスベース》であり、今のところ唯一私の職場と呼びうる施設でもある。表向きはただの山間《やまあい》の図書館だが、見る人が注意深く見れば、セキュリティは核施設なみに厳重で、警備員は全員腰のポーチに隠し持った短機関銃で武装していることに気がつくだろう。

私は——辻村は、この施設に所属する政府の人間であり、内務省の非公然組織、異能特務課のエージェントでもある。

キーでロックを解除し、車の運転席に乗り込む。手間をかけて英国から取り寄せた、シルバーのアストンマーティン。エージェントにぴったりの車だ。軽量マグネシウム合金のボディと十二気筒エンジンのハイパワーは、走るためだけに生まれてきた機械生命体を思わせる。秘密組織のエージェントたるもの、車には馬力とタフさを要求したい。——と思って買ったのだけれど、今のところカーチェイスの機会に恵まれたことはない。

キーを回して車を出す。

街へと続く静かな道路をドライブしながら、自分の置かれた状況について考える。

私の職務は、ある探偵の監視だ。

その探偵は、探偵という肩書きを持つだけあって、事件や問題を解決するのが仕事だ。仕事は多くの場合、困った人間を助けること。つまり——一般的な尺度で考えて、悪人か善人かでいえば、善人の側に近いと云えるだろう。

ただ政府の見解は違う。政府に云わせれば、その探偵は街角に置かれた一個の核弾頭だ。それがどこにあるか、何をしていて何を考えているか、政府は常に100パーセント把握していなくてはならない。もしそれが紛失したり、政府の制御を離れて暴走し出したりしたら、それこそ街ひとつ吹き飛ばす大騒ぎになる。上層部の首がいくつ飛ぶのか想像もつかない。

最重要監視リストの常連。

特一級危険異能者。

〝殺人探偵〟。

それがその人物に与えられた通称であり、私が異能特務課のエージェントとして監視・管理しなくてはならないターゲットでもあった。

――失敗は許されない。

ベテランの先輩が私に指令を云い渡した時の、冷たい視線を今でも覚えている。

私は途中で珈琲《コーヒー》店に寄り、シュガーレスのラテを買った。それを車のドリンクホルダーに置いて、飲みながら運転を再開する。

赤信号で停まるたびに、バックミラーを覗《のぞ》いて後ろの車を確認する。――どうやら今日も尾行はなさそうだ。政府の仕事をする以上、注意や用心を徹底してしすぎることは決してない。私のような新人エージェントなら、尚更《なおさら》だ。もっとも、まだ実際に尾行された経験なんてないけれど。

でも。

政府組織のエージェント。そんな大それたものに自分がなれるなんて、配属二年の今でもまだ信じられない時がある。まるで映画か小説の中の話のようだ。つい数年前までは何も知らない大学生だった。それが今では、どれだけ親しい友人であろうと「輸入会社の事務」としか説明してはならない秘密任務に従事している。

もちろん、自信ならある。こう見えて射撃も格闘術も、トップクラスの成績でパスした。やる気だって誰にも負けない。だからこその指名なのだし、だからこその重要任務なのだ。上層部は決して、任務をこなす実力のないものに仕事を任せることはない。……と思う。のだけど。

考えているうちに、目的地である監視対象の建物が見えてきた。

綾辻探偵事務所。

大通りに面した煉瓦《れんが》造りの古い建物。その一階に、狭い入口が見える。

一見したところ地味な街角の地味な建物だが、事務所の上階や左右を含め、建物はすべて政府が買い取って占有している。安全を確保するためだ。

私はアストンマーティンでその前を通りすぎ、少し離れた有料パーキングに駐車した。サイドミラーでメイクを確認するふりをしながら、周囲に怪しい人影がないかチェックする。

それからポケットからイヤホンマイクを取り出して耳に装着し、コールボタンを押した。

「支援部隊へコール、所属コード4048《ヨンマルヨンハチ》」

私の声を音声認識した端末が、自動的に相手先に通信をつなげる。

「こちら狙撃《そげき》支援一班」

無骨な男性の声が応答した。

「こちらエージェント・コード4048、捜査官・辻村。これより行確《こうかく》および内部監視に入ります」

「諒解《りょうかい》。こちらも位置をD2《ディーツー》に変えて、引き続き建物監視を続ける。ターゲットは建物の中だ」

「お疲れさまです」

私がイヤホンマイクに云うと、通信の向こうの男性が小さく笑った。

「遅かったじゃないか辻村。先輩に説教でもくらってたのか?」

「ち――違います！」

「その顔色じゃあ図星だな」

私は道路の向かい、ビルの屋上に視線を向ける。屋上の縁あたりに一瞬、きらりとレンズの反射が光った。

探偵事務所を二十四時間監視している、特務課の狙撃部隊だ。

もし綾辻先生が政府に背き、その『異能』を許可なく一般市民に振るった場合――彼らは即座に〝特一級危険異能者〟綾辻を射殺する命令を受けている。

「判ってると思うが」通信で狙撃班が云った。「その建物は虎の檻《おり》だ。虎が暴れれば撃ち殺すのが俺達の仕事だが、できれば撃ちたくはない。そうだろう？」

「……大丈夫です。これでもエージェントですから」

「ああ。健闘を祈る。狙撃班、通信終了《アウト》」

そう云って通信は切れた。

私は息を吸い込み、止めて、息を吐き出す。

――望むところだ。

このところ毎晩、寝る前に二回そう云うのが日課になっていた。

どんな凶悪異能者であろうと、私がいる限り、決して好き勝手にはさせない。

私は事務所の前まで歩いた。入口の前で立ち止まり、キーを指先でくるくる回してポケットに突っ込んでから、肩を斜めにして云った。

「私と同じ時代に生まれたのが、お前の失敗《ミス》だ」

好きなスパイ映画のフレーズだ。バイクジャケットに遮光眼鏡でキメた女スパイが活躍する、最高にクールな映画。

あの主人公に、一日でも早く追いつかなくてはならない。

私は扉を開いた。


室内は薄暗く、うっすら煙管《キセル》の匂いが漂っていた。

アーチ形の天井、並べられた飴《あめ》色の籐《とう》椅子。壁には天井まで届く本棚がそびえ立っている。

生暖かい空気を、天井の扇《ファン》がゆっくりとかき混ぜている。洋風のアンティークランプが、部屋をオレンジ色に照らし、朝だというのにどこか気怠《けだる》げな雰囲気を部屋じゅうにふりまいている。

床には二匹の猫——黒猫と三毛猫——が寝そべっていた。主《あるじ》の足下で、退屈そうにあくびをしている。黒猫が私のほうを見て、にぁお、とどうでもよさそうに鳴いた。

探偵の事務所というより、どこかの洋館の談話室のようだ。

事務所の主は、部屋の中央にある安楽椅子に揺られながら、本を片手にゆっくり煙管の煙をくゆらせていた。

「……やあ、辻村君。おはよう」

視線を軽くこちらに向け、またすぐ本へと戻す。

色素の薄い肌。藤色の鳥打帽《ハンチング》。見たものの温度が下がりそうなほど感情のない目。

——特一級危険異能者。

困ったことに……肩書きのせいなのか、それとも別の何かのせいなのか……この先生は、こういう格好をさせると、おそろしくハマる。何というか、オーラが全身から噴き出している気がするのだ。

「綾辻先生」内心の気後れを悟られないように、私はいつもより声を硬くした。「何が『おはよう』ですか。まず私に云うべきことがあるでしょう」

「……ほう」綾辻先生は、ページをめくりながら云った。「そうなのか」

本から顔を上げもしない。

駄目だ。これは……これではいけない。

私の頭の中にいる、もうひとりの私——バイクジャケットを着て遮光眼鏡をかけた、理想像としての私が囁《ささや》く。お前の仕事は何だ？　エージェントだ。そしてそいつは何だ？　お前の監視ターゲットだ。なら本来そいつは、腕の上げ下げさえお前にお伺いを立てなくちゃならないはずじゃないのか？　舐《な》められっぱなしでいいのか？

私は断固明言する。よくない！

私は大股《おおまた》で綾辻先生に近づき、本をひったくった。

「人と話す時くらい本を読むのを止めてください」私はできるだけ冷たい声で云った。「私はあなたの監視役なんです、綾辻先生。あなたの対応次第で、私はいつでもあなたを射殺できます。その権限があるんです。私の云っている意味が判りますか？」

綾辻先生は取り上げられた本をぼんやりと見上げ、それから云った。

「成る程。非常に効果的な脅しだ」綾辻先生は煙管の灰を叩《たた》いて落とした。「ではこうしよう。俺はこれから君に敬意を払って接する。その代わり、君は今から俺に珈琲を淹《い》れてくれ」

「なんだ、そんなことですか」私は拍子抜けした。「いいですよ、そのくらい」

「黒砂糖ふたつ、ミルクは無しだ」

「判りました」

キッチンに行って湯を沸かし、ドリッパーに珈琲粉を入れた。沸いた湯を粉の中心にゆっくり注ぎ、あぶくが落ち着くのを待ってから残った湯を注いだ。タイミングを見て雑味が出る前に素早くドリッパーを取り、濃さと香りを確かめたあたりで何かおかしいことに気がついた。

私は叫んだ。

「私はメイドではありません！」

「気づくのが遅すぎる」

綾辻先生が本を読んだまま冷たい声で云った。

「今の間に考えたのだが、思いつかない。君がさっき云った、『まず云うべきこと』とは何のことだ？」

「昨日の事件の話です！」私は珈琲の杯《カップ》を持ったまま叫んだ。「林間学校で小学生が殺された事件で、我々特務課の警告を無視して、勝手に事件を解決したでしょう！　あれは困ります！」

「何故だ？」

私の糾弾に、平然と返す綾辻先生。

昨日の事件――三泊四日の林間学校で施設に宿泊していた小学生が殺された事件。極めて緊急性が高い事件とのことで、特務課から綾辻先生に解決依頼があった。噂では、政府筋の親族があの小学生達の一人だったがゆえの特別措置なのでは、という話らしい（そういう上の事情が現場まで届かないのは、どの業界でも同じだ）。

そのために現地入りした綾辻先生は、当然厳重な監視下に置かれた。何しろ綾辻先生は、児童殺しの犯人なんかより何百倍も危険なのだ。

それが一瞬、ほんの一瞬、目を離した隙に――。

「いいですか、綾辻先生。私がこうして事務所に出入りして監視しているのは、特務課のせめてもの温情なんです。本来ならマシンガンの警備部隊に囲まれて、厳重監視の鉄格子の中に押し込まれていたって文句は云えないんですからね？　もう少し私に感謝を――」

「感謝はしている。特に君のような扱いやすい人材を、監視要員としてつけてくれていることには」

「扱いやすいですって！」

思わず拳《こぶし》を振り上げそうになったが、右手には珈琲杯が握られている。

「その珈琲、折角淹れたんだから置いたらどうだ？」

「え……あ、はい」

もっともな理屈を云われて、私は仕方なく珈琲を先生の隣の読書机に置く。

先生は本を閉じ、落ち着いた動作で珈琲を傾け、のんびりと飲んだ。

「ふむ。意外に悪くないじゃないか」

「そ……それはどうも」

褒められてしまった。急に褒められると、なんだか……。

気がついた。違う、そうじゃない。

「誤魔化《ごまか》されませんからね！」私は叫んだ。「ああもう……第一、扱いやすいってどういう意味ですか！　これでも私、秘密組織のエージェントなんですよ？　周りからは、ミステリアスな女で通ってるんですよ？　こんな凄腕《すごうで》エリートを捕まえて、扱いやすいなんて……」

「ここに来る前、上司に叱られただろう」

「えっ」

「それで切り替えるために珈琲店でラテを頼んだ。それから一丁目の細い古書店街ルートを通ってここまで来た」

「えっ、えっ」

「この事務所の前で狙撃班と通信した。彼らは監視位置をＤ２に変えて監視を続けると云った。……それから最後に、例の台詞《せりふ》だ。映画の決め台詞。『私と同じ時代に生まれたのが、お前の失敗《ミス》だ』だったか」

「えっ、えっ……!?　どうしてそれを知っているんです！　私……先生、なんでそれを知っているんですか!?」

「落ち着け」

落ち着いていられる訳がない。

この仕事では秘密が自分の身を守る最大の鎧《よろい》。行動を見抜かれ動きを予測されたエージェントを待つものは待ち伏せ、奇襲、あらゆる危険と災難だ。ましてや先生は監視任務のターゲットなのだ。こちらの行動が筒抜けでは、仕事の成功率に関わる。

けれど実際に、私はここに来る前——拠点のひとつである図書館で、特務課の指導員《メンター》である坂口《さかぐち》先輩に、昨日の任務のことで叱責《しっせき》を受けている。ラテを買ったことも、古書店街のルートを通ったことも、すべて指摘の通りだ。

さっき事務所に入る前にあった自信が、打ち上げ花火みたいに上空にしゅるしゅる打ち上げられて消えていった。

「落ち着け、ミステリアスな女。君はまずいことは何もしていない。お互い仕事をしただけだ。君の云う通りだ。俺は鉄格子の中にいても不思議はない。それだけの人数を殺したし、これからも殺すことができる。では俺がこうして事務所で珈琲を飲んでいられるのは何故か？　それは俺が政府にとって使える駒だから、具体的には探偵としての観察力を持っているからだ。今みたいな」

「……観察力……」

綾辻先生は面倒《めんどう》臭そうに息を吐いてから、煙管を置いて話しはじめた。

「上司に叱られたと思ったのは、ここに来る時間がいつもより十五分遅かったからだ。君は定時任務に理由なく遅れるタイプじゃないし、君の上司はなかなか尖《とが》った人物だと聞いている。君に行きつけの珈琲店があることは前にちらりと聞いていたし、口紅に拭《ふ》いた跡が残っているからラテを頼んだと推測した。それから古書店街の細道は一方通行で車通りも少ない。あの道なら大きく移動時間をロスせず、後方の尾行を確認できる。事務所の前で狙撃支援班と通信したのは毎度の通常対応だ。それに狙撃班が次にどの監視ポイントに移動するかは、それこそ二十四時間張り付かれているんだ、おおよその推測はつく」

観察力。

これが……探偵……。

「で、でもでも！」私は事務所の入口を指差しながら云った。「私がそこの入口前で云った映画の台詞！『私と同じ時代に生まれたのが、お前の失敗《ミス》だ』！　あれは……あれはどうやって判ったんです！」

綾辻先生は表情を変えず、そんなことか、と云った。

「聞かれたくない台詞は、もう少し小声で云え」

私は顔を覆ってうずくまった。

今までの中で一番恥ずかしかった。


少し遅くなったけれど、〝異能者〟というものの存在について、語らない訳にはいかないだろう。

私達の世界には、異能力を持つ人間が少数ながら存在する。それぞれが持つ異能は、ものによっては危険で、社会に害悪を為《な》す場合もある。そのために政府の秘密組織である異能特務課は、彼らの監視活動を続けている。

異能者による犯罪は後をたたない。組織化された異能犯罪集団は特務課の頭痛のタネだ。とはいえ、もちろんすべての異能者が悪人な訳ではない。異能者組織の中には特務課の許可を受け、合法的に活動をしている場合もある。噂に聞くところでは、小規模ながら精鋭の揃った異能探偵組織が存在し、活動しているケースもあるらしい。組織の場所は、慥《たし》か横浜だったか。

そして、とびきり危険な異能者は異能特務課が管理・監督し、場合によっては抹殺しなければならない。そのリストのトップランカーが、我らが〝殺人探偵〟、綾辻先生という訳だ。

『相手を事故死させる能力』。

あらゆる因果を無視して、条件を満たした相手を１００パーセント死亡させる能力。

強力で危険な異能は他にも例がある。相手を吹き飛ばすもの、切り裂くもの、叩き潰《つぶ》すもの。それらの超常的な異能はもちろん危険だし、警戒が必要だ。けれど危険で強力なだけでは、〝特一級危険異能者〟にはなれない。

先生の異能は、あらゆる物理的障壁を無視して確率をねじ曲げ、標的に〝偶然の死〟を与える。たとえ相手が地球の反対側にいようが、神をも殺す最強の異能者だろうが関係ない。ある種の〝呪い〟と云えなくもないだろう。

窒息、脳梗塞《こうそく》、転落死。自殺に病死に心臓麻痺《まひ》。死因そのものは予測できない。予防もキャンセルもできない。

そして異能のターゲットとなる条件はただひとつ。犯人であること。

あるいは——それはとても探偵的な能力と云うこともできるかもしれない。探偵は真実を導き出し、事件を解決する。犯人を指摘し糾弾する。その過程を経ない限り、決して死の異能は発動しない。

だからこそ、上層部で時折提出される〝危険異能者・綾辻の抹殺〟というプランは、一応のところ却下され続けている。

だが防衛手段のない100パーセント確実な殺害能力など、異能特務課が網羅する異能者リストの中においても異例中の異例だ。肝心の綾辻先生もあの通りの態度だし、完全に先生を制御下に置けているのか、特務課としてもいまひとつ自信が持てない。

だからこそ、〝危険異能者・綾辻の抹殺〟というプランは、今でも週に二回か三回は提出され続けている。

せめて先生がもう少し従順で判りやすい性格だったら、こちらも気が楽なのだけど——。

「何だ、辻村君。何を見ている。やはりメイドになる気になったのか？　なら着替えてこい。服はあっちだ」

「違います！」

何しろ先生はこの性格だ。どこまでが本心なのか読めない。

というかなんでメイド服なんかあるんだ。買ったのか？

「なら何故こっちを見ている。君の監視任務は知っているが、二十四時間じっと見つめ続けるだけの仕事なら、監視カメラのほうがよっぽど上手《うま》くこなすぞ。君と違って給料も必要ないし、無駄口も叩かない」

「判っています。でも監視カメラは私と違って、先生に『早く報告書を仕上げてください』とせっつくことはできません」

「それが君の付加価値《サムシングエクストラ》か」

「いいから黙って報告書を仕上げてください」

「やれやれ」

綾辻先生は今、執務机に向かって書類を書いている。昨日の事件の詳細をまとめた報告書だ。事件の経緯、発見した証拠、どのように犯人を特定しどのように証拠を確認したか。先生の異能の機序《メカニズム》と発動基準を少しでも詳細に分析するため、ほんの些細《ささい》な情報であっても異能特務課は必要としている。だからこそ探偵業の後日報告書は欠かせない。

もちろん、それを提出可能な一冊の書類にまとめるのは私の仕事だ。事件後の関係者との折衝をし、軍警や市警への根回しをし、関係者から守秘契約書を回収する。先生の云う通り、私の仕事は監視カメラ役だけではない。業務の監督、先生が外出する時の運転や護衛、場合によっては探偵をつつがなく完遂して貰《もら》うための助手のような真似事もする。それでも他に任せられる人間がいない以上、私がやるしかない。

そんな訳で、私は綾辻先生を視界に収める籐椅子に座り、仕事用のラップトップパソコンにデータを打ち込んでいた。書類仕事も、監視も、先生の護衛も、すべて完璧にこなしてこその一流エージェントだ。あの映画の主人公ならきっとそう云うだろう。

ちなみに、先生が云うようにこの建物じゅうに隠し監視カメラを設置する案もあった。というか実際にそうしたこともあるらしい。けれど先生が片端から事故に見せかけて故障させ、あるいは死角を見つけては逆に利用されるので、廃止になったらしい。さもありなん、という感じだ。

私の足首に、三毛猫が何度か頭をこすりつけてから通りすぎていった。

「出来た」

先生が万年筆を置いて立ち上がった。紙束をこちらに渡す。

「出来た？」私は訊《き》き返した。「もうですか？　内容の漏れなくきちんと書きましたか？」

「漏れがないか確認するのが君の仕事だろう」

私は報告書を受け取った。一枚ずつめくって内容を確認する。

あるページで私は指を止めた。

「待ってください」と私は云った。「この最後のくだり……これ、何です？」

その文章は不吉だった。口の中に、知らないうちに毒針を含んだみたいな味がする。

「書いた通りだ。どうした？　エージェント辻村は、文字が読めるのが最大の長所だったはずだが」

「殴りますよ。……じゃなくって、この内容」

私は報告書の一行を指差す。


私は絶対に捕まらないと、あいつはそう云っていたのに！


「これ……犯人の台詞ですよね？」

綾辻先生は煙管を吸い、煙を唇の隙間から時間をかけて少しずつ吐き出した。それから云った。

「君もその場にいただろう」

「私はあの時ちょうど建物の壁にぶつかってて……そういえばその時確かに、何か叫び声を聞いた気はします。でも、この台詞は」

「厭《いや》な予感がする。暗闇の中で、指先で何かざらざらしたものに触れているような感じがする。でも指先に触れたものが象の肌なのか、おぞましい怪物の牙《きば》なのかは、まだ判らない。

「確かに、示唆的な台詞だな。それがどうした」

先生はもう読書に戻っている。

「どうした、って……つまりこれは、犯人の他に、犯行を事前に知っていた人間が少なくとももう一人いたってことじゃないですか?」

先生は答えない。ページを静かにめくっている。

「あれから市警が犯人の自宅を調べました。けど妙なんです。犯行を計画した痕跡《こんせき》が、驚くほど少ないんです。菌を使った殺害なら、事前に知識を仕入れるか調査をしたはずです。でもネットの履歴も、図書館に行った記録も見つかりません。それどころか――」

「ある日付以降、プライベートで電話した記録も、仕事帰りに寄り道した痕跡すらぷつりと消えた」と綾辻先生は不意に云った。「違うか?」

私は自分の呼吸が浅くなるのを感じた。その通りだ。

「……十二日前からです。気づいてたんですか?」

「ボツリヌス菌は自然界最強の猛毒だが、あの見えない悪魔を味方にするには専門知識が欠かせない。培養の問題、保管の問題、死滅しないよう皿への塗布量を調整する問題。おまけに生卵の中で菌が致死量まで増加するタイミングの制御となると、もはや職人芸の域だろう。とても国語教諭ひとりで思いつける殺害方法ではない」

先生はこちらを横目で見た。頭の中に氷河期の湖を閉じ込めてるんじゃないかと思うくらい、冷たく鋭い視線。

「さて、特務課の結論は?」と先生は訊《たず》ねた。

「先に綾辻先生の意見を聞かせてください」と私は答えた。

先生は杯に残った珈琲を一息に飲み干すと、云った。

「どう考えても協力者がいるな。——いや、すべてを教え、彼を悪の道に引き込んだ、〝教唆犯〟が」

「教唆犯——」

「犯罪の痕跡を消し、それどころか怪しまれたり偶然から計画が露見したりするような要素をすべて絶って、完全犯罪への道のりを優しく教えてやった。いわば〝悪の教師〟。そいつが何者かは判らないが……実行犯と接触した日なら見当がつく。だろう?」

私は先生の視線を受け、ほとんど自動的に答えた。

「……十二日前……」

「その日の犯人の行動を洗うべきだな。無論、特務課に正義の心があればということだが」

私は考える。

菌を利用した完全犯罪をやってのけた殺人犯。調査の結果、犯行動機は、殺したいほど生意気な生徒がいるものの、手をあげれば体罰問題になりかねないフラストレーション。どこにでもある些細な憤懣《ふんまん》。世界中にありふれた動機が、毒殺にまで発展することはまずない。

誰かが『その方法』を教えさえしなければ。

私はラップトップのデータを調べながら云った。

「十二日前……でも、ほとんど記録に変わったところはありません。いつも通り職場から帰って、近所の大衆食堂で夕食。帰宅途中に少し迷ったらしいことが車のＧＰＳ記録から判っています。ですが通ったのは市街地から離れた、納屋や井戸しかない田舎道です。何かあったとは思えません。そして、その日を最後に、車の利用も電話の利用もぱったり止めています」

「流石《さすが》特務課。仕事が早い」

「それほどでも」

「仕事が早いのは君以外の特務課員だ」

平坦《へいたん》な物言いに、思わずむっとする。

「綾辻先生」

「何だ」

「教唆犯の件……気づいていたのなら、どうして教えてくれなかったんですか」

「確かにその通りだ。迂闊《うかつ》だったよ。心から謝罪したい」綾辻先生は肩をすくめて云った。

「ところでいつも君達が繰り返していた台詞、あれは俺の幻聴か？　指示された以上のことはするな、依頼にない事件を追うな。鎖につながれた飼い犬のように大人しく依頼だけをこなし、後は尻尾《しっぽ》を振って次の命令を待っていろ。——昨日俺に与えられた依頼は、殺人事件の解決だ。

俺は依頼通り事件の犯人を特定し、異能力で断罪した。それ以上に何を求める？　それに」

「それに……？」

綾辻先生は、言葉を重ねようと空中を睨んだまま静止している。何も云う様子がない。もぎ取られたように消えた言葉の端が、空中にあてなく漂っている。

「『井戸』だと？」

「え？」

云われた言葉の意味が、すぐに呑《の》み込めなかった。

「『井戸』？　貯水池でも縦穴でもなく、井戸？　さっき君がそう云った。帰宅途中に井戸のある道を通ったと。そう云ったな？」

私は急に早口になった先生に当惑した。

「そ……そうです。そうですけどそれが、あの、何か」

先生は急に立ち上がった。そして、私のほうをちらりとも見ずに歩き出した。

「あの、先生？」

「黙れ」

氷柱《つらら》のように鋭く冷たい言葉が私に刺さった。云いかけていた言葉が喉《のど》の奥に引っ込んだ。

先生は大股で歩いていき、事務所の奥のドアのほうへと消えた。

続いて階段を下りる足音。

「ちょっと、先生？」

私は思い出していた。この事務所の奥には地下室へと続く階段があったはずだ。

理由が何にせよ、先生からそう易々《やすやす》と目を離す訳にはいかない。内心の不安を隠して、私は急いで立ち上がり跡を追った。

残された部屋で、黒猫が退屈そうに、にぁお、と鳴いた。


その地下室に入るのは、初めてのことではなかった。

この建物の間取りはすべて把握している。狙撃の死角や、万一の襲撃にも備えられる厚い壁はどこにあるか、裏口への最短ルートも頭に入っている。それぞれの部屋にも最低一度は足を運んでこの目で状態を確認した。プロとしては当然のことだ。

ただ、この地下室の居心地の悪さは何度来ても変わらない。

階段を下りて、地下室へ入った。薄寒い空気が足下で渦をまいて逃げていった。

低い天井の薄暗い地下室。そこにはさまざまな大きさの人形が飾られていた。

アンティークドール、レプリカドール、球体関節人形。布と綿でできた小ぶりな人形もあれば、今にも動き出しそうなほど精巧な等身大人形もある。すべて目を閉じ、ソファやショーケースの枠組みに腰掛けている。わずかだが和人形も飾られている。

人形の日焼けを防ぐためなのだろう、照明はごく暗く抑えられている。床には塵《ちり》ひとつ落ちていない。どこからか冷気が流れ込んでくる。

この仕事をして短くない時間が経ったが、はっきり云って、この部屋は今まで見たどんな殺人現場よりも猟奇殺人の舞台にふさわしいと思う。

先生はその奥の椅子にいた。木椅子に腰掛け、両手を合わせて親指の上に顎《あご》を載せ、目を閉じている。

近づいて話しかけようとしたら、制するように指を一本立てられた。〝黙ってろ〟のサインだ。思考を邪魔されたくないらしい。

文句のひとつも云ってやろうかと思ったが、思い直してやめた。たまには貸しを作ってやるのもいい。黙って背を向け、周囲の人形を眺める。

美しい少女のものもあれば、少年のものもあるし、動物の人形もあった。人と獣が混じり合ったような不思議な造形物もある。

この人形の集団は先生の趣味だ。中には世界に数体しかなく、極めて骨董《こっとう》価値が高い人形作家の手によるものもあるらしい。確かに一目見ただけで、どの人形も大量生産の工業品では絶対にない、ということだけは判る。しかしまあ、仕事で来ている身からすれば、やはり個人事務所の地下にこんな秘密の花園があるのは、どうやったって不気味だ。

先生曰《いわ》く、『人形のほうが人間なんかよりずっと興味深いし、飽きない』のだそうだ。

やれやれ。

「思い出した」目を閉じていた先生が、不意に鋭い声を出した。

先生の目は、どこか空中の一点にしっかり据えられている。

「三日前の夕刻、ここから2ブロック先の路地裏。駐車場に面したゴミ捨て場に、どこかのゴシップ雑誌が転がっていた」

「ゴミ捨て場……？　ゴシップ雑誌？」私は首を傾げた。「それがどうしたんです？」

「だから『井戸』だ。そのくらい判るだろう」綾辻先生は冷たい声で云った。「通りかかった時、ちらっと目に入った。雑誌の記事が。ほとんど注意も払わなかったし、見たこと自体も今まで忘れていた。だが——」

「ちょ、ちょっと待ってください」私は慌てて遮った。「ちらっと見ただけのゴシップ雑誌の記事を覚えてるのも凄いですけど——その前に、三日前の夕方？　どうしてそんな時に外を出歩いてたんですか！　その時間は監視部隊が建物をぐるっと見張ってたはずですよ！」

「ちょっと一人で散歩がしたくなって、目を盗んで抜け出した」さらっと先生は云った。「何か問題があるか？」

もうちょっとで仰向《あおむ》けに倒れるところだった。

何故問題がないと思えるのか。大ありに決まってる。

私は危険異能者のリストを見たことがある。その中に、念じただけで周囲数メートルのものを何でもずたずたに切断できるという恐ろしい異能犯罪者がいたが、彼は三級危険異能者、リストの下から三番目だった。先生の受けている〝特一級危険異能者〟は、そこからはるか上、文字通り雲の上の危険度なのだ。

その危険異能者が、厳重な監視チームの目を盗んで、ふらっと散歩？

一体どうやって——。

「特務課の監視チームは優秀だが、夕陽が窓に当たってまともに反射する時、眩《まぶ》しさのためにその窓への監視が緩くなる。窓の内側に別の硝子《ガラス》を置いて反射を偽装すれば、簡単に窓から外出できる」

目眩《めまい》がした。これを素直に上に報告したら、監視体制の抜本的見直しのために三日は徹夜だ。

「そんなことはどうでもいい」全くどうでもよくない話題を、先生はさっさと切り上げた。「とにかく、問題はそのゴシップ記事の内容だ。その記事に『井戸』の記述があった」

「井戸、って……それがそんなに特別なことですか？」

確かに井戸はこのあたりでは滅多《めった》に見ない。昔ながらの民家が残る山岳方面に行かないと見られないだろう。でも殺人犯が井戸の近くを通ったことが、そんなに深い意味を持つとは思えない。

三日前に一瞬視界に入っただけの雑誌記事を覚えている記憶力はもちろん驚異的だが、その記事と『井戸』をどうして今、それほど気にしなくてはならないのだろう。

「雑誌そのものは低俗な噂や都市伝説を扱ったものだ。読む価値もない。だが──一瞬見えたその記事の文句はこうだった」

先生は言葉を切り、私の内心を確かめるように鋭く睨んでから、云った。

「拝めば悪人になれる井戸」先生の視線が鋭くなった。「その井戸の前で願ったものは天稟《てんぴん》の悪となり、どんな悪行も罰せられることがなくなる」

「……悪……？」

そんなまさか。

私は笑い飛ばそうとした。ひとつには『悪』という言葉がいかにも不自然な、お伽噺《とぎばなし》の中の用語のように感じられたからだし……もうひとつはそんな、願うと悪になると判っていてそれを願う人間というのが、奇妙で可笑《おか》しかったからでもある。

けど私は笑い飛ばせなかった。呼吸もできなかった。部屋の空気がいつの間にか張り詰めていて、喉がからからに渇いていた。

「辻村君、事件の真相を知りたかったら」座ったまま綾辻先生は云った。その瞳《ひとみ》にはどこまでも温度がない。「特務課から依頼を取ってこい。井戸探しだ。もしかしたら——」

——妖怪《ようかい》が出るかもしれない。

綾辻先生はそう云って、薄く笑った。


結論から云って、綾辻先生の言葉は100パーセント正しかった。

拝めば悪人になれる井戸。

それは実在した。そして拝んだ人間は実際、悪となり悪を為した。

そして、もうひとつ先生が正しかったことがある。

その井戸を調べるうえで出てきたものは、まさに他の何とも表現のしようのない、

——妖怪だった。

次の日——綾辻探偵事務所に、井戸にまつわる謎解きの依頼が正式に与えられた。

第三幕

湿地帯

昼過ぎ　曇天

その古井戸は、県境にある湿地のほとりにあった。

のどかな、と表現することもできたし、薄気味悪い、と表現することもできた。人の気配はどこにもない。どこかでツグミが鳴いている他に聞こえるのは、あたりを取り囲む雑木林のざわめきと、目の前の川のせせらぎだけだ。

その井戸は細い十字路を通った先、小さな川に面して作られていた。どうして目の前に川があるのに、わざわざ井戸なんか掘らなくてはならなかったのだろう？　私にはよく判らなかった。きっとこの井戸が掘られた頃——百年か二百年ほど前——には、ここに川はなかったか、あっても有害で使えなかったのかもしれない。そのあたりの事情はとりあえず今は大した問題ではない。

問題なのは、殺人事件の犯人が何人かここを訪れている、という事実だ。

私と綾辻先生は、噂を追ってその井戸まで調査に来ていた。

この井戸の場所を突き止めるまでの道のりは、率直に云って、とても楽な仕事とは云えなかった。まず私は綾辻先生の指示でゴシップ雑誌の出版社を突き止め、井戸の記事を書いた記者に聞き込みをした。そこで記者から——やたら口数の多い、調子のいい記者だった——井戸について情報を手に入れた。

「お恥ずかしながら、そいつはまだ継続取材中のネタで御座いましてね」記者はバツが悪そうに後頭部を掻《か》いて云った。「僕はもう少しウラを取ってから記事にしようと思ったのですが——何せ上がコレでね」

記者は人差し指を立てて両耳の横にかざしてみせた。コレが何なのかはよく判らなかった。

記者は出版社の応接室で、茶をすすりながら私に向けて説明した。

「ただ確かなのは、罔象《みずは》川のほとりにあるあの井戸にゃ絶対何かあるッてコトですよ。絶対何かある。ありゃ善くないモノですよ」

「善くないモノ？」と私は訊《たず》ねた。

「善くないモノです。……これは記事には書かなかったんですが」記者は急に小声になって、机に身を乗り出した。どうも動きが芝居がかっている。「ウチの懇意にしてる法律家の先生が——この方の名前は伏せといて頂きたいんですが——さる殺人事件の担当になったんです。火事で一家四人が亡くなって、たまたま外出していた旦那《だんな》さんだけが生き残ったって事件でね。その旦那さんに容疑が掛かって弁護を依頼されたそうなんです。マァ結局は証拠不十分で不起訴になったらしいんですが」

私は話を聞きながら猛然とペンを動かした。火事、一家四人。旦那は不起訴。

「でね、その後の酒の席でね、依頼人から云われたそうなんですよ。『僕はあの井戸に行って変わった、あの井戸こそ自分を生まれ変わらせてくれた、〝授けもの〟の井戸だ』ってね。――それ聞いて弁護人の先生は確信したそうですよ。『こいつがやった』って。『この依頼人が家族を火事に見せかけて殺したんだ』ってね」

「そんな」私は思わず声を高くした。「じゃあ、どうして有罪にならなかったんです」

「それが捜査上は、完全な事故だと判断するしかなかったみたいで」と記者は肩をすくめた。

「台所の火の不始末による失火だってね。僕もツテ辿《たど》って捜査資料を覗《のぞ》き見しましたが、いや鉄壁でしたねえ。どっから見ても事件性ナシでしたもの」

私は考える。事件性のない死亡事故。誰も有罪にならない事件。――完全犯罪。

「弁護人の先生もかなり苦悩したみたいでね」記者は困ったような顔をした。「何せ四人殺したらしい殺人鬼の秘密を守らなくちゃならないワケですから。無論そういう商売だと、ご本人も腹を括《くく》ってたみたいですがね。でもまあ罪の意識って奴ですか、そいつがあったからこそ、日本酒を溺《おぼ》れるほど飲ませて何とかそこまで聞き出せたんですが」

「成る程。その男は、具体的には井戸では何を?」

「ご協力したいのは山々ですが……そこまでは聞き出せませんでした。いや僕がじゃあなくて、先生のほうがです。いくら弁護人でも『その井戸に行った時、具体的に何が家族殺しの契機を作ったんだ』なんて訊《き》いたって、教えてくれる訳ないですからね」

「その男は今どこに?」

「僕も探したんですが、姿をくらましてました。釈放後すぐドロンで、引っ越し後の足取りも摑《つか》めずです」

そっちの線を追うのは難しいか。やはり井戸そのものから取りかかるしかなさそうだ。

「ただひとつ、奴《やっこ》さんこう云ってたそうですよ」記者は神妙な顔で云った。「あれは井戸であって井戸じゃない。あれは『祠《ほこら》』なんだ、って」

「祠？」あまり日常では使わない言葉だ。

「奉ってるんでやすな、何かこう……得体の知れないモノを。でこう、祓《はら》い給え清め給えって風に祈るとそいつが聞き入れて、自分を悪人にしてくれる」

「悪人にしてくれる……」

「その釈放された旦那、元消防士だそうですよ」記者は暗い顔で云った。「火から人を守る仕事の人間が、火で家族をなんて……捜査官さん」

「はい？」

異能特務課は外で捜査をする時、別の身分を名乗ることが許されている。今の私は軍警の特別上等捜査官だ。

「お願いします。何とかしてやってください。こちとら明日食うにも困る三文記者ですが、あれは次の人死にまで寝かしときゃいいって類《たぐい》のモノじゃありやせん。それだけは判ります。でかいバケモノが出る前に、何卒《なにとぞ》」

記者は机に指をついてふかぶかと頭を下げた。

私はその頭頂部をどうしていいか判らないまま見ていたが、やがて仕方なく「判りました」とだけ云った。

「……ということがあったんです」

「成る程な」

私の言葉に、綾辻先生は気のない相槌《あいづち》を打った。

「どうですか綾辻先生。私の捜査力は。昨日の今日でここまで情報を集めるなんて流石《さすが》でしょう」

「ああ、驚くべき捜査力のなさだ。君はほとんど聞いていただけだろう。一方的にその記者が話しただけだ。で、その記者の名前は?」

「慥《たし》か、鳥《とり》、なんとか……」

「実に大した捜査力だ」

私が何か反論しようとする前に、綾辻先生はすたすたと先に歩いていってしまう。

追いかけようとして、私は足を止めた。

木々がざわざわと蠢《うごめ》く。

薄寒い。こんなに人の気配のない街外れなのに、なんとなく誰かに見られているような感覚がする。

薄気味悪さを追い払いたくて、私はやや早足に先生の跡を追った。

「ふん……」先生は井戸の前で立ち止まって云った。「これは興味深い」

私は先生の背中越しにその井戸を見た。

朽ちたコンクリ製の古井戸。外側には腐りかけた注連縄《しめなわ》が二重に巻きつけられていて、どことなく宗教めいた雰囲気を醸し出している。ただ、あるモノはそれだけだ。秘密のパスワードみたいなものが書かれていたりもしないし、謎の異能生物が蠢いていたりもしない。そもそもここからは異能の気配がすこしも感じられない。ベテランの先輩ほどではないけれど、私だって異能特務課だ。異能に関する多少の嗅覚《きゅうかく》くらいはある。

総じて云って、ただの古い井戸だ。

「十字路に、川に、井戸か……。らしくなってきたな」綾辻先生はひとりでそう呟《つぶや》いた。「辻村君、あれが見えるか」

綾辻先生は、井戸の根元を指差した。

「あれは……笹《ささ》の葉ですか？」

私は近づき、しゃがんでみた。風雨に晒《さら》され泥にまみれているが、見間違いようのない大ぶりな笹の葉だ。何枚も並んで落ちている。

「全部で何枚ある？」

「いち、にい……四枚です」

「四枚か」

そう云うと綾辻先生は顔をしかめた。

「他に何か見つかるか？」

「ええと……」

私は腰をかがめて井戸を観察した。

笹の葉の周囲はほとんどが泥だ。ちらほらと小さく黒い砂利が転がっているのと、何個か大きな紫色の丸石が転がっている。そのほかには特に何もない。

井戸の中も覗き込んでみた。かなり深い。そのうえ頭上にある雑木林のせいで陽が届きにくく、底のほうまではよく見えない。とはいえ見る限り既に涸《か》れていて、底に泥が溜《た》まっているだけの古井戸のようだ。

「それだけ……ですかね」

「それだけ、か。確かにそれだけかもしれないな。君からすれば」綾辻先生は表情を変えずに云った。「その紫色の丸石をよく見ろ。川の周囲にある石はもっと尖《とが》っている。それだけ摩耗した丸石は、もっと下流にしか存在しない。人の手でここに持ち込まれたものだ」

「え？」

私は近づいて石をよく見た。笹の葉の近くにある石は、確かに他の石とは違う。奇妙に丸みを帯びた——人の眼球ほどの大きさの紫石。

「全部で何個ある？」

「ええと……六個です。六個あります」

私は指差しで数えてから答えた。念のため少し離れた場所も探してみたが、紫石は井戸の周りにしかない。

綾辻先生はしばらく顔をあげ、どこでもない場所を睨《にら》んでいたが、やがて口を開いた。

「塩はあるか」

「塩？」

塩って……、あの調味料の？

訊ねようと思ったが、また莫迦《ばか》な質問だと貶《けな》されそうなのでやめた。黙って地面に目を移す。けど……塩？　こんな野外で？

何日前かは忘れたが、このあたりにも雨は降ったはずだ。笹の葉も風雨に汚れている。たとえ塩がどこかに置いてあったとしても、雨に溶けてしまったのでは……。

「判りません」私は首を振った。「第一、どうして塩なんです？」

「笹の葉、石とくれば当然、塩だ。何故判らん？」

何故判らないのか、自分でもよく判らない。先生が云うからにはたぶん間違いないのだろうが、私としては首を傾げることしかできない。

先生は軽くため息をついた後、低い声で唄《うた》うようにして云った。

「此《こ》の竹の葉の青むが如く、此の竹の葉の萎《しな》ゆるが如く、青み萎えよ。又此の塩の盈《み》ち乾《ふ》るが如く、盈《み》ち乾《ひ》よ。又此の石の沈むが如く、沈み臥《こや》せ」

そう唱えて、先生はまた黙った。

先生の周囲を、どこからともなく迷い込んだ冷風が渦巻き、通り抜けた。

「それって……」

「文脈からおおよそ推測がつくだろう。〝呪詛《すそ》〟だ。つまり呪いの言葉だな。『古事記』中巻、秋山之下氷壮夫《あきやまのしたびおとこ》という男神が弟との約束を違《たが》えた。すると母神が怒り、笹と石と塩で呪具《じゅぐ》を作り、呪いをかけた。結果、秋山之下氷壮夫は呪いの言葉通りに病に八年苦しみ、母に許しを請うてようやく許された」

「もっと早く謝ればいいのに」私は思ったことを素直に云った。「でも……古事記って、千年以上前の話ですよね？　この井戸と、どういう関係が……」

「相変わらず適切な質問ができんな君は。重要なのは関係ではなく意図だ。そしてそれも、塩の存在を確かめてからだ」

「でも、見えないのにどうやって確かめれば……」

「決まり切ったことを訊くな」先生は冷たい目で私を見下ろした。「君の舌は何のためについている。舐《な》めろ」

……ええ？

……この笹を？

私の心底厭《いや》そうな表情に気がついたらしい。先生は立ったまま私の表情を見下ろし、唇の端だけを動かしてふんと笑ってみせた。

一瞬だけ、ほんの一瞬だけ、〝転属希望〟という単語が頭をよぎった。

笹の葉はいかにも泥だらけで不潔そうだ。何がついているか判ったものじゃない。塩を確かめるためなら拭《ふ》いて汚れを落とす訳にもいかない。

私は笹の一枚を眼前に掲げて、親の敵のように睨んだ。

その時、閃光《せんこう》のような名案が私の脳裏に閃《ひらめ》いた。

「そうだ」と私は云った。「鑑識に調べて貰《もら》えばいいのでは」

「気づいたか」

綾辻先生は残念そうに舌打ちをした。

それから私達は、井戸の周囲で手懸かりを探した。

しかし足跡や遺留品はおろか、人の手が加わった痕跡《こんせき》ひとつ発見できない。笹の葉と石を除けば誰かがここに立ち寄った証拠さえ見つけられない。……本当にこの井戸が、人を殺人鬼にする『祠』なのだろうか？　手懸かりが古事記だけでは、いささか心許《こころもと》ない。

私は周囲を探しながら、横目で先生を観察した。

先生はルーペで周囲を観察するでもなく、煙管《キセル》で思索にふけるでもなく、井戸の縁を指でなぞっていた。探偵というよりは、設計技師が自分の建築物にするような目つきだ。それから懐中時計を取り出し、太陽にかざして見た。

最後に掌《てのひら》をかざして井戸の底に向けて突き出した。そこから霊気でも読み取ろうとするように。そのままじっと動かない。

「何かエネルギーを感じ取れましたか？」と私は訊ねた。「いつから霊感探偵になったんですか」

「すべて霊感で片付けば、探偵の仕事はぐっと楽になるが」先生は鋭い目でこちらを見た。「そんな都合のいいものは存在しない。生きた人間を殺すのは生きた人間だ。ほとんどすべての場合はな」

「…………？」

奇妙な言葉に、私は綾辻先生の表情を見た。相変わらず氷でできたような表情は、ぴくりとも動かない。

先生はしばらく沈黙し井戸を眺めていたが、不意に何の前触れもなく井戸に背を向けて歩きはじめた。

「せ、先生？」と私はその背中に向けて声をかけた。

「調査は終わった。帰るぞ」

「帰るって……」慌てて私は跡を追う。「でも、ここが唯一の手懸かりで……ひょっとして、何か摑んだんですか？」

「何も判らない。お手上げだ」と先生は前を向いたまま云った。

「お手上げ？」私は驚いた。そんな言葉、先生の口から聞いたことがない。

「そうだ」

急ぎ足で先生の背中を追う。先生は歩幅が広いので普通に歩いていても足が速い。小走りにならなくてはどんどん引き離される。

お手上げ、空振り、手懸かりナシ。そんな単語は先生から最も遠い場所にあるはずだ。けれど先生はもう井戸に興味を失ったように、まっすぐ歩き去って行く。私にはついて行く以外の選択肢がない。


車に乗って、市街へ戻った。その間綾辻先生はずっと前を見て、何か目に見えないものを睨んでいた。

私は運転しながら先生の様子をちらちらと気にした。何か考えているのだろうか。それとも手懸かりを得られなかったことを悔やんでいるのだろうか。

たまにはそういうこともあるのかもしれない、と私は思った。巨大な悪の根っこが目の前にドンと置かれていながら、それを上に辿ることがどうしてもできない。手懸かりは隠され、ヒントは持ち去られ、創造神でさえ真実に辿り着くことができない。そういう現場だってあるのかもしれない。先生にとって、今日がそういう日だったのかも。

「気にすることありませんよ」と私は明るい声で云った。「これから鑑識も入りますし……そもそも、井戸がすべての悪のきっかけなんて変ですよ。どう見てもただの古井戸です。特務課の資料にもそんな、『人を悪にする異能』なんて見つかりませんでしたし。きっと別の手懸かりが」

「別の手懸かり？」綾辻先生が不意に口を開いた。「辻村君、そんなものが本当にあると思っているのか。あの井戸が最初にして最後の把手《とって》だ。何故なら、あれが井戸だからだ」

「井戸だから、って……」私はハンドルを握ったまま首を傾げる。「井戸なんてそこらじゅうにありますよ。どうして井戸がそんなに引っかかるんです？」

思えば最初から気にはなっていた。最初から先生は井戸の単語に過敏に反応していた。確かにゴシップ雑誌の記者は何かあるに違いないと云って気にしていたが、裏を返せばそれだけだ。林間学校の殺人事件、家族を殺した放火犯、そのふたつの事件の犯人がたまたま同じ井戸の近くを通っていた。けどそれだけで諸悪の根源と決めつけることはできない。

「井戸には善くないモノが湧きやすい」と綾辻先生は云って、かすかに唇を歪《ゆが》めた。「それが理由だ」

「善くないモノ……？　でも」

慥か、同じ表現を雑誌記者もしていた。

「皿屋敷の怪談を知っているか?」

　唐突に綾辻先生はそう云った。

「皿屋敷、って……あの怖い話のアレですか?」私は記憶を総動員した。「慥か幽霊が夜な夜なお皿を数えて『いちまいたりなーい』とかっていう」

「そうだ。俺も専門ではないからある男の受け売りでしかないが……皿屋敷とは歌舞伎や浄瑠《じょうる》璃《り》の題材ともなっている怪談だ。播州姫路《ばんしゅうひめじ》が舞台の播州皿屋敷、江戸番町《ばんちょう》が舞台の番町皿屋敷、そのほかにも土佐《とさ》、出雲《いずも》、尼崎《あまがさき》など日本各地に異聞が残されている」

「そ……そうなんですか?」知らなかった。そんな日本各地で同時多発的に伝承があるなんて、昔の日本ではよほどお皿が足りなかったのだろうか。

「その舞台装置として必ず共通するのは、幽霊が出るのが井戸であるということだ。屋敷の他のどの場所にも幽霊は出ない。そのほかにも井戸に幽霊なり怪異が発生するという伝承は数多く存在する。そもそも井戸を神聖な場所として祀《まつ》る風習も多い。地方によっては、井戸は弥都《みづ》波能売神《はのめのかみ》などの水神を祀る神聖な建築物とされる。他にも井戸を通して現世と異界が接続されている、という考え方は広く知られたものだ。平安時代、小野篁《おののたかむら》という高位官吏は黄泉《よみ》への入口である井戸を通って毎晩地獄へ降り、閻魔《えんま》大王の補佐をしていたとも云われる」

　昼は官吏、夜は閻魔大王の補佐。現代なら相当なハードワーカーだ。

「あの井戸は他にも県境の川に接し、近くに十字路もあった。いわば〝境界〟だ。井戸に限らず境界、つまりあちら側とこちら側を結ぶ接続点には、古くから幽霊譚《たん》や怪談が多く見られる。すなわち——善くないモノが湧きやすい」

「つまり、こういうことですか？――あの井戸は〝いかにもいわくあり〟な場所だ、と」

「少なくともあの井戸には、そう思わせる要素が揃っている」

私は首を傾げた。

「もしかして事件は、本当に霊魂とかそういうもののせいってことですか？　願を掛けると悪を授ける霊がいて、そいつが殺人犯に取り憑《つ》いて殺人を……」

自分で云った言葉で自分の背筋に厭な寒気が走った。そんな事件、できれば担当したくない。

「そんな訳があるか」

先生がいつもの口調でばっさり切り捨てたので、私は少し安心した。

「霊魂も死後の世界も存在しない。少なくとも今回の事件とは関係がない。関係があるのは、今回の事件の首謀者はそういうモノを演出したがる奴だ、と云うことだ」

「演出……？」

「ああ」先生はウインドウの外を睨んだ。「井戸は実にあいつ好みだ」

あいつ好み。演出。首謀者。

薄々気がついていたことだ。今それを訊ねない訳にはいかない。

「綾辻先生。先生はこの事件の構造と黒幕について、既に……アタリをつけているんですね？」

先生はすぐには答えなかった。

ちょうど目の前の信号が赤に変わり、私はブレーキを踏んだ。前方の交差点を、車がまばらに通りすぎていく。

信号が青に変わった頃、先生は口を開いた。

「霊魂や幽霊の恐怖の本質とは――よく判らないことだ。仕組みと挙動が予測できるものは怪異とはならない。異能と怪異の違いはそこだ。異能はシステムであり、そこに薄気味悪さの入り込む余地はない。この件を仕組んだ人間は、そのことを熟知し、また利用しようとしている」

先生は細煙管を指で叩《たた》きながら云った。

「指で井戸の外周長を計測した。一周が約232センチメートル。これを円周率3・14で割ると直径が出る。約74センチメートルだ。そして、井戸の縁に広げた手を置いて、指の長さと井戸底の直径が同じになるように目の場所を調整すると、三角測量と同じ原理で井戸の底までの深さが計算できる。俺の親指の長さがおよそ6センチ、目から手までの距離が大体33センチ。ここから井戸の深さを簡単に暗算すると約407センチメートルとなる。誤差はあるがな」

私はきょとんとした。

云われてみれば、先生は井戸を調べる時、井戸の外周を指でなぞったり、井戸底に向けて手を広げたりしていた。

あれは霊感探偵ではなく、井戸底までの距離を計測するためにしていたのか。

でも、それにどういう意味が……。

「もうひとつ。六個の丸石と四枚の笹の葉。あの数字にも意図がある。一日を十二に分けた六番目、巳《み》の刻は昔鐘を四つ鳴らしたため明け四つとも呼ばれる。現代になおせば十時前後だ」

六番目に……鐘四つ。数字は符合している。

「この季節、明け四つの太陽角度は概算でおよそ六十八度。サイン・コサインを覚えているか？　直径74センチ、深さ407センチの薄暗い井戸に六十八度の角度で陽が差し込んだ時、底から約224センチの位置までちょうど陽が差し込む計算になる。明日のその時刻に、そのあたりを調べてみろ。何かあるはずだ」

私はすぐに言葉を発することができなかった。

あの井戸の前で、先生は何もしていないように見えて、そこまで思考を巡らせていたのだ。

「でも、一体何故、そんな仕掛けが井戸に？」

「それが怪異のタネだからに決まっている。手品のトリック、詐術の舞台裏、幽霊の正体見たり枯れ尾花、だ。記者はあの井戸のことを何と云った？」

「それは」私は記憶を辿りながら答えた。「拝んだ人を悪にしてくれる『祠』だと……」

「その正体がこれだ」綾辻先生は目を閉じた。「つまり『暗号』——井戸は悪を与える祠ではなく、悪を為《な》せる知能と根気があるかどうかを選別する試練《ハードル》なのだ。おそらく井戸内224センチの位置に次の場所へのヒントがあり、その先でも謎を解き、そうして最後まで関門をクリアした者は完全犯罪の情報が与えられるようになっているのだろう。あの井戸の中に入って高さ2メートル強の位置にあるヒントを見るには、それなりの道具か、二人がかりで泥まみれになる覚悟がいる。そこまでやる人物となると、根気、知識、それに抜き差しならない事情のある人物に限られるだろう。逆にそれだけの資質を備えた人物であれば、完全犯罪の示唆《ヒント》を十全に使いこなせるはずだ。——つまり、『悪』になれる」

私は呆然《ぼうぜん》としてしまった。

井戸は祠でも異界への門でもなく、試験場？

これまで犯罪をしてきた者達は、その関門をクリアした合格者？

確かに、合格した人間は井戸の試験内容を他に漏らしたりしない。そんなことをしたら完全犯罪ではなくなり、自分の罪が暴かれてしまうからだ。だから第三者が感じるのは、ぼんやりとした噂――そこに行った者が悪を為したという、正体のよく判らない薄気味悪さだけ。

「この完全設計された井戸機構《システム》の謎を解く必要がある」と綾辻先生は云った。「そしてその奥にひそむ、設計者の真の狙いを潰《つぶ》す必要がある。でなくては、先の事件で児童がボツリヌス毒素で殺されたような、解決不能の犯罪が伝染病のように増殖することになる。一刻も早く、この機構《システム》を造った人間を押さえ、狙いを止めなくては――この国の殺人事件は、他の国の何百倍もに膨れ上がることになるだろう」

綾辻先生の予言が、不吉に車内に響き渡った。

ざわざわした不安が私の全身を巡った。

綾辻先生は、いつからこの機構《システム》を見通していたのだろうか？

機構《システム》は誰が、何の目的で造ったのだろうか？

訊ねたいことが無数に胸の中で膨らんだ。

「……あ」その結果私の口から出たのは、その中でもとびきり的外れな質問だった。「さっき井戸で『何も判らない』なんて云って帰ろうとしたのは、あの場で今の話をして、自分が泥まみれになるのが厭だったからですね⁉」

「明日、同僚でも連れて泥まみれになってこい」綾辻先生は唇の端だけで薄く笑った。「活躍を祈っているぞ、探偵助手」


綾辻行人は歩いていた。

言葉もなく、供もなく一人、狭い路地を歩いていた。

空は青く、ビルはさらに青い。薄雲と枯れ葉が同じ速度で西に流されていく。

一人歩く綾辻の目は冷たかった。建物に切り取られた陽光が斜めに差しても、その目から漏れる冷気を減じることはできない。

綾辻は一人角を曲がり、うらぶれた工事現場跡の隣の道へと入った。

今頃特務課の狙撃《そげき》チームは泡を食っていることだろう。特一級の監視対象が、またぞろ姿を消したのだ。先日聞かされた、窓を二重にして抜け出す脱出トリックの対策をようやく済ませたところのことだ。そろそろ監視責任者の首が飛ぶかもしれない。

だが、それだけのことをしてでも抜け出さなければならない事情が、綾辻にはあった。

——ある予感が、あったからだ。

歩く綾辻の右手には、背の高い金属ネットフェンスがはりめぐらされている。敷地内にある工事用重機を盗難から守るためだろう。フェンスの上には鉄線が巡らされており、背の高い綾辻でも越えることはできそうにない。

工事現場の敷地内にも、綾辻が歩く路地にも、人の気配はない。

綾辻がその場所を通りかかった時もそうだった。誰の気配もなかった。

地獄の底から声がした。

「久し振りだな綾辻君。……井戸の件、お美事《みごと》であった」

綾辻は振り向かなかった。ただ立ち止まり、二度ゆっくり瞬《まばた》きをした。

息を吸い、息を吐いた。拳《こぶし》を握って、また開いた。目を閉じた。綾辻をして、言葉を発するのにそれだけの時間を必要とした。

そして口を開いた。

「やはり貴様の仕込みか。……俺が『古事記』を引用する時、どれだけ不快な思いをしたか、貴様に判るか？」

綾辻は横を向いた。

その視線の先に、綾辻はその姿を見た。

襤褸《ぼろ》の和服。千年の智謀を閉じ込めた泥色の瞳《ひとみ》。頬には靨《えくぼ》。

足下には影もなく、まるで幽鬼のように佇《たたず》む人物。

フェンスの向こう、苔《こけ》むした古石に腰掛け、いかにも涼しそうに嗤《わら》っている。

「儂《わし》の授業が役に立ったようで何より」

綾辻の瞳の中で、その老夫はにんまりと笑った。

「貴様はよくよく俺を不快にさせてくれる男だ、京極」綾辻は目を細めた。「今すぐ特務課の実働部隊を一個小隊ここに呼んで、貴様のための花火大会を開いてやろうか？」

綾辻はネットフェンスの金網を摑んで睨んだ。金属ががしゃんと鳴り、路地に反響する。

「判っておろう綾辻君。無駄じゃよ」京極は呵々《かか》と嗤った。「ちゃんとそのへんの手筈《てはず》は踏まえて来ておるよ。臆病《おくびょう》な男じゃからの、儂は」

綾辻は目を細めた。

「あの時――滝の上で、貴様は云ったな。『これから始まる〝式〟に較べれば、今までの勝負など除幕式のようなもの』と。そして滝から身を投げた」

「ふははは。流石の儂も、あれには身が冷えたな。何せ死ぬのは初めての経験じゃったから」

京極は気負った様子もなく嗤っている。

綾辻行人と京極夏彦。

二人の怪人の対決は、二ヶ月前――滝の上で終止符が打たれたはずだった。

綾辻の異能、『犯人を事故死させる能力』に捕らえられたものが生き永らえる手段など存在しない。――しないはずだった。

「…………」

綾辻は黙って、フェンスの向こうの人影に視線を注いだ。

もしその綾辻をごく普通の通行人が見ていたなら、その人物は内臓を痙攣《けいれん》させて激しく嘔吐《おうと》していただろう。

綾辻の瞳にあるのは、本物の殺意だった。

丹念に研がれた首狩り鎌を思わせる、金属質で鋭利な殺意。

「どうやら貴様は、殺したくらいでは止まらんらしい」殺意を隠そうともせず、綾辻が云った。その口腔《こうこう》から冷気が漏れ、周囲の空気が凍えて割れる。「いいだろう、貴様の遊びに付き合ってやる、妖術師《ようじゅつ》。貴様が打った〝式〟とやらにな。退屈を紛らわすくらいの役には立つだろう」

「そう来なくては」そう云って京極はまた嗤った。そしてふと思い出したように云った。「許多の人間の命が君の奮闘に掛かっておる。頑張ることじゃ」

――この機構《システム》を造った人間を押さえ、狙いを止めなくては、この国の殺人事件は他の国の何百倍もに膨れ上がることになるだろう。

綾辻は自分が云った言葉を思い出していた。

京極の〝式〟を暴き、その陰謀を止める。そして因縁に決着をつける。

唐突に京極が、眉《まゆ》を上げて訊ねた。

「蛟《みずち》を知っておるかな?」

「蛟?」綾辻が目を細める。

「最古には吉備《きび》の中《なか》つ国《くに》、川嶋河《かわしまがわ》の淵《ふち》に棲《す》みついた大虬《みずち》。あるいは万葉集巻十六に於《お》ける境部《さかいべの》王《おおきみ》の歌にある蛟龍《こうりゅう》、あるいは魏志倭人伝《ぎしわじんでん》に於ける蛟竜《こうりよう》。さまざまな名で呼ばれさまざまな姿を持つ化生、まあ要するに水辺に棲む蛇か竜の化生じゃな。それが君の次の相手よ」

「蛇だと」綾辻の声が一段低くなった。「蛇が人を殺すと云うのか?」

「そうとも。面白かろう?」京極は肩をすくめた。「次の犠牲者は、井戸から這い出た蛟に喰われて死ぬ。まあ、殺人予告という奴じゃな。さて、どうする殺人探偵? いくら君でも、蛟などという怪異に襲われる被害者は救えまい」

殺人予告。

井戸から這《は》い出た蛟に喰《く》われて死ぬ。

「やはり井戸か」綾辻は目を閉じて云った。「ではあそこで智恵を受け取った第三の殺人者が、まだいるという訳だな」

「さてどうかのう」

「外法使いめ」綾辻が吐き捨てるように云った。「俺も予告しよう。次は貴様を、もっと念入りに殺す」

「それは最上の褒め言葉じゃ」京極は愉《たの》しげに嗤った。「それでは、我らの新たな遊戯の始まりを祝した来賓を招こう。儂からのささやかな催し物じゃ。後ろを見るといい」

綾辻が弾《はじ》かれたように振り返る。

路地の奥には人影があった。二人の人影——男と女。

二人は、拳銃《けんじゆう》を持っていた。

拳銃は細かく震えている。

「あ、あなたが——綾辻さんで、ですか」と男が云った。

綾辻は答えない。

背広姿で眼鏡をかけた男と、肩口で髪を切りそろえた女。いずれも三十半ばから四十に届きそうな年齢の、とりたてて特徴のない二人連れが並んで立っていた。左手の薬指に、揃いの環《リング》を嵌《は》めている。夫婦連れだ。

「ヨースケ、わ、わたし……こんな、無理よ」妻のほうが震える声で云った。拳銃を持った手で、あふれ出る涙を拭《ぬぐ》っている。

「大丈夫だよリツコ、何も怖くない。云われた通りにすればいいんだ」夫のほうが泣き笑いの顔で返事をする。呼吸が浅い。

拳銃を持って泣く夫婦。

綾辻は二人を観察し、すぐにひとつの結論に達した。

この二人は、銃で綾辻を撃つために来たのではない。この二人は――。

「銃を捨てろ」綾辻が低い声で唸《うな》った。

「名前を知らない男が、二人の娘のうち……一人の手術費用を、払ってくれました」夫が震えて歯を鳴らしながら云った。「そして云いました。指示に従えば、もう一人の手術費用も払ってやると」

「ヨースケ、怖、怖くてわたし、やっぱり……」妻が目を閉じた。涙がこぼれる。

「怖くないよリツコ、あの子達のためだ。そう決めたじゃないか。……さあ」

震える夫婦は、綾辻の目の前で――

お互いの頭部に拳銃をつきつけあった。

「やめろ」綾辻が犬歯を剝き出しにして云い、一歩を踏み出した。かつてない怒りが瞳に渦巻いている。「銃を降ろせ。その男は遊んでいるだけだ。お前達の命で」

「判っています」夫婦は涙を流し、震えながら微笑んだ。「ですが僕達にとっては、何も遊びではありません。……いくよリツコ」

「神様……ええ、そうね……」

夫婦がぎゅっと目を閉じた。

「やめろ！」

綾辻が叫んで踏み出した。拳銃に手を伸ばす。だが間に合わなかった。


夫婦が同時に、お互いの頭部を撃ち抜いた。


路地に赤黒い血と脳漿《のうしょう》が飛び散った。

路地の壁に鮮やかな赤が飛び散る。

顔の半分を失った夫婦は、銃火の衝撃で左右に弾き飛ばされた。

そして地面に倒れ伏し——ただの肉となった。

残ったのは、一人立ち尽くす、綾辻の長い影。

「血は徒花《あだばな》。ゆえに美しい——愛ゆえに散った紅吹雪であれば尚更《なおさら》」

「京極……貴様……！」

「儂は研究家でな。君の異能については随分調べた。君の異能は〝手術費用を払った男〟を殺人犯とは認識できない。そうであろう？」

綾辻が金網を力まかせに殴りつけた。

その先に京極の姿は既に消えている。

「その顔だよ綾辻君。……君のその顔が見たかった。ではまた。我が妖術を愉しみ給え」

どこにもいない京極の声が路地に反響して、やがて消えた。

一人残された綾辻は、金網を血が出るほど握りしめたまま、俯《うつむ》いて静止していた。


赤い血が、路地にゆっくりと広がっていく。


そのニュースは、またたく間に特務課まで広がった。

私は内務省にまで呼び出され、説明を求められた。もちろん答えられることなんて何もない。あの怪物が――京極が、生きていたのだ。滝に落ちて死んだはずのあの男が。

何故？　どうやって？　死体こそあがらなかったものの、いくつもの機関が徹底的に調査したのだ。あの滝から落ちて生きていられるはずがない。

それに京極は――綾辻先生の異能に命を捕らえられたのだ。『事故死』の異能に。そこから逃れられたものは今まで存在しない。

内務省の白い敷地にいる間じゅう、坂口先輩はずっと厳しい顔をして黙っていた。説明が終わって基地に戻る時、一言だけ「とにかく情報を集めてください」と私に云った。

私は持てるすべての力を尽くしますと答えた。それは本心からの言葉だった。

ひとつ――心当たりがあった。

それから十八時間後、私はある郊外の下水処理施設にいた。

私は書類を片手に持ち、壁にもたれて立っていた。あたりは静かだ。遠くで巨大な処理機械が動作する音が、どこからともなく響いている。

近頃の下水処理施設は清潔だ。汚水の臭いもしなければ、壁に泥はねの跡もない。クリーンで無機質で誰もいない。従業員はここから2キロ離れた事務所で下水処理をコンピュータ操作している。だからここには誰もいない。

敵にバレないように密会するにはうってつけの場所だ。

私のいる通用廊下に、人の影はない。半ば壁に埋まっている薬品輸送管があるだけで、盗聴器を仕掛けられそうな場所も、盗み聞きする誰かが隠れられそうな場所もない。がらんとしている。

なんだかスパイ映画みたいだと思って、少しだけおかしくなってしまう。もしこれがスパイ映画なら、私はこんなに胃の焦げるような不安を感じることはないだろう。何故ならスパイ映画では最後には必ず悪をやっつけて勝利することが判っているからだ。彼らにあるのは『どう勝つか』だけだ。でも私は違う。

今の私には、敵に――あの怪人に勝つイメージが全く湧かない。

遠くから足音が聞こえてきた。悠然とした足取りの靴音だ。

その音だけで、今は不思議と安心する。

「随分な場所を選んだな」低く冷たい声が云った。「舞台装置にこだわるなど、二流のやることだぞ、秘密エージェント」

奥の通用扉が開いて、人影が現れた。

「綾辻先生」と私は云った。

「君はもう少し同僚を労《ねぎら》ったほうがいい。この俺が一人、探偵事務所からタクシーで移動すると知った時の狙撃監視チームの混乱を想像しなかったのか？　それに見合うだけの内容なんだろうな」

「井戸の奥にあった暗号を見つけました」私は書類を掲げて云った。

「ほう」綾辻先生は遮光眼鏡の奥で、片眉だけを軽く上げてみせた。

私は書類を開いて、資料を見せながら云った。「先生の云う通りでした。井戸の壁、中腹あたりに三箇所の亀裂《きれつ》がありました。ちょうど昼前後の陽光を受けないと奥まで見通せない、細くて深い亀裂です。その奥に、いくつものプラスチック片が埋め込んでありました。ピンセットでようやく取り出せるほどの小さなプラスチック片ですが、共通しているのは小さい字が書かれているということです。そこに拡大写真があります」

書類のひとつを私は指差した。綾辻先生はそれを手にとって見た。

「978-0-」

「5-19-1」

「198-57」

三種類のプラスチック片に、それぞれそう書かれている。

綾辻先生は黙ってその写真を眺めた。目が細くなる。

「念のため、隙間に入っていたプラスチック片はすべて処理しました。これで新たな〝完全犯罪者〟が出る可能性はありません。一応井戸の周囲を監視させていますが……」

「無駄だな」綾辻先生ははっきりと云った。「あれが唯一の井戸とも思えん。他にも〝怪異〟の発生地は用意されているはずだ」

「怪異？」

「そうだ」綾辻先生はこちらを鋭く一瞥《いちべつ》してから云った。「少なくとも奴にはそう思わせたい理由がある。その理由が何かはまだ判らないが」

私は頷《うなず》いた。あの怪人の考えることは誰にも理解できない。理解できるのは、このまま放っておいては次々に犠牲者が出るということだけだ。

「そのプラスチック片は、暗号でしょうか？」

「そうだ」

「その暗号を解けば、奴に一歩近づける？」

「そうだ」

「特務課の暗号チームも、その暗号の解読に取りかかっています。コンピュータを使った特殊解読プログラムを走らせていますが、まだ結論は出ていません。ですが数日のうちに解読できるだろう、とのことです」

「数日のうちに？」綾辻先生は顔を上げた。「俺は今解読したが」

「え？」一瞬、何を云われたのか判らなかった。「今って……今？　もう解読したのですか？」

「何を金魚のような顔をして驚いている。それほど難しい暗号ではないぞ」綾辻先生は写真を指で弾いた。「想像力も発想力も必要ない。少しは自分で考えてみろ」

私は促されるまま、暗号の書かれた写真を見た。「978-0-」「5-19-1」「198-57」。

井戸に別々に隠されていた暗号だ。順番がこの通りとは限らない。それぞれが独立した暗号なのか、それとも連結してひとつの数字になるのか。

資料を見せられた時一度は考えてみたが、何も浮かばなかった。

「5-19-1」というのは日時に見えなくもない。5月19日01時。でも他のものは日時のようには見えない。ではアルファベット変換だろうか。5番目のe、19番目のs、1番目のa。……だとしても、他の暗号、「198-57」は？　198番目や57番目のアルファベットなんて存在しない。どう考えれば……。

綾辻先生は静かに云った。

「人は暗号解読ゲームを愉しむ。だが人々がよくする誤解は、暗号が常にお決まりの方法で解かれるのを待っていると思うことだ。貸してみろ」

綾辻先生は書類を手に取ると、順番に指差しながら云った。

「これは連続したひとかたまりの数列だ。最初の『978-0-』がハイフンで終わっているのが不自然なことから、ここまでは簡単に推測できる。ちなみに順番は『978-0-』『198-57』『5-19-1』だ。次は知識だ」

綾辻先生は写真のひとつを指差した。

「最初の〝978〟。これを見て気づけるかどうかだ。国語教師がこの謎を解けたのも納得がいく。この数字は凡百《あらゆる》書籍に必ずつけられる、世界共通の固定頭番号《プレフィックス》だ」

「書籍？　書籍って……あの？」

「他に何の書籍があると思っている」綾辻先生は冷たい目で云った。

「これは国際標準図書番号だ。世界中の書籍に異なる番号が振られ、同じ番号はふたつと存在しない。元は十ケタだったが、番号の不足に備えるため二〇〇七年に十三ケタに増やされた。その増えた三ケタが〝978〟だ。今のところほぼすべての書籍にこの番号が使われている。書籍裏にある棒線符《バーコード》にも必ずこの数字が印字されている」

「じゃあ、この数列は……」

「この数列は、ある一冊の本を示している。『978-0-198-575-19-1』。最初の978は固定記号、次の0は言語を表す。0は英語圏だ。次の『198-575-19』は出版者記号と書籍記号。最後の1はチェックのために自動で割り振られる数字で、常に一ケタであることから、『5-19-1』が三番目の数列だと確定できる。……つまりこの数列は、英語で書かれたある書籍を示している。ネットを使えば、書名は簡単に調べられるはずだ」

私は慌てて携帯電話を取り出し、特務課に調査の連絡を取った。

綾辻先生の云う通り、数秒で調べはついた。私は礼を云って電話を切った。

「判りました。出版はオックスフォード大学」と私は綾辻先生に云った。「〝The Selfish Gene〟というタイトルの本の初版です。著者はリチャード・ドーキンス。出版年は一九七六年」

「あの本か」綾辻先生は眉を寄せた。「有名な科学系の教養本だ。邦訳版のタイトルは『利己的な遺伝子』……だが、意外だな。井戸の件からして、民俗学や霊的伝承を扱った本だろうと予想していたが」

「どんな本なんですか？」

「ごく簡単に云えば、遺伝子《ジーン》と模倣子《ミーム》についての考察だ」

「模倣子《ミーム》？」

「遺伝子《ジーン》が繁殖によって自己を複製し、後世へ伝わっていくモノである、という生物学の基本になぞらえて、模倣子《ミーム》は伝達《コミュニケーション》によって自己を複製し、後世へ伝わり生き残っていくモノ、と定義しその特性を議論した書籍だ」

伝達によって？――遺伝子が親から子へ伝わるモノ、っていうのは何となく判るが、模倣子がどんなものかは聞いたことがない。

「具体的には、宗教、文化、言語や倫理などだな。例えばサンタクロースは実在しないが、人間の会話やメディアによって伝達・繁殖し、生命と同じように地球上あらゆる地点で目撃することができる。つまりサンタクロースは遺伝子ではなく模倣子《ミーム》で増える生命体という訳だ。千年以上前の宗教や文化を日常で当たり前に目にすることができるのは、情報というものがそもそも遺伝子と同じように自己複製能力と増殖能力を持っているから――とするのが模倣子《ミーム》理論であり、“The Selfish Gene”はその草分けとなった書籍だ」

私は頷いた。「何となくぼんやり判りましたので、後でもっとちゃんと教えてください」

綾辻先生は冷たい目で私を見た。「辻村君。何故俺が暗号を解読できたと思う？ 普通は聞いても記憶に留《とど》めないような図書番号の知識を頭に入れていたからだ。そういう些細《ささい》なところが君と俺の差だ。一般教養レベルの本だ、邦訳も出ているから自分で読め」

「ぐう」と私は云った。

綾辻先生はしばらく私を睨んだ後、「何だ今の『ぐう』というのは」と云った。

「いえ、本当はぐうの音も出ないところだったのですが、少し悔しかったので」

「成る程」と綾辻先生は云った。「君が昨日の夜食った蛙が、腹の中で潰れたのかと思ったぞ」

その時、綾辻先生が来たのと同じドアが開かれた。

「集合場所はここで合ってる？」

ドアから現れたのは、背広姿の男性だった。

「飛鳥井《あすかい》捜査官」私はその男性に向けて云った。「ご足労いただきありがとう御座います」

背広に帽子姿の男性——飛鳥井捜査官は、手を挙げてこちらに歩いてきた。がっしりした体つき。動作は静やかで、身のこなしに隙がない。両手に黒い革手袋を嵌めている。

「辻村ちゃん。遅れて悪かったね。お詫《わ》びってほどじゃないけど、これ京都土産の漬物。先週の休みに行ってきた」

「はあ」

極めて滑らかな動作で、飛鳥井さんは背広の内ポケットから漬物のパックを取り出し、私に差し出した。思わず受け取る。真空パックされた袋がそのまま、包装もなく手の上にちょこんと置かれた。

「綾辻先生、ご無沙汰《ぶさた》しています」

「君か」

飛鳥井捜査官は綾辻先生に向かって一礼し、再び流れるように自然な動作で漬物を取り出して差し出した。「先生もどうぞ」

綾辻先生は動じることなく、細煙管を咥《くわ》えた。漬物を受け取る様子はない。

「君の謎の趣味にもいい加減慣れたが、俺は香の物の類が好きではない」

「おや、そうでしたか」

「ああ。……まあ一年五ヶ月前に渡された青瓜《あおうり》の漬物は、それほど悪くなかったが」

飛鳥井捜査官は一礼し、その動作に乗せてやはり無駄の一切ない流麗な動作で背広から別の漬物袋を取り出して差し出した。「どうぞ」

「あるのか」

綾辻先生は再度差し出された漬物を渋々受け取った。

あのポケット、どうなってるんだ。

「辻村ちゃん、何も訊かずに渡してしまったけど、好きな漬物の具とかある?」

飛鳥井さんは内ポケットに手を入れながらこちらに近づいてきた。私はないですないですと慌てて手を振る。

「ふん——辻村君の云っていた情報提供者とは、この漬物マニアのことか」

「そうです」綾辻先生の言葉に、私は頷く。「飛鳥井さんは軍警の特別上等捜査官で、京極関連の事件を長年追っています。京極に関する捜査上の情報は、ほぼすべて飛鳥井捜査官を通るといっても過言ではありません」

軍警の特別上等捜査官。

最前線で犯罪と闘う、捜査のプロだ。正体を隠して裏で動く異能特務課のような秘密組織とは違い、常に捜査の最前線で指揮を執り、区分けや縄張りなく凶悪な犯罪を追うプロフェッショナル。生半可なタフさではとても務まらない。

「飛鳥井さん、お忙しいところすみません。幾つかお伺いしたいことが」

「僕が呼ばれたってことは、やはりあの件かい？」

飛鳥井さんは太い腕を組んで唸った。

「聞きましたよ綾辻先生。奴が再び現れたとか……実に奇怪です。奴は確かに二ヶ月前、あの滝で貴方《あなた》が殺したはずなのに」

「ああ、殺した。だがそのくらいでは奴は止まらんらしい」綾辻先生は煙管を吸いながら静かに云った。

「その件なのですが」と私は云った。「飛鳥井さん、あの滝での捜査がその後どうなったか、詳しく教えて頂けますか？」

「奴がどうなったかを？　いいとも」

飛鳥井捜査官はそう云って目を細めた。

「結論から云って、死体は見つからなかった。しかし奴が死んだのは間違いないと思われる」

そう云ってから、反応を窺《うかが》うみたいに飛鳥井さんはちらりとこちらを見た。

「死体は――見つからなかった？」

「ああ」飛鳥井さんは煙草を取り出し、綾辻先生を見た。「吸っても？」

綾辻先生は目を閉じ、判別できるすれすれの距離だけ顎《あご》を引いた。それを確認してから飛鳥井さんは煙草に火をつけた。

そして語りはじめた。

「あの事件――人里離れた博物館で男女十二人が死亡した事件で、夕方過ぎに特務課から連絡があった。黒幕を発見し追い詰めたので、包囲・逮捕に協力して欲しい、と。我々は情報を元に、あの滝の周囲をすぐさま包囲した。黒幕が——京極が滝から落下したと知らされたのは、その直後だった」

私は頷いた。その時のことは私も覚えている。

そもそもの始まりは、人里離れた博物館での惨劇だった。——その博物館で、閉じ込められた十二人が互いに殺し合うという、すさまじい悲劇が引き起こされた。十二人の誰かが凶悪な殺人鬼、目潰し魔であるという偽情報に踊らされた人々が疑心暗鬼に陥り、些細な争いが殺し合いにまで発展したのだ。博物館の監視映像では、人々が包丁や火かき棒で互いに殺し合う凄《せい》惨《さん》な顚末《てんまつ》が記録されている。——そして最後に残った一人も、何者かによって撲殺され死亡した。

その一連の惨劇を仕組み、裏から殺し合いを煽《あお》ったのが京極であると、綾辻先生が見抜いたのだ。

綾辻先生は京極を追い詰め、滝の上で直接対決した。敗北を悟った京極は自ら滝に身を投げた——そう聞いている。

「奴が滝から落ちたと聞いて、最初に思い浮かんだのは偽装逃亡の可能性だったよ」と飛鳥井捜査官は云った。それから煙草の火を眺めた。「たとえ現場が世界一高いビルの上からだったとしても、安心はできないからね。燃えさかる野火の中に飛び込んだと聞かされても油断できない。何せ相手はあの京極だ。僕は部下に命じ、周囲を完全に封鎖させた。山道や抜け穴ひとつ見落とさないように、完全に周りを取り囲んだ。それから滝へ向けて包囲を縮めた」

私も遅れて現場に急行したから、その時のことは知っていた。

あの包囲を抜けられるはずがない。特務課の追跡班も出ていた。飛行や土中潜行の異能があったとしても、その手の異能者に慣れた特務課の裏をかくことはできない。それに——京極の異能は既に判明している。物理的に外界に干渉する異能ではない。だから滝から忽然《こつぜん》と消える、なんてことは不可能だ。周囲に仲間らしき異能者も確認されなかった。

私がそのことについて言及すると、飛鳥井さんはそうだねと云って頷いた。

「仕事柄、異能犯罪については知ってるよ。あの状況では、京極の異能はほとんど何の役にも立たない。京極が操る『憑き物』は、物理的に外界に影響を与えられないはずだ」飛鳥井さんはちらりと綾辻先生を見た。「そうでしょう、先生?」

綾辻先生は視線だけで頷いてみせた。

「あの滝は極めて危険な場所だ。たとえ何か秘密の対策を施していたとしても、僕なら絶対に〝試しに落ちてみよう〟なんて気は起こらない」飛鳥井捜査官は煙草を携帯灰皿に押し込みながら云った。「単純に高さだけでも相当なものだし、そのうえ滝の途中にはいくつも岩がせり出している。滝壺《たきつぼ》の深さも相当で、老人が素泳ぎで抜けられるようなやわな水流じゃない。これに関しては僕も試した。危うく溺れかけたよ」

「例えば……滝の裏に洞窟《どうくつ》や、抜け道が隠れていてそこから、ってことは」

私の質問に、飛鳥井さんは笑って答えた。

「それも調べたよ。水中の隠し通路も。でも見つからなかった。何しろあの後、大規模な山狩りをしたんだ。死体を捜すためにね。衝突試験用のマネキンを滝上から落としたりもした。バラバラになったよ」新しい煙草に火をつけながら、飛鳥井さんは綾辻先生のほうを向いた。「先生なら判りませんか？　奴がどうやって生き延び、あの包囲から逃げたのか」

「さあな」綾辻先生はそっけない。

私も腕を組んで考える。

絶対に逃走不可能な滝壺からの脱出と生存。怪人・京極の放ったとびきりのトリック。

「あの、ひとついいですか」私は小さく云った。「実は私、あの滝から京極が消えたことそのものには、そんなに驚いていないんです」

飛鳥井さんがこちらを見る。「そうなのかい？　ひょっとして、滝から脱出した方法が判ったとか？」

「いえ……そういう訳ではないのですが」それが判っていたのならカッコよかったんだけど。「そういうことではなく、包囲された滝から消える程度のことなら、奴なら必ず方法を考えつくと思うんです。これまで奴が残した、証拠ひとつない完全犯罪の数々に較べれば、滝壺からの消失はそれほど驚愕《きょうがく》するような出来事ではありません」

何の証拠も残さず十二人を殺し合わせたり。

大企業の社長を、従業員を殺戮《さつりく》する狂人に作り替えたり。

名だたる無差別殺人犯を何人も同時に、拘置所から脱獄させたり。

『妖術師』『外法使い』『傀儡師《くぐつ》』――忌むべき無数の二つ名を持つ男。社会の敵《パブリックエネミー》。

「私が驚いているポイントはひとつです」そう云って、私はちらりと綾辻先生を見た。「綾辻先生の異能を受けて、それでも生きていること――ただその一点において、奴は異常です」

飛鳥井捜査官は難しい顔をした。綾辻先生は私を見た。

犯人を事故死させる異能力。

絶対不可避な運命支配。

特一級危険異能者。

綾辻先生の言葉を借りるなら、異能はシステムだ。この世の理を縛る絶対論理。そのルールから逃れることは誰にもできない。

あるとしたら、別の矛盾した異能をぶつけて、特異点を発生させるくらいしか――。

「特異点」はっとして私は云った。「異能の特異点？　それで綾辻先生の異能を破った？　でも、まさか……」

「その特異点というのは何だい？」飛鳥井さんが首を傾げた。

「え？」私は心臓が跳ね上がった。「私……そんな言葉、云いましたっけ？」

私は首をどうにか傾けて微笑む。

異能力の特異点――それは特務課が秘密裏に研究している異能事象のひとつだった。

特務課の先輩が云っていた説明が蘇《よみがえ》る。

『複数の異能力が干渉しあった結果、ごく稀《まれ》に全く予想しなかった方向に能力が暴走することが確認されているそうです』と先輩は云った。『例えば〝必ず先制攻撃する〟異能を持った二人が戦ったらどうなるか。〝必ず相手を騙《だま》す〟異能者と〝必ず真実を見抜く〟異能者が会話したらどうなるか。その答えは〝やってみなければ判らない〟です。大抵はどちらかの異能が勝つ。ですが稀に、その両者どちらでもない現象に発展することがあるそうです。特務課はそれを〝特異点〟と呼んでいます』

実際にこの目で見たことはない。特務課でも、その現象を目撃したことのある人間はほとんどいないと聞く。

それでも、綾辻先生の異能――『必ず死ぬ』を回避するには、そのくらいの異常現象が起こっていなくてはおかしいのかもしれない。

もちろん、『必ず死ぬ』異能と矛盾し、衝突《コンフリクト》を起こすような異能なんて、想像もつかない。横浜のさる民間探偵企業には『相手の異能を無効化する』という、とんでもない異能者がいるそうだが、それでも他人である京極の事故死を回避することはできない。衝突《コンフリクト》も起こせない。

ヒントを求めて、それとなく綾辻先生の様子を窺う。先生は何か示唆するでもなく、ただ黙って遠くを見つめている。まるで心ここにあらず、私達の議論など眼中にないかのようだ。

「綾辻先生の異能で死亡してないってのは、確かに不思議だ」と飛鳥井さんは云った。「囹圄《れいご》島の住民十七人虐殺――覚えていますよ。あの現場には捜査で僕も行きましたからね。先生は一瞬で、十七人の犯人を同時に事故死させた。しかもそれぞれ別の死因で――あのすさまじい光景は、今も目に焼きついて離れません」

囹圄島の十七人虐殺――五年前に起こった事件。たまたま綾辻先生が立ち寄っていた小さな島で殺人事件が起き、先生が事件を解決した。その結果、グルだった島民十七人が全員、綾辻先生の異能によって凄惨な大量死を遂げた。殺人事件そのものの数倍の人間が異能で死亡したその事件は、綾辻先生が政府にマークされ、特一級危険異能者と認定されるきっかけにもなった。

私にも——浅からぬ因縁がある事件でもある。

「過去は過去だ」と綾辻先生は云って、煙管を指で叩いた。「いずれにしろ、奴は遠からず必ず動く。その時に何をするかだ。飛鳥井君」

「はい？」

「君はこの件から手を引け」綾辻先生は自然な口調でそう云った。「後は俺と異能特務課に任せろ。君のような一般人が出る場面はもう過ぎた」

「……、一般人？」飛鳥井さんは片方の眉をあげた。「それは……僕のことですか？」

「俺は事実しか云わん」綾辻先生は鋭い目で飛鳥井さんを見た。「君は優秀な捜査官だ。法を遵守し、決して正義を曲げず、どこまでも突き進む。そして奴が次に狙うのはそういう人間だ。ルールに縛られ、動きが読みやすく、自分が操られているという自覚すら持たない。奴に上から『憑き物』を落とされたら、君は自分のままでいる自信はあるか？」

「あります」飛鳥井さんは強い視線で綾辻先生を見返した。「なければこの仕事をしていません」

「それが百人近い人間を死に追いやった男の異能でも？」

「綾辻先生」飛鳥井さんは一歩を踏み出した。「ご存じのはずです。何故僕が奴を追うのか。奴は僕の相棒を殺した。ずたずたに引き裂いて惨殺した。それは事実です」

「…………」

慥か、飛鳥井さんの相棒——由伊《ゆい》さんという名前の、同じく特別上等捜査官——は、京極を追っている捜査の途中で命を落とした。黒幕は京極ではないかと推測されたが、例によって証拠は一切ない。

「これでも貴方を尊敬しているんです、綾辻先生」顎の筋を緊張させながら、飛鳥井さんは詰め寄った。「危険異能者だろうと何だろうと、貴方の力は素晴らしい。『犯人を必ず殺す』。貴方は僕が法を遵守すると云ったけど、違います。京極は逮捕なんてしない。見つけ次第、必ず僕が殺します」

そう云って飛鳥井さんは一度息を吸い込み、息を止め、そして云った。

「貴方よりも先に」

綾辻先生は黙ってその台詞《せりふ》を聞いていた。それから煙管を吸い、煙を吐き出してから、「善いだろう」と云った。

その時だった。

カランカラン、という乾いた金属音が廊下に響いた。

私は音の正体を探して床に視線をやった。それはすぐに見つかった。

円筒状の金属。白銀色でサイズは珈琲《コーヒー》缶くらい。円筒の一端は球状になっていて、まるで巨大な弾丸のようだ。どこかで見たことがある形状。——何だったかな。

そう思った直後、缶から灰白色の煙が勢いよく噴出した。

「……ガスグレネードだっ！」

飛鳥井さんが警戒する猛禽《もうきん》の声で叫んだ。

その声を合図にしたように、廊下の奥の闇から光と音が襲撃した。

銃火と銃声。

撃たれている。

そう理解した瞬間、時間の感覚が消えた。

寒気が這い上がる。

「こっちだ、早く！」

飛鳥井捜査官の叫びが、耳元を通過する弾丸の風切り音にかき消された。

体当たりするようにして私を動かし、私の前にいた二人が駆け出した。私の視界には高速で過ぎていくものの残像しか目に入らない。煙、弾丸、回る床と壁。天井や壁材を、通りすぎた弾丸が砕いていく。距離が遠いらしく、銃弾の狙いは正確ではない。けれど逃げ場のない廊下で襲撃にあう本能的な恐怖のせいで、取るべき行動が頭に浮かばない。

複数の人間が小銃を撃っている時の、ガガガガガというこもった音が室内に反響する。走ろうとするのだが、脚が意識についてこない。

敵襲。銃撃。逃げなくては。いや、反撃しなくては。

「何をしている愚か者！」

誰かが私の手を強く引っ張った。低くてよく通る声。誰の声か意識するよりも早く、その言葉に体が反応していた。弾かれるように駆け出す。

奥のドアへ。

鉄製のドアを抜ける頃には、廊下はほとんど白い煙に覆われていた。勢いよく閉められたドアの表面を弾丸が叩き、耳障りな音を立てた。

逃げた先は小さな部屋だった。

備品倉庫だろう。部屋の高いところに、人ひとりがどうにか通れそうな窓があり、そこから入る鈍い光が室内の埃《ほこり》を浮き上がらせていた。

入って来たドアの他に道はない。行き止まりだ。

それでも唯一の窓からどうにか脱出できないかと身を乗り出しかけた私を、綾辻先生が手で制する。

「やめておけ」綾辻先生はいつもよりやや細い声で云った。「外も包囲されている」

先生の云う通りだった。窓の外から、ほんのかすかだが人の足音が聞こえる。一人や二人ではない。重くて硬い靴が、砂利を踏んでこちらへ近づいてきている。

となると、建物の出口すべてを押さえられている可能性が高い。

私は走ったせいで浅くなった呼吸を何とか抑えながら云った。「一体……何が……」

「非合法組織やマフィアじゃない」飛鳥井さんが押し殺した声で云った。「小銃の音が違う。しかし、だとしたら連中は一体」

そこで飛鳥井さんの声が急に途切れた。脇腹を押さえている。食いしばった歯の奥から、岩をすり潰すような苦鳴が漏れた。

「飛鳥井さん、脇腹に……」

「見た目ほど、大した怪我じゃない。弾は骨に中《あた》って抜けた」その言葉に反して、飛鳥井さんの額には脂汗が浮かんでいた。飛鳥井さんが摑んだ肋骨《ろっこつ》近くの傷から、赤黒い血がにじみ出し、背広の布色を染めていく。

「とにかく、一刻も早く脱出を……この狭い部屋に手榴弾《しゅりゅうだん》でも投げ込まれたら、ひとたまりもない」

「ふん、俺を追い詰める一手にしては、随分つまらん手を選んでくれたものだ。銃で襲撃とは……品性に欠ける。軽く蹴散《けち》らしてやるべきだな」

こんな事態にもかかわらず、綾辻先生の目はどこでもない遠くを見据えていた。まるでその方向に宿敵である京極が存在するかのように。

先生は目を閉じて数秒間何か思案していたが、やがて目を開いて私を見た。

「俺に考えがある」


私は拳銃を構えてドアのそばにかがんでいた。

汗でグリップが滑る。いつ汗の滴が目に入って視界が遮られるかもしれないと思うと、袖《そで》で額を拭うのを止められない。

銃火は一時的に止《や》んでいる。でもすぐに攻撃の第二波が始まるだろう。さっきよりもっと徹底的で容赦のない攻撃が。その前にこの部屋から脱出しなくてはならない。

それができるのは私しかいない。

大丈夫だ。訓練学校では実技は成績トップだった。訓練警棒で殴りかかってくる教官を気絶させたことも、一度や二度ではない。

だが——あの訓練では実弾は飛んでいなかった。敵の武器も腕前も判っていたし、何より教官はこちらを殺すつもりはなかった。倒しても倒されても、その後はすぐに笑顔で軽口を云うことができた。でも今回は、倒されたら何もかもがそれきり。

できるのだろうか、私に。

外で敵が妨害電波《ジャミング》を使ったのだろう、携帯の電波は入らない。つまり少なくとも電波が入るところまで行けば、特務課本部に連絡することができる。敵を全滅させる必要はない。

「敵の数はこちらが想像するよりもずっと少ないはずだ」先程の打ち合わせで、綾辻先生は床の埃に簡単な地図を描きながら云っていた。

「何故なら最初に俺達を煙でここに追い込んだからだ。この部屋の出入口はふたつ。入って来たドアと、そこの小さな窓」先生は地図に出入口を書き込んだ。「火力と人員が足りない時、どうやって狩人は獲物を狩る？　簡単だ、獲物を驚かして壺の中に追い込み、穴から火を投げ入れる」

先生は図に矢印を書き込んだ。大きな入口——私達が入って来たドア——を煙と銃火で塞《ふさ》いで、もう一方の小さな窓から手榴弾か催涙弾で制圧する。成る程、これなら確かに狩る側の被害も火力も最小で済む。

つまりこの状況を作り出した敵は、数にものを云わせて圧殺するだけの人数を揃えていない。

「では……裏を返せば、この煙のある側は手薄だということですか」脚を押さえて座り込んだ飛鳥井さんが訊ねた。

「そうだ。廊下側を塞いでいるのは心理的な壁だ。長い廊下に、煙による視界不良。だがそれ故に、人員は二人しか配置されていない。逃げる時に銃火を確認した」

私や飛鳥井捜査官でさえ逃げるのに精一杯だったのに、銃火の数まで観察しているとは……。

「敵は何者なんでしょう」

「さあな。今考えても仕方ない。もっとも敵が何者であれ、背後で操っている人物は明白だがな」

京極の策略。その第一波。

「では、襲撃者は京極の異能に操られて……？」

「それはない。奴の異能――『憑き物落とし』は、相手に上空から憑き物を降らせて取り憑かせ、対象の精神を変調させる異能だ。だが憑き物は本人にしか見えず、あくまで本人に間接的な悪感情や混乱を与えるのみだ。今回のような組織的作戦行動を指揮する力はない。――奴にとって異能は補助的な領域に留まる。真に奴を邪悪たらしめているのは、ひとえに本人の悪魔的頭脳によってだ」

綾辻先生に云われて、私も特務課の資料を思い出した。

京極の持つ異能は、綾辻先生に較べればはるかにランクの低いものだ。物理的に相手を攻撃できる訳でも、相手を自由自在に動かせる訳でもない。憑き物――怪異や物の怪《け》の類を取り憑かせ幻覚を見せる。ただそれだけの異能だ。

しかしそうすると、疑問も残る。

一体奴は、どうやってこの襲撃を仕組んだのだろう？

私は綾辻先生の言葉を思い出しながら、今、ホルスターから引き抜いた自分の拳銃を握りしめている。

「機を見て、飛鳥井君が窓から拳銃で威嚇射撃する。それを合図に飛び出せ」と綾辻先生は壁にもたれて云った。「うまくいかなくても死ぬだけだが、できればうまくいったほうがいい。辻村君」

「……はい」

「殺さずに黒幕を聞き出す必要はない。危機を感じたら、迷わず殺せ」

「はい……」

殺す……。判っている。それしかない。相手がこちらに銃口を向けている時に、ためらっている余裕なんてない。殺すしかない。けど私は、いまだに実戦で誰かを殺したことがない。

「辻村君。例の映画、決め台詞は何だった?」

いきなりの質問に、一瞬戸惑う。だがすぐに思い当たった。

——私と同じ時代に生まれたのが、お前の失敗《ミス》だ。

「綾辻先生」私は先生を睨んで云った。「あなたは本当に厭な人です」

だが、そのおかげで体の硬さは消えた。

あの映画の主人公なら、こんな状況で怯《おび》えたりしない。つまり私も怯えたりしない。

「行きます」

飛鳥井捜査官と目配せをし、私はドアに手を掛ける。

拳銃の安全装置を外した。

窓から撃つ銃声にあわせて、私は部屋を飛び出す。

ドアの先は、何も見えない白煙で満たされていた。

1メートル先だって見えない。でも今はそれが好都合だ。

私は素早く駆けたが、足音は立てなかった。事前に靴を脱いでいたからだ。

綾辻先生の云う通りだ。この白煙では向こうからもこちらが見えない。裸足《はだし》で静かに接近すれば、逆にこちらが奇襲する形になる。

私は姿勢を低くし、いつでも拳銃を撃てるようにしたまま駆けた。白煙が消える前に勝負をつけなくてはならない。

白煙が薄れた先に、黒いブーツの爪先《つまさき》が見えた。

お互いに準備の時間のない、最近接遭遇。

驚いた相手が小銃を向けるのが視界の端に見えた。

私は勢いをつけてスライディングし、相手の脚の間を潜《くぐ》り抜けた。背後に回って足払いをかける。

倒れながら敵が銃口を向けようとする。裸足の爪先で銃を蹴り上げて弾き飛ばす。そのまま足裏で敵の手首を押さえつけ、自分の拳銃を相手に向けた。

そこで初めてきちんと相手を確認した。防弾服に防毒面《マスク》。右目には小型カメラ。銃の照準器は光学光像式《ドットサイト》だ。

厭な予感が膨れ上がる。

私は相手の頭に拳銃をつきつけて叫んだ。「所属と作戦目標を云え！」

相手は答えない。私は床に向けて一発撃ってからもう一度叫んだ。「所属と作戦目標！」

「市警の……対テロ特殊部隊……」防毒面《マスク》の向こうでくぐもった声がした。「刑事を殺して成り代わった殺人犯が、民間人を人質に立てこもったとの情報があり……突入を」

何てことだ。

私達が戦っているのは悪人じゃない。警察の特殊部隊だ。

京極の高笑いが聞こえた気がした。

「くそっ！」私は拳銃を構えて叫んだ。「成り代わってない！　私達は政府の人間だ！　奴が偽情報で殺し合いを」

云い切ることができなかった。

もう一人いた特殊部隊の人間が、横から殴りかかってきた。

体をそらして回避した私の鼻先を銃床がかすめる。私はそのまま床に手を突き、背筋を利用して跳び起きた。

そこに相手の拳が飛び込んできた。訓練を受けた完全装備の特殊部隊員。まともに拳を受けたら骨が砕ける。

私は体を大きく右にそらして拳を回避し、伸びきった肘《ひじ》を摑んだ。そのまま相手をこちらに引っ張り、装備の弱点である喉《のど》を狙う。

防護されていない喉に肘鉄が入り、特殊部隊員は呻《うめ》いた。私はさらに肘を伸ばしながら、拳銃の銃把でこめかみを殴りつける。

突然バランスが崩れた。先程倒した特殊部隊員が、私の足首を摑んだのだ。

交戦を止めさせるための行動だったのだろうが、タイミングが悪すぎた。

仰向《あおむ》けに倒れる私の視界に、銃口が現れた。こめかみを殴られた特殊部隊員が小銃を構えている。

私は倒れながら拳銃を構えた。防弾服を撃って射撃を止めさせるしかない。だが体勢が悪すぎる。どこかに狙いをつけている余裕などない。

コマ送りのフィルムのように、時間が引き延ばされて見える。

私が倒れる――視界が回転する。敵が銃を向ける――引き金に指がかかる。

私の拳銃が敵の顔面に向く。

私の背中が床にぶつかる――互いの銃口が向き合う。

私の足下から、黒い怪物がにじみ出た。

影そのもののような黒い有角の獣が、手に持った黒鎌を振り上げ、特殊部隊員の胸に突き刺した。

胸板から血を噴き出して、特殊部隊員が倒れる。

黒い有角の獣は、耳障りな軋《きし》り声をあげて、私の影の中に戻っていった。そして影に溶けて消えた。

何てことだ。

こんなタイミングで——私の異能が出てくるなんて。

幕間

無間

——朱鷺《とき》の啼《な》く声がする。

無明の深淵《しんえん》、何処にもない場所。空間ならぬ空間、時間ならぬ時間の中で——京極は目醒《めざ》めた。

醒めながらの微睡《まどろ》み、意識しながらの無意識。泡のような思惟《しい》が、京極の輪郭をようやく形作る。

——朱鷺の啼く声がする。獣の唸《うな》り声も。

京極は身じろぎした。否、身じろぎしていない。

動作は動作ではない。何故ならここは何処にもない場所であるのだから。

自らが思惟していないことを自覚しながら、京極は思惟した。脳なき思考、思考なき自省。

〝我思う、しかれども我在らず〟——その矛盾と誤謬《ごびゅう》に苦笑いしながら、京極は身を起こした。

ここはまるで胎内のようだ。

暗く、煩《うるさ》く、今と先刻の境界がはっきりしない。自分の内と外の境界も曖昧《あいまい》だ。

それとも、梦《くら》いのは己の思考そのものか。

異能者・京極には、かつて世間において幾つもの顔があった。田舎の荒《あば》ら屋に棲《す》む風変わりな老人。博識な好々爺《こうこうや》。風土研究家。政府に請われ、判じ物の依頼を熟《こな》していた時期すらある。

だが今、京極が最も気に入っている顔はただひとつ。

——妖術師《ようじゅつ》。

人命を弄《もてあそ》び、他者の心を嘲笑《あざわら》い、異能と密謀で世間をいじくり回す、老獪《ろうかい》なる邪人。

悪と呼ばれ、国家組織に狙われることは確かに少々の面倒《めんどう》がつきまとった。何しろ相手はあまりに巨大だ。出過ぎた悪人は叩《たた》かれるのが社会の定め。人体の免疫機構が異物を排除するかのように、社会は悪を排除しようとする。だから普通は、人を殺して悪などと呼ばれるより、摑《つか》みどころのない変人と呼ばれて穏やかに過ごすほうがよほど安楽だ。代償《コスト》が小さい。

だが、自分はそうはしなかった。自ら進んで悪となった。

京極は考える。悪は不可《いけ》ない。それはそうなのだろう。だが悪が不可ないのは、罰せられるからか。嫌われるからか。裁判を受け刑を宣告されるからか。——否、それは順序が逆だ。

悪は不可ないから、罰せられるのだ。

では何故悪が不可ないのか。

その答えも京極は識《し》っている。悪とは——本質的に、最も手っ取り早く利益を得る方法だからだ。

すなわち、他者から奪うこと。

他人の物を奪う。立場を利用し賄賂《わいろ》を得る。邪魔な人間を殺す。悪の本質とは、自ら何かを創造することなく、他者から奪うことだ。

例えば〝他者から奪うのが最も手っ取り早い〞と考える人間を百人集めて村を造ったらどうなるだろう。

考えるまでもない。そんな村は半月で崩壊する。

誰も畑を耕さず、誰も家を建てず、ただ他人の成果物を狙い手軽に利を得ようとする人々の村では、発展も進歩もありえない。ただ暴力が支配し修羅の蔓延《まんえん》する地獄となるだろう。

だから悪は社会の敵なのだ。社会が殺人を禁じるのは、それがおぞましいからではない。殺人が常態化した機構《システム》は自衛と警戒の代償《コスト》が高くなりすぎ、機構《システム》自体が崩壊するからだ。

刑罰も倫理も、つまるところ社会の存続費用を逓減させるための合理的作用なのだ。

すなわち、悪とは利己だ。集団よりも己個人を優先するもののことだ。そんなものは社会から排除せねばならない。利己に走ると恐ろしい罰則があるぞと脅さねばならない。

だが利己は、人間が当たり前に持っている本能でもある。

自分を守る。自分の愛するものを守る。そのためなら、地球の反対側で他人が何人死のうと構わない。それがヒトというものだ。

悪を排することは、すなわち人間性を排することに他ならないのではないか。

京極は身じろぎし、小さく咳《せき》をした。

では翻って――自分は悪であろうか。

京極は考える。自分が利己的であったか。他者よりも自分を優先したことはあったか。

否。そんなことは一度もない。いかなる時も、自分は己自身のことは常に二の次、三の次であった。最低限の防衛本能はあったが、かつて一度として他者の利益を収奪しようと行動したことはない。他者を支配し弄びたがる反社会的人格《サイコパス》と自分を表現したがる者もいたが、いずれその指摘は中《あた》っていない。

何故なら、常に自分は利他的だからだ。

そもそも自分は、一度も自分の利のため他者を殺したことなどない。京極の周囲で起こっている死は、すべて他者が他者を殺した事件のみ。京極の周囲には悪が渦巻くが、京極本人はその中で、颱風《たいふう》の中心のように清廉さを保っている。

京極が利己的となるのは、自らの身が脅かされた時のみ。

京極は回想する。人生の最初にして最大の利己を為《な》した時のことを。

その時京極は胎児だった。

明瞭《はっきり》と憶《おぼ》えている。闇と温《ぬく》もり。狭さと柔らかさ。

京極の頭脳はその時から既に常人の域を外れていた。

自分は狭い部屋に閉じ込められていた。胎内には出口もなく、光もなく、そこがどこなのか示す手懸かりもない。母胎の鼓動の音が異様に大きく、喧《かまびす》しく響いていた。それは恐怖以外の何物でもなかった。得体の知れない場所に閉じ込められているのだ。喚《わめ》き、暴れようにも、自分の体はいかにも小さく儚《はかな》い。空気がないから声も出ない。閉じ込められている。逃げられない。

そして――やがて訪れた誕生の瞬間にも、救いはなかった。

分娩《ぶんべん》の時全身を襲ったすさまじい痛苦を憶えている。自分の体が信じられぬほど歪《ゆが》み、恐ろしく狭い門より捻《ひね》り出される。そうして生まれ出《い》でた場所は圧倒的な光と情報の洪水だった。訳が判らず京極は啼いた。外に出てみてはじめて、暗く狭いあの牢獄《ろうごく》がいかに心地好《よ》い揺籃《ようらん》だったのかを思い知った。

だがすぐに判った。もう戻れない。この冷たい世界で生きていくしかない。

まだ瞼《まぶた》は開かなかった。だが光と気配で、周囲にいくつも何かがいることは判った。自分を見下ろす巨人達。布を纏《まと》った、巨大な動く何か。状況はあまりに常軌を逸していたが、京極の頭脳は冷静に、そこにいる巨人達が自分と同種の存在であると理解した。自分が今誕生したこと、これからどうにかしてこの光の洪水の中で生存していかねばならないことを諒解《りょうかい》した。

巨人達は大きく、見るからに強かった。瞬間的に理解したのは、彼らに逆らっても勝ち目はないということだ。圧倒的な暴力であり脅威である巨人達から、どうにかして己の身を守らなくてはならない。

それが京極にとって最初の、そして最大の利己であった。

そしてやがて判ったことだが――その巨人達もまた脆弱《ぜいじゃく》であり、圧倒的暴力の脅威に怯《おび》える哀れな個人でしかなかった。巨人達――すなわち人間――よりも上には、さらに強大な上部構造があったのだ。

脆弱な巨人を支配する見えない支配者。すなわち機構《システム》だ。

社会、集団、組織。小さくは家族から企業、自治体、大きくは国家まで。それらは個人という肉のある存在を支配し、包囲し、時に押し潰《つぶ》す。この世に生きるすべての個人は機構の奴隷であり、常に機構に奉仕すること——利他的であることを強要される。利己的であること、つまり本来の人間らしさを正しく発揮することは機構への裏切り。そして機構を裏切れば追放、罰則、果てには死刑などという名目において、その存在を抹殺される。

そこには明確な矛盾があった。

この矛盾は利用できる、と京極は思った。

京極は思惟する。善とは何か。悪とは何か。

京極は思考し、思考し、思考した。そしてひとつの結論に達した。

京極は身を起こし、微笑んだ。

泥のような笑み。

「では次の遊戯の幕開けといこうか——」

そして京極は、皺《しわ》深い指を掲げて駒を摘《つま》み、次の〝式〟を打つ——。

第四幕　司法省本館

朝　晴天

どう考えたって、最悪の一日になることは間違いなかった。

私は腫《は》れぼったい目を擦《こす》りながらアストンマーティンを運転し、目的地である司法省本館に到着した。貫くような朝の光が、頭の奥をきりきりと痛ませる。

昨日はほとんど眠れなかった。

体のあちこちが泥でも詰め込まれたように重い。そこには遅れて来た筋肉痛も含まれているようだ。包囲突破の戦闘で無理をしすぎたのだ。

戦闘。

銃撃、格闘、そして異能。

私はため息をついた。

「遅かったな辻村君。朝寝坊は快適だったか？」

顔を上げると、入口前に綾辻先生が立っていた。今日は狙撃《そげき》監視班に連れてこられたのだろう。

「快適な訳ありません。そもそも寝てないんです」

「見れば判る、ひどい顔だ。……次に待ち合わせに遅れたら、もっとひどい顔にしてやろう」

綾辻先生の冷たい言葉にも、今日の私はうなだれて睨《にら》み返すくらいしかできない。

「さあ、行くぞ。待たされた政府の役人は五歳児と同じで、手がつけられなくなる。急ぐぞ」

私と綾辻先生は並んで司法省の建物へと入った。

司法省の建物は新しい。クリーム色の床はぴかぴかで、歩く人がしっかりと映り込む。天井はどこまでも高く、ロビーで野球の試合をすることだってできそうだ。行き交う人は皆洗練されていて、誂《あつら》えられたばかりのようなスーツをびしっと着こなしている。きっとスマートに着飾ってスマートにロビーをうろつくことも、彼らの業務のうちに入っているのだろう。

私とは大違いだ。

私はここに、責任を追及されるために来ている。

昨日、私達が遭遇した包囲戦闘――市警の対テロ特殊部隊との戦闘で、私は相手の特殊部隊員を刺し、重傷を負わせた。自分の異能で。刺された人物は肺を貫通する重傷を負って、いまだ意識不明。生死の境をさまよっている。

それが私がここに呼び出された理由だ。

銃撃戦は仕方なかった。格闘し、相手を撃とうとしたことも正当防衛で通る。けれど異能特務課のメンバーが、市警という公権力の人間を異能で傷つけ、殺しかけたというのは、ちょっとやそっとの言い訳で見逃される問題ではない。

何故なら、そこには政治がからんでくるからだ。

異能という公にしづらい現象を特権的に扱い、自分達もまた特権的に異能を駆使することを許された異能特務課。表向きは存在しないことになっている秘密組織。もしそんな組織が暴走したらどうするのか。政府に刃向かったらどうするのか。そう懸念する政府上層部の人間は多いし、特務課の特権的地位を潰《つぶ》そうと政治的圧力をかけてくる連中も後をたたない。

今いる司法省にも、そんな人間がいる。

だから私達は呼び出された。

「待ち合わせの時間は？」綾辻先生が訊《たず》ねる。

「もうじきです」私は腕時計を見ながら答えた。

私はロビーの一角に立って、相手が来るのを待った。

黙って待っていようと思ったけれど、思わず言葉が口からこぼれ出た。「全く、ああもう……真面目にやってきただけなのに、どうしてこんなことに」

「全くだ」綾辻先生は前を向いたまま云った。「京極に嵌《は》められて特殊部隊と大立ち回りを演じた挙げ句、市民を守る正義の兵士を意識不明の重体に追い込んだ。すべて我々の浅慮と君の未熟な異能が招いた惨劇だ。だが真面目にやってきた以上、君が責めを受けるいわれはない。全く理不尽な話だな」

「先生」私は綾辻先生を睨んだ。「もうちょっと云い方はないんですか？」

「どう云えばいい？『まだ新人なのだから気にするな、次から気をつけようね』とでも云うか？」綾辻先生の表情には容赦がない。「君が市警の事務作業員だったらそれでもよかっただろうな。だが人の命に『次』はない」

言葉に詰まる。先生の云う通りだ。

秘密機関である異能特務課のエージェントは、ほぼ全員が異能者で構成されている。これだけ異能者率が高い組織は政府でもほとんど存在しない。私もその一人であり、私にしか使うことのできない異能力を所持している。

ただそれが有用で強力かといえば——それは微妙なところだ。

何故なら私の異能は、私の命令を聞かないからだ。

私の異能は、足下にある私の影の中に棲《す》んでいる。ほとんど確かな形を持たない、影そのものが自律的に蠢《うごめ》いているような、摑《つか》みどころのない異能生命体だ。かろうじて判るのは、そいつが山羊《やぎ》の角のようなものを持っている二足歩行の獣であること、黒い鎌のようなもので攻撃することだけ。あとはすべてが定まらず、目を凝らしても姿をはっきり見ることすらできない。

何を考えているのかも判らない。

そいつを私は『影の仔《こ》』と呼んでいる。

今も私の影の中に隠れて、何かを考えている。

いつ姿を現すのか、誰を攻撃するのかも判らない。

敵なのか味方なのかすら判らない。

ときどき道を歩いている時、影の中にそいつの視線を感じて、肌がひやりとすることがある。

私の中にひそむ怪物。

日常の裏に息をひそめる異常な何か。

「先生」私はかすれた声で云った。「自分の異能がなかったらよかったのに、と思ったことはありますか？」

「随分と大人びた質問だな」と綾辻先生は云った。「答えてもいいが、君のような未熟者に答えを受け止められるとは思えんな。そんな上等な質問をするにはもう十年ほど苦悩が必要だ。君のその異能が目覚めてから何年になる？」

指折り数えるまでもなく、その数字は頭に入っていた。

「……五年です」

「人がいつ、何故異能を得るかは不明点が多い。だが大抵は何かの契機がある。君の場合は母親の死だった。五年前の、圀圄島での連続殺人事件。あれだけのことがあれば、異能のひとつやふたつ具《そな》わっても不思議はない。本人の望むと望まざるとにかかわらずな」

五年前に起きた、圀圄島の連続殺人事件。

島を訪れた観光客が、次々に不審な失踪《しっそう》を遂げた事件。

あの事件で母親が死んで以来、私はこの不安定で正体不明の異能と付き合わねばならなくなった。

特務課の先輩はこの異能を〝母の忘れ形見〟だと分析していた。理由はどうあれ、母親のおかげで私には異能が顕現し、そのおかげで特務課にスカウトされた。そういう意味では、私がエージェントになれたのは母のおかげだ。先輩はそのことに言及して、〝母親からの贈り物だと思えばいい〟と云っていた。

でも。

特殊部隊員の胸を貫いた瞬間の、黒くて冷たい影の仔の姿を思い出す。

殺意ですらない、その透明で無垢《むく》な殺しの意志を。

これが——贈り物？

私の母は、母親に向いた人間ではなかった。私も私で、きっと娘に向いた人間ではなかったのだろう。

死ぬ前の数年、母親とはまともに口を利いたこともなかった。私は母を家に寄りつかない他人みたいな人だと思っていたし、母にはそんな私が気味悪く見えているのも判っていた。

きっと母は私なんて好きでもなんでもなかっただろう。

『影の仔』は本当に、母が私を祝福していた証拠なのだろうか？

「先生。囹圄島の連続殺人を解決したのは先生でしたよね？　その時、母の様子はどうでしたか？」

「どうだったかな。興味がないことは覚えない主義だ」

私は肩を落とした。「……そうですか」

「嘘だ。細部まで記憶しているが、君が知りたがるような情報は何もない」

綾辻先生は過去を思い出すように視線を上げた。

「ところで、あの事件の詳細は知っているか」と綾辻先生は云った。「あの殺人事件は島ぐるみの犯行だった。観光客を密《ひそ》かに殺し、島に長期滞在をしているように装って金を引き出し続ける。俺が解決しなければ被害は出続けていただろう。だがそれでも、犯人のすべてを発見した訳ではない」

私は綾辻先生を見た。先生の表情は変わらない。

「犯行に関わっていた島民は全部で十七名。だが首謀者である十八人目はまだ見つかっていない。慎重で狡猾《こうかつ》な男だ。判っているのは、島民を煽動《せんどう》して犯罪に加担させた主犯であること、目撃証言から、左手の薬指の先だけが欠損していると思われること。それ以外は本名も顔も不明だ。島にいた時の職業から、警察はそいつを《技師《エンジニア》》と呼んでいる」

十八人目の殺人犯。綾辻先生が島にいた時、唯一島にいなかったために追及の手を逃れた殺人犯。最も深く事件に関わっていたと目される男。

先生はあの連続殺人を解決した。そして犯行に関わっていた島民十七名を異能力で『事故死』させ、そのあまりの大量虐殺ぶりから政府に目をつけられることになった。

先生にとっても私にとっても、囹圄島の事件、そして《技師《エンジニア》》は因縁の深い相手だ。

綾辻先生は横目で私を見た。

「君が特務課に入り、俺の担当になったのは――あの事件の復讐《ふくしゅう》をするためか?」

私は沈黙した。

復讐。

確かに母親を殺された少女が復讐を願うのは、ごく当たり前のことだろう。

だが私には――判らない。自分が復讐したいのか。だから今の任務をしているのか。何度も自問したが、結論は出なかった。

「ともかくまずは京極だ」と綾辻先生は云った。「奴は犯罪者の情報網にも精通しているだろう。あるいは捜査の中で《技師《エンジニア》》の行方を摑めるかもしれん。そのためにはまず、今ある問題を乗り越える必要がある」

綾辻先生は視線で前方を指し示した。

「見ろ。君を冥府《めいふ》へ連行する、地獄からの使者だ」

私が視線を上げると、人影がこちらに歩いてきているところだった。

「おお、綾辻行人先生！　ご高名はかねがね。逢《あ》えて光栄です！」

大げさな身振りで、スーツの男性が歩いてきた。

背広は濃いグレーのブリオーニ。爪から顎《あご》の産毛までしっかり手入れが行き届いている。中年官僚にありがちな意地の悪い皺影《しわかげ》は見られない。頬には靨《えくぼ》。その完成され洗練された外見からは、湧き出すようなひとつのメッセージが発せられていた。官僚は外見と態度と声だ。中身ではない。

司法省司法機関局の坂下《さかした》局次長。中央政権に巣くう蛇の一匹だ。

隣には黒いスーツを着た地味な秘書官が、書類を片手にひっそり従い立っている。

「いやはや、関係者は口を揃えて綾辻先生を〝国内で最も危険な異能者〟の一人と噂しておりますが……ここだけの話、私は先生の実力を高く評価しておりましてね。捜査力、観察力、そして何より邪悪な犯罪者を、有無を云わせず抹消するその異能力。ぜひ一度、過去に解決した凶悪事件のお話を拝聴したいと思っておったところです」

坂下局次長は満面の笑みで綾辻先生の手を握り、しっかりと振った。何か見えないエネルギーを掌《てのひら》から送り込むみたいに。その間、私のほうには視線ひとつ向けない。

「坂下局次長。わざわざ出迎えて頂いて恐縮だ」綾辻先生は表情を変えずに云った。「事件の報告書を読んだか？」

「いえ、概要を聞いただけです」坂下局次長は太陽のような笑みを浮かべた。「できれば綾辻先生の口から直接お伺いしたい。紅茶でも飲みながらね。ではこちらへ」

「待ってください」私は横から口を挟んだ。「今回の件は、私個人に責任があります。綾辻先生や特務課には何の責任もありません。報告書にも書いた通りです」

「ふむ」坂下局次長は眉《まゆ》をあげて私を見た。まるで私の存在に今はじめて気づいたみたいに。「お嬢さん。責任がどこの誰にあるかは、君が決めることじゃない。もっと上の人間が決めるんだよ。ルールを決める側の人間がね」

「ルールですって？」

「ふむ。……よし、お嬢さん。君の心が安まるように、本当のことを話してあげようか」坂下局次長は両手を広げて微笑んだ。「今回の事件は君のせいじゃない。問題があったのはルール、つまり組織制度そのものだよ。異能特務課はこの国に巣くったガンだ。連中は異能者を隠し、異能犯罪を隠し、異能力というものがこの世界に何の影響も及ぼすことはないと人々に思い込ませようとしている。そして自分達だけが異能者を管理し、特権的な地位を独占している。まるで娯楽映画に出てくる悪の陰謀組織みたいな奴らだ」

「そんな！」私は思わず叫んだ。

「違うと主張するかい？　だが民衆は別の意見を持つだろう。真実を知ればね。医者がガンを取り除くように、異能特務課の特権的地位をこの国から取り除く。それが私の仕事だ。君のおかげでそのきっかけができた」

坂下局次長が薄く笑った。死刑執行官が囚人に笑いかけるように。

内務省の異能特務課と司法省の司法機関局は、実のところ犬猿の仲なのだ。水と油、太陽と北風。政府内の敵対勢力として、昔から互いに牙《きば》を突き立てあい、権力闘争を繰り返している。

裁判や量刑を司《つかさど》り、警察や検察組織の上位にある司法省は、異能力者を公平に裁くためのルールを常に求めてきた。異能者も一般人も公平に裁く。それが彼らの主張だ。

だが異能特務課の主張は違う。異能力はあまりに個人差があり、その性質も、暴走した時の対策も一人一人のあいだで差がありすぎる。触れずに対象を動かす異能者、人の心を読む異能者、光のような速さで移動する異能者——それぞれに個性が違いすぎる異能者達に、一律の規範を当てはめることはできない。

司法の頂点に立つ司法省からすれば、自分達の縄張りに勝手に例外区分をつくって荒らす異能特務課は、目の上のコブという訳だ。

確かに……異能特務課のやり方が完璧《かんぺき》とは云えない。異能者の活動を管理するためなら、特務課はどんな手段でも使う。噂では、横浜の犯罪組織に異能開業許可証を与え、制限付きながら活動にお墨付きを与えたことすらあると聞く。監視ばかりで自ら裁くことのない特務課のことを《ウォッチャー》と呼んで揶揄《やゆ》する人達が多いことも知っている。

私達は汚れひとつない正義の使者じゃない。

そんなことは判っている。

「それでも異能特務課は必要です」と私は云った。「普通の警察では異能犯罪を取り締まるどころか、理解することすらできないでしょう。だから私達がいるんです。どうかそれを——」

「残念、君の意見は聞いていないんだ」坂下局次長は私の言葉を遮った。「君がここに呼ばれた理由は、私が連中を潰すための道具を手に入れるためだ。次の審議会でこの話を上げさせて貰《もら》う。綾辻先生、その時は助手をお借りしますよ」

綾辻先生は肩をすくめただけで返事をしない。

坂下局次長は、いかにもテレビ受けのよさそうな笑みを浮かべて歩き出した。

「話は以上だ。我々はこれから証拠固めに入る」そして立ち去りぎわ、振り返って薄く笑った。「死にかけている警官には悪いが、彼は実にいいタイミングで刺されてくれた」

局次長と秘書は、奥のエレベーターへと歩き出してしまう。

「ちょっと！」

「待て」飛び出そうとする私を、綾辻先生が手で制した。

「でも先生、このままじゃあいつは、私達を……！」

「君は田舎の中学生か。あの程度で動揺するな」綾辻先生は冷たい目で私を見た。「やれやれ……仕方ない、今日は特別だ。ああいう手合いをどうやって蹴《け》り飛ばせばいいか教えてやる。よく見ていろ」

そう云うと、歩いていく相手の背中に向けて声をかけた。「坂下局次長」

局次長が振り返る。「はい？」

「忘れていたことがある。特殊部隊の、右胸を刺された警官について話を聞きたい」

「右胸？」坂下局次長は眉を寄せた。「警官が刺されたのは左の胸部では？」

「その通り、左の胸部だ。これで貴方《あなた》が先刻『報告書を読んでいない』と云ったのが嘘だと証明された」綾辻先生はあっさりと云った。「当然だ、貴方のように狡猾《こうかい》な官僚が、相手を刺す武器となる報告書を読まない訳がないからな」

坂下局次長がかすかに顔をしかめた。その通りだということだろう。

綾辻先生は、その表情など全く気にとめず言葉を続けた。「そしてその報告書には、もうひとつ重要な事実が書かれていた。警官に偽の突入指示を与えたと思われる黒幕についてだ」

「慥《たし》か……京極とかいう、死んだと思われていた異能者だとか」

「だが奴は生きていた。そいつは憑《つ》き物を操る精神操作系の異能者で、俺と助手になにかと嫌がらせをしてくる悪趣味な男だ」

「それが何か？」

「単純な話だ。特殊部隊をけしかけた奴が、その次にどんな嫌がらせをしてくるか考えてみた。例えば、辻村君の組織を潰すため、政府中枢の人間を裏で操ってくる、というのはどうだ？」

「何？」坂下局次長の顔色がさっと変わった。「私？　私が裏で操られていると？　まさか。私は違う。そんな奴に従う理由も動機もありません」

「精神操作系の異能と云っただろう。本当に京極の操り人形なら、何か面倒《めんどう》な犯罪を起こす前に拘束しなければならん」

「拘束？　私は……異能で操られてなどいない」坂下局次長の表情が硬くなった。

「皆そう云う。だが、異能の専門家でもない貴方の自己診断では信用できんな」

「ありえません。断じて！」

「どうかな。……ああ、専門家と云えば、うってつけの連中がいたな。そいつらに観て貰えば無実を証明できる。異能特務課と云うんだが、知っているか？」綾辻先生がうっすらと笑った。それと対照的に坂下局次長の顔色が青ざめていく。「特務課に相手の記憶を引き出す専門家がいる。そいつに観て貰え」

「記憶だと……？」坂下局次長の顔は今や蒼白《そうはく》だ。「本気ですか綾辻先生！　そんなことをされたら私は」

「困るのか？」

綾辻先生の弄《もてあそ》ぶような声に、坂下局次長は答えられない。

「まあ、当然困るだろうな。これまで吐いてきた毒のような嘘の数々を見抜かれては」綾辻先生の目は目の前の相手を虫でも見るように冷たく見下している。「だが俺でも嘘くらいは見抜ける。貴方は報告書のこと以外にも嘘をついた。〝俺に逢えて光栄〟だと？　裏で俺を〝凍った血の死神〟と呼んでいたのはどこの誰だ」

坂下局次長の表情が固まった。何故それを知っているのか、という顔だ。

「驚くことはない。探偵が依頼人のことを調べるのは自然の摂理だ。貴方は第三者を介して、俺に汚れ仕事を押しつけていた。直接依頼してこなかったのは、異能の巻き添えでも恐れたからか？」

私は驚いて思わず口を挟んだ。「依頼ですって？」

「そうだ。ここにいる高級スーツに身を包んだ司法省の隠れ大蛇は、相次ぐ政敵の失脚と死で今の地位まで登り詰めた。元上司の司法大臣は二十五年前の故殺を暴かれたのち事故で死亡。貴方の同期で同じポストを争う敵だった官僚も、妻の犯罪を暴かれ失脚した。そしてそれらは、政府からの依頼で、すべて俺が解決した事件だ」

「待って、ちょっと待ってください」私は慌てて云った。「じゃあ、坂下局次長は……都合の悪い人間を、綾辻先生を利用して事故死させていた……？」

「そんな事実はない！」いきなり爆弾のような発言を投げ込まれた坂下局次長は、美事《みごと》に狼狽《ろうばい》した。「仮にそうだったとしても、裁かれたのは犯罪者だ！」

「それすらも貴方の仕込みでないと誰が云える？」

「そんなことは証明できない！」

「確かにな。だが先刻貴方はこう云った。――民衆は別の意見を持つだろう。真実を知れば」

「いや私は、違う、あれは正当な！　いやそんな事実は！　何故そんな、待て……！」坂下局次長はうろたえながら後ずさる。

「大物官僚が子供のように慌てるな。ともかく、俺からは以上だ。裏から匿名で手を回し、異能者に邪魔者を消させるような男なら、特務課を潰した後にさぞかし立派な新体制を作ってくれるだろう。見学させて貰うよ。その後貴方の足下からどんな不都合な事実が掘り起こされても、俺は知らんがな」

坂下局次長は顔を白くしたり赤くしたりしながらも、一言も反論することができない。呆然《ぼうぜん》としてしまった。綾辻先生は事実の羅列と、相手の発言の引用しかしていない。それなのに坂下局次長の特務課に対する攻撃理論を完全に封じてしまった。ただ推理力に優れているだけではない。綾辻先生は相手を観察し、どうすれば相手の発言を封じることができるのかを瞬時に組み立てることができる。頭の回転が恐ろしく速いのだろう。

まあ——単に相手を苛《いじ》めるのが大好きなだけ、という気もするけど。

さっきから先生、心なしか顔がイキイキしてるし。

「と……ともかく、次の審議会でお嬢さんを喚問させて貰う。今日は以上だ！」

坂下局次長は通行人を乱暴に押しのけながら、ロビーの奥へと大股《おおまた》で歩いていった。

私はその背中に向かって、思いきり舌を出してやった。

「すっきりしましたね綾辻先生！」私は笑顔で云った。

「相変わらず幸せな頭をしているな君は」綾辻先生は冷たい目で私を見下ろした。「何もすっきりなどしていない。これであの男は戦略を君個人への攻撃へと転換するだろう。君を罷免させ、ミスをした本人を不在にして特務課の監督責任を追及する戦略にな。そうすれば俺が云った不正の話を持ち出されずに済む」

「え？」私の頭がさっと冷たくなった。「じゃ私は……」

「君のような少女にも判りやすい言葉を使うなら」綾辻先生は呻吟《しんぎん》する詩人のような表情で云った。「クビの危機だ」

「まずいじゃないですか！」

「ふむ」綾辻先生は指で自分の顎をとんとんと叩《たた》いた。「そう云われてみれば、そうかもしれん」

もう！

私は綾辻先生を放って、ロビーの奥へと歩き出した。坂下局次長を追って。

要するに、自分のことは自分で何とかしなくちゃならないってことだ。

「急いで追いかけることだ」背後から綾辻先生の声がした。「今を逃せば、坂下局次長に食い下がれる機会はおそらく二度とないぞ」

確かにその通りだった。下手をしたらこの後何も起こらず、ただひっそりと一通の解雇通知が来るだけ、という可能性だって十分ありうる。

深い考えがあった訳ではない。局次長と話してなにか輝かんばかりの素晴らしい弁舌を披露し、問題をすっきり丸く収めるような見通しがあった訳でもない。

でも、このまま引き下がる訳にはいかなかった。

私だって一流エージェントなのだというところを見せてやらなくては。

局次長の姿が前方に見える。まっすぐ奥のエレベーターへと歩いていく。慥かあれは最上階の専門エリアにつながる高層エレベーターだ。許可のある一部の官僚しか入場を許されない。つまり、あのエレベーターに入る前に止めなくてはならないってことだ。

「坂下局次長!」

私は大声で呼ぶが、スーツ姿の背中は無視してエレベーターへと歩いていく。

そっちがそのつもりなら、無理やり捕まえてやる。

「坂下局次長!　お話を!」

エレベーターの前には、先回りして待っていた秘書がいた。彼がタイミングよく呼び出しボタンを押したらしく、エレベーターの扉が音もなく開く。

「待ってください!」

私は大股で、早足に歩いた。

何か弁明しなくては、私の将来も閉ざされることになる。

坂下局次長はポケットからキーカードを取り出し、エレベーター内部の認証パネルにかざした。それが最上階へと入るための通行証なのだろう。

局次長はちらりと私を見た。無表情のままだ。隣に秘書が乗り込む。「閉」ボタンを押す。私との距離は5メートル足らず。走れば間に合う距離だ。

エレベーターのドアが閉まりはじめた。

その瞬間。

いきなり後方から叫び声が聞こえた。

「辻村君、罠《わな》だ！　局次長を引きずり出せ！」

振り返るまでもない。綾辻先生の声だ。

全身の毛が逆立った。

頭がその声を理解するのとほぼ同時に駆け出していた。エレベーターに向かって。

ドアはもう半分ほど閉まりかかっている。驚いて目を丸くした坂下局次長の表情が見える。

いきなりエレベーターの内部で轟音《ごうおん》が響いた。

大樹が倒れるような、鉄が裂けるような、大きくて不愉快な音だ。

何の音か確かめている余裕はない。綾辻先生の指示を信じるしかない。

間に合うか。

私は三歩でエレベーターまで辿《たど》り着き、坂下局次長の胸ぐらを思いきり摑んで、引いた。

同時にエレベーターの筐体《きょうたい》が暗黒に包まれた。耳障りな金属音で、周囲の状況が判らなくなる。

それでも私は摑んだ手を思いきり引いた。力の限り。

「うぅあああああっ！」

私と坂下局次長は、もつれあって後ろに倒れ込んだ。

倒れた時に後頭部を打ち、一瞬視界が暗くなる。

「辻村君！」

その声だけが聞こえる。それから駆け寄って来る足音。どこかで聞こえる炸裂《さくれつ》音。

「起きろ辻村君」

すぐ近くでその声が聞こえて、私は薄く目を開けた。ぼんやりと綾辻先生の顔が見える。表情まではよく判らない。

「一体……何が……」

「エレベーターが落ちた」

その言葉に胸が冷えた。エレベーターのほうを見る。

半分開いたドアの向こうには、ただ暗いシャフトが広がっている。エレベーター前の床には黒い金属粉が散乱している。

「坂下局次長は……助かりましたか……」

「ああ、君が助け出した」綾辻先生はひっそりとした声で云った。「半分だけな」

それで私は、いまだに自分が摑んでいたものを見た。

うつぶせに倒れた局次長。グレーのスーツ。そして背骨。肉。

坂下局次長には下半身がなかった。

鮮血が、私が引きずった跡を示すようにエレベーターまで続いている。

綾辻先生は、エレベーターへと近づいた。そして中の暗いシャフトを見上げた。

最上階まで続いている——動物の体内のような、長く暗い縦坑を。

「蛟《みずち》だ」シャフトを覗《のぞ》き込んだまま、綾辻先生は云った。「次の犠牲者は、蛟に喰《く》われて死ぬ。……これが蛟か」

ロビーの人々が騒ぎはじめる。

エレベーターの崩落。引きちぎられた死体と血と肉。

人々の混乱が伝播《でんぱ》していく。ロビーが狂騒に包まれていく……。


デスクの電話が鳴った。

飛鳥井が革手袋を外し、新作の漬物を齧《かじ》っていた時のことだ。

長年の経験から、飛鳥井には電話のベルの音で大体どういう連絡なのかが判ってしまう。子供がガキ大将に殴られたという連絡のベルと、裏路地で屯《たむろ》する薄汚い男達を見かけたという通報のベルと、新しい珈琲抽出機《コーヒードリッパー》が届いたという宅配からの呼び出しベルとでは、すべて音の響き方が違う。同僚や部下には笑われるが、軍警の特別上等捜査官というポジションにいると、そういうどうでもいい——しかし時として捜査の明暗を分ける——直感がはたらくようになってくる。

オフィスデスクで鳴ったその呼び出しベルの音に、飛鳥井捜査官ははっとして振り向いた。その切羽詰まった鳴り方には聞き覚えがあった。

殺しだ。

電話を取ると、予想は的中した。飛鳥井は状況を確認してから電話を切り、コートを掴んでオフィスを出た。行きがけに、席にいた部下三人を指名し、ついてくるよう命令する。

オフィスを出る時に、拳銃《けんじゅう》の弾を確認する。官給品の9ミリ拳銃だ。マガジンに九発と薬室に一発。きちんと装塡《そうてん》されている。

こいつの安全装置を外すことがなきゃいいんだが。

飛鳥井は革手袋を手に嵌めた。それから部下達と車に乗り込み、事件現場へ向かった。


現場は司法省の本館、地下のエレベーターピットだった。

既に市警と官庁警備の警官が周囲を封鎖しており、飛鳥井の到着を待っていた。ピットへとつながる地下駐車場を歩いていると、見覚えのある二人組が振り向いた。

「飛鳥井君。やはり君か」

「綾辻先生。お疲れ様です」既に彼らがいることを電話で知っていた飛鳥井は、ぺこりと頭を下げた。「災難でしたね」

「災難なものか。本当に災難なのは、自分の下半身と永遠に泣き別れになった哀れな局次長だ」

綾辻が視線で示す先を飛鳥井は見た。エレベーターの扉が取り外され、中の筐体があらわになっている。

覗き込むまでもなく、そこに嗅《か》ぎ慣れた臭いが充満しているのが判った。血の臭いだ。エレベーター内部は外壁が歪《ゆが》み、鉄粉が散乱していた。そして床には、人間の血液のおよそ半分——腰から下に存在した血液——がぶちまけられていた。

一緒に乗り合わせた秘書の死体も、そこにはあった。眼鏡をかけた若い男性秘書は、エレベーター筐体がピットに落下した時の衝撃で背骨をへし折られたらしい。

「坂下局次長といえば大物です」飛鳥井は惨状に顔をしかめながら云った。「報道対策《メディア》が要りますね」

殺されたのは司法省の坂下局次長。そしてその秘書。司法省の警備員による報告では、乗っていたエレベーターが落下したとのことだ。落下の瞬間はロビーにいた何十人という人間が目撃している。

飛鳥井捜査官は事件現場を見渡して云った。「普通こういうエレベーターには万一の時のための非常止め装置などがあるはずだが……」

「それらも破壊されていた」と綾辻は云った。「これは坂下局次長個人を狙った、計画的な殺人だろう」

「そうなのですか?」飛鳥井は眉を持ち上げた。「つまり……犯人は局次長を監視していて、彼がこのエレベーターに入ったタイミングで、吊《つ》り下げロープと非常装置などを遠隔で爆破した、と」

もしそうなら、犯人はこのエレベーターが見える場所、つまり一階のロビーにいたということになる。

とすると捜査の初動は、ロビーにいた人間を片端から集めて聴取と荷物検査、ということになるだろうか。

飛鳥井がそこまで考えた時、「違うな」と綾辻が云った。

「違う？」

「ああ。これを見ろ」

綾辻が指差したのは、エレベーター内部。関係者用キーカードをかざすための認証パネルだった。

「これは最上階の執務エリアに入る人間をチェックするための認証パネルだ。ＩＤとなるキーカードをここで読み取ると、最上階へエレベーターが向かうようになっている。そしてよく見ると、パネルの上にもう一枚、偽の薄いパネルが重ねて設置されている。ダミーのパネルでＩＤを読み取り、特定の人物が来た場合のみ有線で信号を送るようになっている」

飛鳥井はパネルに顔を近づけて調べてみた。確かにクリーム色の読み取りパネルの上に、全く同じ大きさで厚さが１ミリ程度の磁気読み取りパネルが重ねて設置されている。表面のデザインも全く同じだ。専門の人間がよほど注意深く見ない限り、事前に発見することは不可能だっただろう。

ダミーの読み取りパネルは半分ほど引きはがされ、裏にあるフィルム型の回路が剝《む》き出しになっている。その配線は筐体の外側へと消えていた。有線で爆破装置までつながっていたらしい。

「つまり、こういうことですか？」と飛鳥井は云った。「このダミーパネルは、坂下局次長のＩＤカードにのみ反応するよう設定されていた。彼がここにカードをかざすとエレベーターが落下し、中の人間が衝撃で死亡するように仕込まれていた」

綾辻は頷《うなず》いて云った。「犯人は慎重な人間だ。現場からは爆薬の臭いがしなかった。入手経路を辿られないよう、わざと成分の残らないタイプの爆薬を使用したのだろう。そのうえ使用された通電コードやパネル自体は、ホームセンターでも揃うようなごく一般的なものだ。残された物証から犯人まで辿るのは不可能に近い。それに加えて遠隔での爆破でもないため、周波数帯域を解析しても犯人までつながらん。よく考えられている」

飛鳥井は捜査の計画を頭の中で素早く再計算した。確かに足がつかないようよく考えられた犯行だが、同時にそこらの悪ガキが思いつけるような細工でもない。専門の知識も必要だろう。こんな手の込んだことのできる犯罪者となれば、おのずと候補は限られてくるのではないか。

だから飛鳥井はそのことについて訊ねた。「これだけの装置を作るには、相当に高度な専門知識が必要なはずです。そのセンから犯人《ホシ》を追えるのでは？」

しかし綾辻は首を横に振った。

「これが普通の事件ならな。だが今回の事件に限って云えば、専門知識は必要ない。誰にでも犯行は可能だ」

飛鳥井は首を傾げた。「何故です？」

「これが、京極の仕込みだからだ」

綾辻は目を細めて云った。

「そもそも井戸に端を発する一連の事件は、すべて奴の設計した遊戯だ。ボツリヌス菌による殺人と同じように、今回の殺人も『エレベーターを利用した完全犯罪』の方法を奴が犯人に教え、犯人がそれを実行した。つまり知識などなくとも、根気と慎重さがあれば、この殺人は誰にでも可能ということだ」

「しかし……だとしたら京極は何故、そんな面倒なことを」

「飛鳥井君。ある人間が殺意を持って包丁で人を刺したとする。その場合、包丁を製造した職人は罪に問えるか？」

「は？」飛鳥井は面食らった。それから何とか返事をした。「いや……包丁屋に罪はないと思いますけど」

「それが答えだ」と綾辻は云った。「ボツリヌスの時も今回も、犯人はあくまで自らの殺意で犯行に及んでいる。綿密で完璧な殺害方法を誰かから授かったとしても、それはあくまで小道具にすぎない。つまりこの場合――犯行方法を教えた人間は、俺の『事故死』の対象にならない。それが理由だ」

そう、京極の犯罪はすべて罪に問えない。

一般的な刑事事件で教唆犯を罪に問うには、被教唆者の実行行為との間に因果関係が必要とされる。だが殺意も行為も実行犯のものである以上、京極が意図的に実行犯に殺害を吹き込んだと証明し、かつその教唆がなければ犯行は起こらなかったと証明されない限り、京極を殺人の教唆犯として告発できない。

とはいえ、軍警にしろ特務課にしろ、無罪の市民相手に指ひとつ触れられない、などというヤワな組織ではない。別件逮捕か、少なくとも必ず何か口実を見つけて任意同行を求めることはできる。

それでも京極が執拗《しつよう》に〝無罪の殺人〟にこだわる理由は何か。

それまで背後で黙って立っていた異能特務課の辻村が、不意に口を開いた。「つまり――今回の事件はそれぞれ個別の殺人犯と個別の被害者を持つ独立した事件であるように見えて、その実はただひとつの目的――綾辻先生への挑戦のためだけに、設定された事件なのですね」

綾辻は答えない。黙ったまま、遠いどこか一点を睨み続けている。

飛鳥井はそんな綾辻の表情を見つめる。

綾辻と京極――相食《あいは》む陰と陽、正と邪。そのどちらも飛鳥井には雲上の存在だし、はるか理解の及ばない彼岸の住人だ。

そして京極が罪を犯さないのは、すべて綾辻の〝殺人〟の異能に対する挑戦なのだ。

因果を超えて100パーセント犯人を殺す、最強の異能。

その無謬《むびゅう》さに泥をつけたいがための、ただそれだけの挑戦なのだ。

それでも、かすかな疑問が頭をよぎった。

京極は綾辻に挑戦を仕掛けている。それは明らかだ。もし智謀に綻《ほころ》びがあり、京極が自らの罪を晒《さら》すようなことがあれば、綾辻は京極を『事故死』させるだろう。それが綾辻の〝勝ち〟だ。

だが――その逆は？　綾辻が泥にまみれて倒れ伏し、京極が快哉《かいさい》を叫ぶ。そんな瞬間は来るのか？

今のところ京極の挑戦は、『この完全犯罪を解いてみろ』という形式でしか表れてきていない。つまり綾辻が仮に実行犯を発見できず、謎を解明できなかったとしても、それはそれきりなのだ。勝負を何度続けようと綾辻は死ぬどころか、かすり傷ひとつ負うことはない。

一方の京極は、ほんのわずかでも失態を演じればすぐさま事故死させられ、対決は終焉《しゅうえん》を迎える。

一体、京極は何のために、こんな不公平な勝負を挑んでいるのか？

「調査を始めるか」飛鳥井の思考を断ち切るように、綾辻は低い声で云った。「監視映像を確認する。いくら完全犯罪といえど、エレベーターに細工をする前後には現場に来る必要がある。その時の姿が映像記録に映っているはずだ。犯人の——〝蛟使い〟の姿がな」

「でも……いつ、どこの記録映像を確認すればよいのでしょうか」

「エレベーターの仕掛けが施されたのは、今日俺達がこの施設を訪れると判ってから後である可能性が高い」と綾辻は云った。「でなくては俺への挑戦にならないからだ。昨晩から今朝にかけて、屋上の巻き上げ機械室周辺に映った人物を確認する」

飛鳥井は映像を準備させるべく、素早く部下に指示を飛ばす。


監視映像は膨大な量があった。

綾辻はその中でも、出入口の映像、それに地下のエレベーターピットと屋上の機械室周辺の映像を確認した。

警備室の十数ある画面に、監視映像が映し出される。政府の中枢施設だけあって、その映像は鮮明で死角がなく、通行人の眉の色まではっきり見ることができた。

綾辻は映像を静かに眺めている。その視線には一分の隙もない。残虐な王が怯《おび》える臣下を無言で威圧するように、鋭く容赦ない視線を投げかけている。

飛鳥井はその綾辻を見るともなく見ていた。この鋭い視線に晒されただけで罪をすべて自白してしまった犯罪者を、飛鳥井は三人知っていた。こと捜査となると、綾辻一人で市警の分署まるまるひとつ分の仕事をこなしてしまう。負ける気はないが、この監視映像のチェックで綾辻より先に手懸かりを発見できるとは、飛鳥井には思えなかった。

その代わりに、近くにいる辻村に声をかけた。

「辻村ちゃん」飛鳥井が呼びかけると、監視映像を見つめていた辻村が振り向いた。「この仕事を始めて何年になる？」

「二年です」質問の意図を探るような目をしながらも、辻村は素直に答えた。

「怖くはないのか？」

辻村は意外そうな顔をした。「何がです？」

「君の仕事は死に囲まれている」

辻村は小さく笑った。「それは飛鳥井さんの仕事も同じでしょう。凶悪な殺人事件をいくつも担当されてるんですから」

「僕が云ったのはそういう意味じゃない」飛鳥井は真剣な顔で云った。「僕も綾辻先生との付き合いは長い。だから綾辻先生を担当したがる特務課のエージェントがほとんどいないことはよく知ってる。特一級危険異能者に――〝凍った血の死神〟に関わりたがらないんだ。芯《しん》からタフな特務課員でさえね」

辻村はまっすぐな視線で飛鳥井を見た。

「辻村ちゃん。君がこの仕事を志願したのは、復讐のためかい？」

「違います」すぐさま辻村は断言した。

「否定が少し早すぎるね」と飛鳥井は云った。「僕に嘘をつくなとは云わないよ。でも自分にまで嘘をついてるとしたら、できるだけ早く直したほうがいい」

辻村はしばらく沈黙してから、ちらりと綾辻を見た。

綾辻は完全に監視映像に集中しきっている。十以上の映像に映る何十人もの人間の、細かな服装や挙動まで観察しているのだ。その集中力は簡単には破れそうにない。

「皆に云われます」辻村は小声で云った。「危険だから考え直せって。でも私は先生の異能について、しっかり把握していますから。危険はないと思います」

「本当かい？」

「ええ」辻村は断言した。「『事故死』の対象になるのは、殺人もしくは凶悪な殺人未遂を犯した犯人個人あるいはグループです。殺した対象に殺意を持っていること、その犯人にしか犯行を行えなかったと証明されること。そして綾辻先生が解決を依頼された事件の犯人であること。それらが条件です。そして一度依頼されたら、たとえどのような経緯があっても、必ず犯人は何らかの理由で死亡します。たとえ途中で依頼をキャンセルしても、一度発動した死の異能を中断させ打ち消させることはできません。一度口から出た発言を、なかったことにできないのと同じように」

飛鳥井は考える。綾辻の異能は絶対だ。もし推理が中《あた》っていれば犯人は死ぬし、もし中っていなければ何も起こらない。それが無謬の真実発見装置として機能する。

そして——もし犯人を当てられなければ、綾辻は特務課に〝処分〟される。

真実を当てられない殺人探偵は、ただ危険なだけの厄介者だからだ。

綾辻もそれを判って捜査をしている。

中れば犯人が死ぬ。外せば探偵が死ぬ。その綱渡りの状況の中で、これまで綾辻は依頼されたすべての事件を解決してきた。

飛鳥井はその鋼の精神に、寒気すら覚える。

——そうか。

飛鳥井は今さらながら気がついた。

それが京極の『勝ち』なのだ。綾辻に推理を外させ、特務課に処刑させる。それが京極が完全犯罪を生み出し続ける理由であり、命を賭《か》けた綾辻への挑戦なのだ。

綾辻は、それを承知で依頼を受けている。

完全犯罪を創る京極と、解く綾辻。

一度でも自分につながる証拠を見つけられれば京極は死ぬ。一度でも犯人を当てられなければ綾辻が死ぬ。決してミスの許されない綱渡り。いつかは綱から落ちる。どちらか一方が。

「くそ！」

いきなり怒声が部屋に響き渡った。

全員が驚いて飛び上がった。

「くそ――京極め！　これが貴様の遊戯か！」

机を叩いて怒鳴っているのは、綾辻だった。髪が逆立つほどの怒りが周囲に渦巻いている。

「先生――何か見つけたのですか？」

「君達の目は節穴か？　今映っていた男を見たろうが」

一同は慌てて画面を注視した。

その画面は、関係者のための通用口を映した映像だった。時刻とカメラナンバーが入った映像には、何人かの人間が映し出されている。

「五秒戻せ」綾辻が指示すると、警備員が急いで端末を操作し、画面を巻き戻した。

画面が切り替わると、そこにいたのはワイシャツ姿の男だった。整えられた髪の毛と涼しげな目元。民間企業の役員と接待ゴルフに行った官僚、という風情だ。目立って不審な点はない。

飛鳥井はその人物を注視した。綾辻先生が云うからには、何かしら不自然なところがあるはずだ。服や身につけているものに、何か不自然な点があるのかもしれない。

だが綾辻はカメラを見つめる一同を莫迦《ばか》にしたように云った。「正気か？　こんなものに観察眼など要らない。誰がどう見ようと、犯人はこいつ以外にありえんぞ」

いきなり辻村が「あっ！」と叫んだ。

「……そんな……！」押し殺したように呻《うめ》く。

「辻村ちゃん、何か見つかったのか？」

「見てください」辻村が震える手で画面を指し示した。「指が……！」

飛鳥井も気がついた。

左手の薬指の先端がない。

綾辻は怒りを押し殺した声で云った。

「基本的に京極が操るのは、自分が操られているとも知らないような傀儡《かいらい》だ。だが何人か、直接指示を受けて奴の陰謀を手助けする人間が存在する。すべての命令に従い、奴のために命も投げ出す人間……そういう人間のことを京極は〝使い魔〟、あるいは〝式神〟と呼んでいた。おそらく使い魔には、奴の異能である憑き物がそれぞれ憑依《ひょうい》しているのだろう。しかし肝心の使い魔が誰でどこにいるのかは、手懸かりすらなかった。これまではな」

そう云ってから、綾辻は室内にいる人間のほうを振り向いた。

「これではっきりした。囹圄島、十八人目の犯人――《技師《エンジニア》》は、京極の使い魔だ」

綱が引き絞られるような声がした。

「本当……ですか」辻村だ。「《技師》が……この事件に関わっているのですか」

「いかにも奴の考えそうなことだ」綾辻は頷いた。「《技師》が、今回のエレベーターの事件を仕組んだ犯人だ。こいつは俺達がこの映像を見ることも計算に入れている。見ろ」

綾辻が端末を操作すると、静止画だった監視映像が再び動きはじめた。

薬指の欠けた男は、ゴルフバッグを重そうに担ぎなおすと立ち止まった。そして一瞬――監視カメラに向けて微笑んだ。

捕まえてみろ、とでも云うように。

ほんの一瞬のことで、予《あらかじ》め注視していなければ判らないほどの微笑みだったが、見間違いようがない。

「これと同じカメラに、作業を終えた《技師》が出てくる様子が映っているはずだ」と綾辻は警備員に指示を出した。「四十五分から一時間後」

警備員が指示された時間まで映像を進めていく。

すぐに同じ人物の姿が見つかった。同じカメラの五十四分後。ワイシャツ姿の涼しげな目の男が映っている。

「……そいつのバッグを見ろ。側面のポケットに、棒状のカートリッジが四本入っている。これは化学反応で水蒸気爆発を起こして建物を破壊する破砕剤だ。これでエレベーターを落とした。現場の爆破跡から爆薬成分が検出されなかったのは、こいつを使ったからだ」

綾辻は端末を操作して、《技師》が入る時と出る時の映像を並べて見せた。

「六本あった破砕剤が……四本になっている」飛鳥井が画面を見て呟《つぶや》いた。

「予備でしょうか？」

「いや、奴が《技師》なら、事前に綿密な計画を立てている。予備が四本もいるとは思えん。別の理由が……」

そこまで云って、綾辻はぴたりと静止した。

まるで思考の深淵《しんえん》に魂だけ飛翔《ひしょう》し、肉体がそこに取り残されてしまったように。

「……綾辻先生？」辻村がおそるおそる顔を覗き込む。

「飛鳥井君、ここから半径6キロ以内にある建物で、エレベーターにカードセキュリティがある建物をすべてリストアップしろ。それから即刻捜査本部を設置させ、近辺の警察関係者を動員しろ。これは奴からの予告状だ」

「予告状？」

「爆薬を四本持っていた理由は、この後すぐに使うからだ。最低でも一回、同じ殺人をするつもりだ」

「また……人を殺す……!?」

「アジトで破砕剤を補充せず直接向かったということは、現場はかなり近い。車での移動時間と作業時間を合わせても、6キロ圏内にはいるだろう」

「本部と連携して、市警の動ける奴を全員かき集めろ。この映像の顔データも配布だ」飛鳥井が部下に指示を飛ばす。

部下達が頷き、それぞれの任務のために散っていった。

散っていく捜査官の後ろ姿を眺めながら、綾辻が云った。「これで後は警察に任せておけば問題はないか」

「先生！」辻村が身を乗り出した。「私も捜査に参加します！」

綾辻は辻村のその形相をしばらく眺めた後、云った。

「俺の聞き間違いか？　君の任務は俺の監視であって、殺人犯の逮捕ではない。そして俺への依頼は井戸の謎を解くことで、捕り物で暴れることではない。ここで待っている以上にすべきことなどないと思うが」

「でも！　奴は《技師》なんです！」

綾辻は答えず、辻村の表情を見る。その切羽詰まった顔の奥にある何かを。

「奴に……母のことを、訊ねなくてはなりません。それを手伝うくらいの責任は、先生にもあるのではないですか？　圀圄島の事件を解決した、綾辻先生にも」

綾辻は数秒のあいだ黙考した後、煙管《キセル》を取り出して云った。

「俺にそこまでする責任はない」

「でも！」

「だが君次第では手伝ってもいい。交換条件だ。そうだな……俺が指定した一日、何でも云うことを聞くというのはどうだ？」

「え……何でも？」

辻村は一瞬表情を凍らせた。だがすぐ思い直して、はっきりと宣言した。「……判りました。いいでしょう」

「決まりだ」綾辻は煙管を指でとん、と叩いた。

「すぐ車を回してきます！」

勢い込んで駆け出す辻村の背中を、綾辻と飛鳥井は見つめた。

「いいのですか、綾辻先生。彼女は相当《技師》に入れ込んでいる。母親の仇《かたき》だから当然でしょうが……復讐のために視界が狭まれば、そこを京極に突かれるのでは？」

「だとしたら彼女はその程度だったということだ。俺は辻村君の親ではないから、そこまで心配する義理はない」

その温度を含まない声に、飛鳥井は思わず綾辻のほうを見た。

「それから一点訂正させて貰う。《技師》は辻村君の復讐の相手ではない。彼女の母親を殺したのは《技師》ではないからな」

「そうなのですか？　では彼女の復讐の相手とは一体――」

綾辻はゆっくり首を巡らし、飛鳥井を見た。

その表情に、熟練の捜査官であるはずの飛鳥井は一瞬心臓が止まった。蛇に睨まれた小動物のように。

「俺だ」

綾辻の口から、冷気が漏れる。

「俺が辻村君の母を殺した。彼女の母は、十七人いた殺人犯の一人だ」

銀色のアストンマーティンが、街中を疾走する。

街はいつもと変わりないように見える。暖かな日射しがアスファルトを照らし、路肩にはセール中と書かれた商店の幟《のぼり》がはためく。けれど見える景色に少しずつ異物がはさまっている。無線に耳をそばだてている巡回警官。大慌てで準備を進めている軍警の屯所。サイレンを鳴らして疾走する警察車輛《しゃりょう》の群れ。

今この瞬間、司法省の周囲6キロであるこの一帯は戒厳令地帯なのだ。今まさに、どこかで殺人犯が殺人の準備を進めようとしている。

「まずは最寄りの施設から調査しましょう」私は運転しながら云った。「近くにある病院、それから商業施設の順に当たります」

後部座席に座っている綾辻先生は何も答えず、ただ外をじっと見ていた。

「先生、聞いてます？」

「何をするのがいいかな」

唐突に綾辻先生が云った。

「何って……《技師》にですか？」

「違う。君にだ」

綾辻先生は顔を起こして、バックミラー越しに私を見た。

「頭の中がいつも快晴な君のことだ、さっきの今でもう忘れたか。取引をしたはずだ。指定した一日、何でも云うことを聞くという約束だったろう」

「う」

そうだった。

さっき場の勢いで、そんな約束をしてしまったような気がする。

「この約束の要点はふたつだ。ひとつは指定した一日であること。もうひとつは何でも云うことを聞くということ。つまり、俺の命令はひとつである必要はない。命令の機会は一日中、何度でも存在するということだ。昔話に『何でも願いを三つ叶《かな》える』というのがあったが、命令の数はその比ではない。さて……命令の数は百か二百か」

やけに饒舌《じょうぜつ》なその口調に、私ははっとしてバックミラーを見た。

綾辻先生はうっすら微笑している。

それで気がついた。――嵌められた！

監視映像を見ていた時点で、先生は約束を取りつけるまでの流れを読んでいたのだ。

「そんな取引は無――」

「無効か？　ならばそれでもいいぞ」綾辻先生はあっさりと云った。「その場合、俺はここで車を降り、君の独走という命令違反を特務課に報告するだけだからな」

「ぐぬっ……！」

云い返せない。

「うむ、その顔だ」綾辻先生は涼しげに云った。「前々から思っていたが、君の悔しがる顔に関して云えばなかなか鑑賞価値がある。人形師にその顔を作らせて保管しておくか」

この人と喋《しゃべ》っていると、ときどき自分が先生の監視者であり、生殺与奪の権利を握っているのだということを忘れそうになる。

私はエージェントなのに……。

「私を苛めて愉《たの》しむのもいいですけど、忘れないでくださいよ？」私は運転しながら云った。「私が一言先生を〝暴走の危険あり〟と上に報告すれば、先生はあっという間に〝処分〟されるんですからね！」

「成る程。そのような嘘の報告で、君は特務課の信頼を裏切る訳だ。それは実に、君の理想とする一流エージェントが取りそうな行動だな」

「ぐぬっ……」

また云い返せない。

「そう気落ちするな」と綾辻先生は云った。「君は未熟でがさつなトラブルメーカーだが、長所もある。若くて吸収が早いところだ。他の任務では使い物にならんだろうが、俺の事務所に回されたのは幸いだったな。俺の教えを吸収して、一日も早く一人前の召使いになることを願っている」

急ブレーキを踏んだせいで、車の中のものがどさどさと崩れた。

「私は召使いじゃありません！」

「今のところはな」綾辻先生は顔色ひとつ変えない。「例の約束を果たす日が、今から愉しみだ」

さらに何か云い返そうとした時、私の携帯電話が鳴った。

飛鳥井捜査官からだろうか。《技師》について、何か判ったのかもしれない。

「はい、辻村です」

イヤホンマイクのボタンを押して電話に出た。

予想は少し外れた。それは飛鳥井さんからの電話ではなかった。

「……坂口先輩!?」

《技師》は人混みに紛れる。

平日の午前、行き交う人々の顔は明るい。《技師》はそんな平凡な通行人達の顔を明るい気持ちで眺める。

通行人達はそれぞれが尊厳を持つ個々人のように見える。だがそれは誤りだ。《技師》はそう思う。彼らは『部分』だ。決して個ではない。巨大な機構《システム》の構成要素。何万という『部分』が集まって組み合わさって、巨大な絡繰《からく》りとなり動いている。それが社会だ。

だが自分は違う。完全な犯罪によって何人も殺した。機構を裏切っている。巨大な機構の内部に、密かに機構を破壊するような要素が入り込んだりするだろうか？　答えはノーだ。つまり自分は機構の構成要素ではない。『部分』ではない。

従って、自分は彼らとは違う。独立した完全な『個』だ。

ゴルフバッグを背負い、古いジャズの曲を小さく口ずさみながら、《技師》は歩く。

警察は俺が車で移動していると考えているだろう――《技師》はそう思う。だから道路を監視し、検問をかけ、高速道路の監視映像をチェックする。連中が何を考えるかくらいお見通しだ。何故なら俺は機構である『彼ら』のことを知っているが、彼らは完全な『個』である俺のことを知らない。情報の不平等。それこそが俺が捕まらない理由だ。

だから裏をかいて、徒歩で移動する。そのほうが小回りが利く。もちろん、万一の逃走ルートである裏道はすべて頭に叩き込んである。

完全な『個』であるには責任がつきまとう。反社会的な存在だし、失敗しても誰も助けてくれない。だから誰にでもなれる存在ではない。普通なら重圧や罪悪感に押し潰されてしまうだろう。それでいいのだ。大多数の人間にとって、巨大な機構を裏切って得られるメリットなど何もない。人は弱いから群れをつくり、その結果、『個』が獲得しうるよりはるかに巨大な機構を作り出した。

社会という巨大な怪異を。

《技師》は歩いて階段を上り、建物に入る。

すれ違う人達は、《技師》に何の感情も抱かない。建物の硝子《ガラス》扉を開いて待ってやると、にこやかにお礼の会釈をしてきた。ほんの少し愉快になる。

自分がこの建物で今から何をするつもりなのか知ったら、『部分』達は悲鳴をあげて腰を抜かすだろう。俺は彼らがちっぽけな『部分』であることを知っているが、彼らは俺を『個』であると知らない。これも情報の不均衡だ。

用務員通路に入り、用意していた作業服をバッグから取り出す。素早く腕を通してさらに奥へ。施設内地図を思い出しながら、手際よく移動する。

鍵《かぎ》のかかっている金属扉の前で《技師》は立ち止まった。目的地はこの奥。だがそれも想定通り。『井戸』に従えば、不可能なことなどない。

周囲に人影がないことを確認してから、バッグからコンピュータ清掃用のエアダスターの缶を取り出した。缶を逆向きにして、ドアノブに吹きつける。

代替フロンを用いたエアダスターは、缶を逆向きにして吹きつけると、低温の液状瓦斯《ガス》が噴出する。人間を殺すような冷凍吹雪を起こすことはできないが、扉の錠に低温脆性《ぜいせい》を起こさせることができる。錠を破壊するならこれで十分だ。

念入りに瓦斯を吹きつけてからドアノブを回し、肩で思いきり体当たりすると、中で鉄軸が折れる鈍い音が響き、扉が開いた。

『井戸』は実に多くのことを教えてくれる。その多くは技術や知識だ。自分が『部分』ではなく『個』であるために必要な情報、そして心構え。

もし五年前、あの圀圄島の時にもこの『井戸』の助けがあれば、もっと完璧に殺人を行うことができたはずだ。そうすれば島にふらりと現れた探偵に事件の全容を暴かれることもなかったし、たまたま島を離れていた自分を残して共犯者達が全員殺されることもなかった。あれは実に残念な結末だった。

だが仕方ない。大事なのは今だ。

《技師》は段差を飛び降りた。爆薬を仕掛ける手順を思い出す。

市警は今ごろ病院や商業施設を調べているだろう。破壊可能なエレベーターが設置されていて、効果的に人間を殺害できる場所を。これまでの傾向を分析すれば、それは正しい推測だ。

だからこそ、連中は自分を止められない。

《技師》は――人のいないない高架鉄道線路に降り立った。

たった四本の破砕剤で、最大の効果を発揮できる殺害方法は何か。

この場所がその答えだ。

そこは鉄道が街の上をまたぐ高架線路だった。見回すと、周囲には街並みが広がっている。そう遠くない位置に駅が見える。眼下の地上には行き交う人々。

《技師》は時計を確認した。ここからは時間との勝負だ。次の列車が来る前に破砕剤を線路のレールに埋め込み、破壊する。予行演習は十分に行ってある。列車が通りかかる数秒前に鉄道が破砕されるよう仕込んでおけば、振動を検知されて急停止される恐れもない。

そして俺はまた一歩、独立した『個』に近づく。

他の有象無象とは違う、特別な人間に。

そしていつかは、〝彼〟のように――。

二本目の破砕剤をセットしたところで、《技師》は顔を上げた。

そして気づいた。人の気配。それも何人もの。

声がした。その声は俺にこう告げた。


「残念だったな。貴様の負けだ、《技師《エンジニア》》」

綾辻先生はそう云った。

銃を構えた捜査官が《技師》を包囲する。

線路の上で、その人影は固まっていた。ゴルフバッグを背負い、作業服を着た人物。整えられた髪型に涼しげな目。

　囹圄島の十八人目。京極の〝使い魔〟。

「政府の犬か……」《技師》が呟いた。「何故……ここが判った」

「貴様の犯罪傾向から心理を読んだ」と綾辻先生は云った。「わざと監視カメラに映って、破砕剤はエレベーターを破壊するためのものだと俺達に印象づけておき、俺達が他のエレベーターを調べている間に別の場所を破壊し大規模な事件を起こす。そうすれば、俺や軍警の面目を完膚なきまでに潰せるだろう。その心理を予想し、エレベーター以外で最も被害を起こせる駅が標的だと推測した」

　綾辻先生は周囲の風景を見渡した。

「この線路に破壊工作をすれば、列車は簡単に軌道を外れ、眼下の街に落下する。引き起こされる被害は甚大なものになるだろう。乗客だけでなく、地上の街にも大量の死者が出る。ちっぽけな破砕剤四つで引き起こすことのできる災厄としては、考えられる限り最悪のものだ。貴様にとっては勲章だろうがな。もっとも、鉄道会社に連絡して列車は緊急停止させたから、そんな災厄はもう起こりえないが」

　綾辻先生は背後にいた飛鳥井捜査官をちらりと見た。飛鳥井さんは先生の言葉を肯定するように小さく頷く。

　綾辻先生は最初から《技師》の行動をほとんど読んでいた。市警をエレベーターのある施設に回して犯人を油断させ、飛鳥井さんをはじめとする捜査官をここに配置した。犯人が車で移動しないことを計算に入れ、標的となる駅を絞り込んだ。

最初から犯人の行動は、綾辻先生の手の中だったという訳だ。

《技師》はやや青ざめた顔で綾辻先生を睨んだ。

「成る程……あんたが〝殺人探偵〟か」

「そう急ぐな。自己紹介をする時間は後でたっぷりある。貴様には訊《き》きたいことが山ほどあるからな。……愉しみだよ。京極と違って、貴様は口が軽そうだ」

捜査官の一人が破砕剤を回収し、バッグの中を確かめようとした。

「まだバッグは開くな」と綾辻先生は鋭い声で云った。「こいつが局次長殺しの犯人であることはほぼ間違いないが、そのバッグの中にある確たる証拠を俺が見てしまったら、『事故死』の異能が発動してそいつは死ぬ。それはそれで見物だが、そう簡単に死なせてやることもないだろう」

捜査官は慌ててバッグから離れた。

綾辻先生の異能は、一度犯人捜しを発動すれば犯人が死亡するまで絶対にキャンセルできない。先生自身の意志がどうあろうとも、犯人であると証明された瞬間に発動し、犯人は必ず死亡する。

だからこそ、証拠を見てしまう訳にはいかない。バッグの中にあるであろう決定的証拠《ハードエヴィデンス》——工事用のサイレンサードリルや予備配線を見てしまったら、即座に死の異能が発動するのだ。

「辻村君」いきなり綾辻先生は私のほうを向き、顎で犯人を示した。「このところストレスが溜《た》まっているだろう。奴に手錠を掛けてやれ。思いきり手をひねり上げてからな」

そうさせて貰うことにした。私は腰に携帯していた手錠を取り出した。「あなたを逮捕します」

「悪いけど、そう簡単にはいかない」

《技師》が素早い動作で破砕剤を取り出し、自分の首に押し当てた。

その動作に反応し、捜査官達がいっせいに銃口を《技師》に向ける。

「意外に退屈な男だな」綾辻先生だけが顔色ひとつ変えない。「自分に爆薬を押し当てて脅すとは……映画の見過ぎだ。凶悪犯が自分の命を人質にしたところで、この包囲から逃げられると思うのか？」

「さあね。だがあんたらは俺から色々聞き出したいはずだ。……今死なれちゃ困るだろ？」

「爆薬を捨てなさい！」私は拳銃を向けて叫ぶ。

「そっちが銃を捨てて逃走用の車を用意すれば、喜んで捨ててやるよ」

私は銃を構えたまままちらりと綾辻先生を見た。先生は無表情で《技師》を観察している。

微妙なところだ。相手を逃がす訳にはいかないのは当然のことだが、死なせるリスクは最小にしたい。

私は素早く頭を回転させた。

奴と話をして、隙をつくる。これだけ捜査官がいるなら、それで何とかなるはずだ。

「私があなたを撃てないと思ってるのなら、それは間違いですよ」私は押し殺した声で語りながら、爪先《つまさき》で少しずつ距離を詰めていく。「五年前、囹圄島の連続殺人事件を覚えていますか」

「何？」

「あなたはあの事件の犯行グループの一員だった。そして十七人の共犯者の中には、私の母もいました」私は感情を抑えた声で云った。

「そうなのか」《技師》はやや興味を惹《ひ》かれたという表情をした。「捜査官の親が殺人犯、か。親ゆずりの殺しの才能を活《い》かして事件解決という訳だ。それは興味深いね」

　一瞬、胸の奥に灼《や》けつくような怒りが湧いた。

　その怒りを無理やり頭の隅に押し込め、私は静かに言葉を続けた。

「具体的に母がどこまで直接殺人に関わったのか、それは判りません。ですがひとつ確かなことは、私の知らない〝殺人者〟としての母のことを知っているのは、今やあなただけということです」

　私は拳銃を構えなおし、相手に照準をあわせる。

「絶対に逃がしません。その口から真実を聞くまでは」

「囹圄島の事件はもちろん記憶してるよ」と云って《技師》は微笑んだ。「俺は事件の指揮者役だったから。——事件の本質的な意味を理解していたのは俺だけだった。人を殺すのはどういうことか、他者を殺せば己がどう変容するか。そのへんを他の奴らはまるで判っちゃいなかった。ただ旅行客の生存を偽装し、金を引き出すことしか頭になかったな。金の亡者だ。そういう連中を操るのは、とても簡単だった。犬に芸を覚えさせるようなものだよ」

　余裕の笑みを浮かべたまま、《技師》は一歩こちらに歩いてくる。

　ねばつく笑み。

　汚泥が煮立つのを眺めているような不快感。

　銃を握る手が、熱く汗ばむのが判った。

「私は死ぬ数年前の母について何も知りません」と私は云った。頭のどこかがガンガンと鳴り響き、心に警鐘を送っている。「もし母が邪悪な殺人者だったのなら、私は心の中の母を切り捨てます。もしあなたの操り人形でしかなかったのなら、私は操られただけの可哀想な母を殺した綾辻先生に復讐しなくちゃならない。——母は、自分の手を汚したのですか。それとも計画を手伝っただけ？」

云っているうちに、胸が燃え上がるのを強く感じた。

どうして私はこんな話をしているんだ。

私は——時間稼ぎのために喋っているだけのはずだ。

なのにどうして、こんなに胸が燃えるんだ。

「かわいい怒り顔だな、お嬢さん」《技師》はにやにや笑った。「思い出したよ。怒ると君そっくりの顔になる女がいた。年齢もちょうど合う。色素の薄い目で、右耳に小さな傷のある……
……」

母だ。

右耳の傷は、私が小さい頃についたものだ。仕事でちょっとした怪我をした、と母は云っていた。

「地味で従順で、つまらない女だったな。何をしていたか、ほとんど記憶にない。最後には燃える家の下敷きになって焼け死んだ」

体中の神経に雷撃が走った気がした。

「……お前は……」

血が沸騰する。

情報を引き出すまで、こいつを殺す訳にはいかない。

けど——。

「操り人形、か。——これまでの殺しで無数の人間を操ってきた」《技師》の視線は柔らかく、相手の心の奥の柔らかい部分まで見透かすように優しい。「男は金とプライドで操れる。だが女を操るのはもっと簡単だ。心の弱い女は特にね。——君の母親をどうやって操ったか、君の体で教えてあげようか?」

理性が軋《きし》みをあげた。

私はカチリと音を鳴らして銃の撃鉄を起こした。そしてさらに一歩前に踏み出す。

「よせ辻村君、挑発に乗るな」

綾辻先生の声は奇妙にくぐもって、遠くから聞こえてくる。

私の人差し指が痙攣《けいれん》する。


「困りますね辻村君。そう簡単に証拠品を壊されては」


どこからともなく声がした。

次に、黒い風のような人影が、眼前を吹き抜けた。

その人影は《技師》に三つの動作を行った。左膝《ひざ》裏を蹴飛ばし、右手の小指を逆に折り、左肘《ひじ》を逆向きに半回転させた。私の目には、すべてが同時に起こったようにしか見えなかった。

《技師》が悲鳴をあげる前に、人影は破砕剤を取り上げて遠くに放り投げ、相手の肩関節を逆側に極《き》めて地面に押しつけた。

一瞬の出来事だった。

「辻村君、任務ご苦労でした。ここから先は我々が引き継ぎましょう」

押さえつけられて呻く《技師》の向こうから、別の人影が歩いてくる。

大学教授のような朽葉色のスーツに丸眼鏡。静かで穏やかな物腰。けれどその瞳《ひとみ》の奥には、磨かれた鉄針のような冷徹な光が宿っている。

「坂口先輩」と私は呟いた。

「辻村君。僕が教えた言葉を覚えていますか？『牛追いに獅子《しし》を追わせるな』。司法省の高官が死んだ時点で、この件は探偵事務所に収まるような案件ではなくなりました。その男は〝獅子〟です。獅子を追うのは——我々特務課の仕事です」

坂口先輩の言葉と共に、二人の人物が両側に立った。

一人は着崩したスーツの女性。ガムを噛《か》み、斜に構えて周囲を睥睨《へいげい》している。腰には政府関係者のみが佩《は》くことを許された黒い刀鞘《ざや》。

もう一人は背の高い背広の男性。さっき《技師》を一瞬で拘束した男だ。ライダーグローブに黒背広。体の重心がぴくりとも動かないのは、高度な武術の心得がある証拠だ。

いずれも坂口先輩の直属の部下。組織内でも優秀な武闘派で、常に坂口先輩の身辺を警護している。

それだけ先輩には敵が多い。

内務省異能特務課、参事官補佐——坂口安吾《あんご》。

「坂口君」綾辻先生が静かに云った。

「どうも綾辻先生」坂口先輩は慇懃《いんぎん》に微笑んだ。「滅多《めった》に顔を出せなくて申し訳ありませんね。本件の報酬は後程、いつも通りに」

ライダーグローブの部下が、《技師》の肩を片手で摑んで立ち上がらせた。私は彼が林檎《りんご》を片手の握力だけで砕くのを見たことがある。あの指に摑まれては、ほとんど役に立つ行動はできないだろう。

「この案件を引き取るのはお勧めしないぞ、坂口君」と綾辻先生は云った。「まだ京極の企《たくら》みの全体像が見えない。よく判らないままこの事件を大きな匣《はこ》に移し替えれば、燃え上がる炎も大きくなる」

「特務課は燃えませんよ、綾辻先生」坂口先輩は微笑んで云った。「特務課を燃やすことは誰にもできない。我々がここに来たのは、司法省に我々を攻撃する口実を与えないためです。坂下局次長が死亡したのは対立組織である我々特務課の陰謀ではないか、と連中は主張するでしょう。そうなる前に、この男の黒幕を暴き、特務課の身の潔白を証明しなくてはなりません」

そう云って坂口先輩は《技師》を冷たく見下ろした。

「それでこの男を拷問する訳か」綾辻先生は肩をすくめた。

「拷問するまでもありませんよ」と坂口先輩は答えた。「すぐに洗いざらい話したくて仕方なくなりますからね」

私は二人のやりとりを、ただ見つめるしかない。

坂口先輩は凄腕《すごうで》の上級エージェントだ。過去に異能にまつわる重要な任務をいくつも成功させ、この若さで参事官補佐の地位まで登り詰めた。情報収集と分析を得意とし、冷徹な思考と判断で敵異能者を追い詰める。

そして、捜査官の訓練生だった私を特務課に引き抜いた師でもある。

「特務課が出てきた以上、我々の仕事は完了だ」隣にいた飛鳥井捜査官が銃をしまいながら云った。「撤収しよう」

「発言よろしいでしょうか、飛鳥井捜査官」捜査官の一人が、銃をホルスターにしまいながら声をかけた。「ひとつ気になることがあります」

「どうした、芳野《よしの》?」飛鳥井さんが振り返る。

「音です。この音……何でしょう?」

芳野と呼ばれた若い捜査官は、顔をしかめて空中に視線をさまよわせた。短い髪にそばかすの散った顔。私と同い年か、少し下くらいの歳だろうか。スーツのサイズが大きいせいか、なんだか頼りない印象の捜査官だ。

「何も……聞こえないが?」飛鳥井さんは空を見渡す。私もつられて周囲に視線を送るけれど、これといって気になるものはない。

「聞こえますよ、ほら、何かが……擦《こす》りあわされるような、布か、縄か何かが……どんどん大きくなってきます」

縄が擦りあわされる音?

「おい、探偵さん」私達が周囲を探す動作は、《技師》のその声で中断された。

「何だ」綾辻先生が冷たい声で訊ねる。

「〝彼〟があんたに宜《よろ》しくと云っていたよ」と《技師》は云った。「妖術《ようじゅつ》師がね。それに伝えたい耳寄り情報があるとも」

綾辻先生はしばし沈黙した。それから極低温の薄笑みを浮かべて云った。「ほう」

「長い付き合いのあんたにだけ伝えると云ってた。特務課や他の連中には絶対に話さないと」

《技師》は意味ありげに笑った。「俺の上衣に通信機とイヤホンマイクがある。それを使ってみろ」

綾辻先生はちらりと坂口先輩を見た。坂口先輩は少し考えてから、小さく頷く。

綾辻先生が《技師》の上衣を調べ、通信機を取り出した。電源は入っている。しばらくそれを観察し、罠や仕掛けがなさそうなことを確認してからイヤホンを耳に装着する。

そして目を細めた。

綾辻はその声を聞いた。できることなら永遠に聞きたくなかった声を。

「まず最初に云っておこう」とその声は云った。「余計な心配は無用じゃ。君に危害を加えるつもりはないのでな」

その声——静かで嗄《しわが》れた声を、綾辻が聞き間違えるはずもない。

「京極」綾辻が不意に云った。「貴様の嫌いなモノは何だ?」

「何じゃ、藪《やぶ》から棒に」

京極の問いに、綾辻は何も答えない。京極はやむなく云った。

「そうじゃのう……完結していない小説など、実に厭《いや》じゃのう」

「なら俺にとって貴様は、完結していない小説のような存在だな」

やや間があってから、京極は愉快そうに嗤《わら》った。「そうでなくては」

「わざわざ手下に通信機を渡させてまで、俺と話したいとは」と綾辻は云った。「孤独な老人は辛《つら》いな、京極」

「知らなんだか？　若い者を苛めるのが年寄りの愉しみじゃ」京極は呵々《かか》と嗤った。

「何の用だ京極」

「君に頼みを聞いて貰おうと思ってな」京極は不吉な嗄れ声で嗤った。「無論、タダでとは云わぬ。親しき仲にも礼儀ありじゃ。そこにおる久保《くぼ》君と——君達は《技師》と呼んでおるようじゃがな——二人きりで話す機会を与えよう。その代わり、彼を見逃して貰いたい」

「——何？」綾辻の眉間《みけん》の皺が深まった。

「綾辻先生、通信は何と？」

少し離れた場所に立っている、異能特務課の坂口が訊ねた。イヤホンを耳に当てているのは綾辻一人。その場にいる特務課、《技師》、捜査官達には、通話内容は聞こえていない。

「京極は」綾辻はイヤホンマイクから口を少し離して云った。「《技師》を解放しろと云っている」

「……莫迦な」

その場にいる人間に、ざわめきが広がった。

呆然としていた《技師》の表情に、やがて笑みが広がっていく。

「は……ははははは！　流石《さすが》は〝彼〟だ！」《技師》は哄笑《こうしょう》した。「ここまでお見通しだったとは！」

「京極、聞こえているか？　いくら貴様の頼みでも、それは聞けん。……現場にも出られない奴は引っ込んでいろ。貴様の手下は俺達が頂く」

「タダではないと云ったろう」通信機の向こうで声がした。「代わりに君達には機会をやろう。優秀な仲間達を助けられる機会をな」

綾辻の目が細められた。

「聞こえませんか、この音！　やっぱり何かがいます、すぐ近くに！」

捜査官の一人——芳野と呼ばれた若い捜査官——が、空中を見て叫んだ。

その場にいる全員が警戒し、武器を構える。

「判った……判りました！　ここだ！　ここから音がするんですよ！　敵の攻撃だ！」

芳野が叫び、銃をつきつけた。

自分の顎に。

「敵の攻撃を阻止しないと！　僕が阻止するんだ！」

そう云って、芳野は——。

「芳野やめろ！」

芳野は自分の頭を撃ち抜いた。

発射された9ミリ弾が顎と舌の筋肉を貫通した。螺旋《らせん》運動する弾丸は芳野の蝶形骨《ちょうけい》を下から砕き、小脳をかき回し、脳幹と頭頂葉を破壊して頭頂から抜けた。減衰するにつれて威力を増した破壊のエネルギーが、骨と血と脳漿《のうしょう》を頭上に撒《ま》き散らせた。

衝撃で頭をのけぞらせた芳野はバランスを崩し、線路の安全柵《さく》を越えて十数メートル下の地面に叩きつけられた。

少し遅れて、下の通行人から悲鳴があがる。

全員がその衝撃的な光景に立ちすくんだ。

「よく云われたよ。儂《わし》の異能は弱小だとな」綾辻の耳に、老人の軽い声が響く。「じゃが場と機会さえ過《あやま》たねば、このように有効な一手となる。ちなみに彼に憑いていた憑き物は〝縊鬼《いっき》〟。大陸より渡り来た亡者の妖怪で、取り憑いた人間に縄で首を括《くく》らせ自死させると云われる。大陸では『太平御覧《たいへいぎょらん》』『聊斎志異《りょうさいしい》』などに記述が――」

「貴様は必ず殺す。異能で殺せんのなら俺の手で殺してやる。覚悟しておけ京極」

「やれやれ、綾辻君の脅しは格別心臓に悪いのう」

京極の言葉と同時に、周囲からいくつもの叫び声が連鎖した。

「聞こえる……聞こえます！　縄の音だ！」

「頭から……頭から聞こえるぞ！」

「追い出すんだ！　くそっ、こんな音に……！」

五人いた捜査官達のうち三人が当惑と怒りの声をあげ、いっせいに自分の顎に銃をつきつけている。

全員真剣な顔で、自分のしていることにわずかな疑問も抱いていない。

「やめろお前達、銃を捨てろ！」

「やめてください！　全員気をしっかり持って！　敵の異能攻撃です！」

飛鳥井と辻村が叫ぶ。だが、相手が銃をつきつけている以上、下手に手出しできない。

「久保君を――《技師》を解放して頂けないのなら、彼らの頭を吹き飛ばす」と京極は云った。

「うむ……こうして実際に口にすると、実に品のない台詞《せりふ》で少し恥ずかしいな。しかしまあ、その通りなのだから仕方ない」

「やめろ京極」綾辻は素早く云った。「判った、いいだろう。貴様の策に乗ってやる。これ以上捜査官を自殺させるな」

綾辻は鋭い視線を坂口に送った。

「坂口君。こんな下っ端を逃がしても、まだ機会はある。《技師》を解放させろ」

「ですが……」

「議論する気はない。やれ」綾辻が断言する。

「……判りました」坂口が苦い顔で云った。「ですがその男の映像は、既に街中の市警に配付しています。その男一人では逃げ切れるはずがない」

「聞こえたか京極」綾辻が通信機に向けて云った。

「ああ、そのことか。ならば心配は要らぬ」

その時、辻村がふと足下の線路を見て云った。

「線路が……揺れてます」

綾辻が足下を見る。鈍色《にびいろ》の線路の上に溜まっている細かい砂利がすべて、痙攣するように震えている。振動は少しずつ大きくなっているようだ。

「くそ、そういうことか」綾辻が悪態をついた。「全員この線路から離れろ!」

もはや全員の目に見逃しようもなくそれは映った。線路の向こうから、列車が接近してきている。

「どうなってる、列車はすべて停止させたはず――」飛鳥井が呆然と呟いた。

「全員、線路の端に移動してください! 銃を自分に向けている捜査官は、引きずってでも離れさせなさい!」

坂口の指示で全員が駆け出す。もう数十メートル先に、軋みをあげる車輛が迫ってきている。

全員が退避した頃、列車が綾辻達の目の前に停止した。一輛のみの古い旅客車輛で、表面には黒い塗装が施されている。

「その列車に久保君と二人で乗ってくれ、綾辻君。君達のための特別車じゃ」と京極は云って嗤った。

圧縮空気の駆動音と共に、列車の扉がひとりでに開いた。車輛の中は明るく、誰もいない。

「京極。ひとつ云っておく」と綾辻は通信機に向けて云った。「俺を乗せて後悔するなよ」

「君ならそう云ってくれると思っておったよ」

京極のその言葉を最後に、通信は切れた。

第五幕

旅客列車内

午前
曇天

にわかに曇りはじめた灰色の空の下を、久保と綾辻を乗せた黒色の列車が進んでいく。線路を軋《きし》ませ、車体を震わせながら、老いた草食獣のように疾走する。

列車はやがて、地下への隧道《すいどう》へと入っていった。

地下鉄道だ。これで上空から列車を追跡することはできなくなった。

皓々《こうこう》と明るい列車内では、扉に近い壁にもたれて二人の男が立っていた。

一人は久保――《技師《エンジニア》》と呼ばれる殺人犯。にやにや笑いのまま、窓の外を流れる闇を見つめている。もう一人は殺人探偵・綾辻行人。目を閉じ、ぴくりとも動かず腕を組んでいる。

運転席は無人だった。その代わりに雑多な機械が積み上げられ、自動で列車の速度を制御していた。

「なあ探偵さん。あんたこの仕事続けて何年になるんだ?」不意に《技師》が訊《たず》ねた。

「二十年」綾辻は目を閉じたまま答えた。

「本当か？　幼稚園の頃からこんな仕事やってるってことか。解決した事件の数は？」

「五万件」

「おっかないな。殺した被害者の数は」

「二十億人」

「……おい、探偵さん」久保が顔を歪《ゆが》めて云った。「犯人と話す気が起きないのは判るが、あまり俺を見下すな」

「ほう。それは何故だ？」綾辻が薄目を開けて訊ねた。

「俺は悠々とアジトに帰るために乗っている。あんたは脅されてこの列車に乗っている。あんたと俺は違うんだ。怯《おび》えて相手の顔色を窺《うかが》うべきはあんたのほうだ。判るか？」

「成る程」綾辻はうっすらと酷薄さの漂う声で云った。「確かにその通りだ。他人から与えて貰《もら》った井戸の知識で事件を起こし、さも自分が特別であるかのように喧伝《けんでん》する人間は、流石《さすが》に云うことが違うな」

「何だと？」久保が表情を変えた。

「井戸のことは誰にも知られていないと思ったのか？」綾辻が冷ややかに久保を見返した。

綾辻は自宅にいる時のようにくつろいだ仕草で細煙管《キセル》を取り出し、口に咥《くわ》えた。それから云った。「『人に悪を与える井戸』――いかにも流行の都市伝説めいた、低俗で陳腐な響きだ。だがその裏にあるのは、極めて精緻《せいち》で狡猾《こうかつ》な〝選別システム〟だ。完全犯罪を成し遂げられる頭脳と悪意を持ったものを、選出するためのな」

久保は驚いた顔をした。「既に……そこまで調べ上げたのか」

「探偵として事件を解決する時のコツは、解ける謎からさっさと解いてしまうことだ」と綾辻は云った。「井戸の奥には、ある本を示す書籍コードがあった。『The Selfish Gene』……その初版だ。今でも読まれる有名な本のため、一九七六年に発行された初版は稀少《きしょう》本となっていて、高値で取引されている」

綾辻は細煙管に火をつけ、ゆっくりと煙を吸い込んだ。

「当然、入手経路も限られる。特務課に国内の古書店を廻《まわ》らせたが、見つからなかった。となると残された手は、海外の古書オークションサイトから入手するくらいしかない。調べると、複数の海外古書購入サイトに、外部から改竄《かいざん》を受けた形跡が確認された。特定の時期に特定の地域から〝The Selfish Gene〟を購入している人間を検出し、本来届く本に加えて別種の情報を同時に送り届ける」

綾辻は横目で久保を見、その反応を確かめながら言葉を続けた。

「そこで初めて、〝井戸の信奉者〟は京極という男を知ることになる。奴の知識と意志、そしてこれまで起こした膨大な殺しの実績をな。偽の書籍には京極への連絡先が書かれていたのか、あるいは殺しの知識が書かれていたのか——それは現物を見て確かめるしかないが、確かなのは、井戸の信奉者が実際に悪の知識を得るまでには、膨大な条件をクリアしなければならないということだ。体を泥で汚して井戸を調べる行動力、暗号を解く知識、数十万円の書籍を購《か》う切実さ——それらがすべて揃っていてはじめて〝悪〟となる資格を得る。そしてボツリヌス菌のトリックをはじめとした完全犯罪の知識を与えられる訳だ。それが」

そこで綾辻は一度息を止め、凍《い》てついた瞳《ひとみ》で久保を睨《にら》んだ。

「それが――井戸に棲《す》む妖怪《ようかい》の正体だ」

久保は否定も肯定もせず、うっすらと嗤《わら》って綾辻の目を見返した。

その時、綾辻が何かに気づき、懐から通信機を取り出した。列車に乗る前、京極からの通信を受け取った、イヤホンつきの通信機だ。

「通信が入った」と綾辻は云って、イヤホンを耳に当てた。

すぐに綾辻は顔に嫌悪をにじませた。「貴様か、京極」

綾辻はイヤホンの声に耳をすますように目を細め、時折頷《うなず》いた。「ああ、判った。いいだろう」

そのタイミングを示し合わせたかのように、自動制御された列車が制動《ブレーキ》をかけた。地下の暗い線路の只中《ただなか》で、列車が喘鳴《ぜんめい》のような音をたてて停止する。

自動扉が、圧縮空気の音を響かせて開いた。

綾辻が久保に目だけを向けて云った。「貴様は降りろ」

「あんたは？」久保は綾辻に問いかけた。

「俺はもう少し先まで鉄道旅行だそうだ」と綾辻は答えた。「京極が待っている」

「俺は蚊帳《かや》の外か。まあいい、追っ手から逃げるのが先決だ」

「だそうだ、京極」綾辻はイヤホンマイクに向かって云った。「ところで京極、地下にまで無線通信を入れてくるとはどういう絡繰《からく》りだ？　貴様の周到さは知っているが、これは――」

綾辻はそこで言葉を切り、顔をしかめた。「切れた」

「あんたも〝彼〟の掌《てのひら》の上という訳だ」久保はにやにやと嗤った。「手を携えての逃避行、愉《たの》しませて貰ったよ。〝彼〟に宜《よろ》しく伝えてくれ」

開いた扉を通って線路に降りようとした久保に、綾辻が声をかけた。

「最後にひとつ聞きたい」

久保は振り返った。「何だ？」

「何故俺が貴様を殺さないと思う？」

久保の表情がこわばった。

「知っているだろう。俺の異能は『犯人を事故死させる能力』。そして貴様がエレベーターで坂下局次長を殺したのはほぼ確実だ。帰って少し調べ物をすれば、貴様がどこに逃げようと俺の異能が貴様を必ず殺す。何故俺がそれをしないと思う？」

久保の顔色が変わっている。生命力のない土気色だ。「何が……云いたい」

「貴様は罰する価値すらない人間だからだ」綾辻は相手を冷たく見下ろした。「今回の事件で、貴様の背後に京極がいると証明できれば、教唆犯として京極を『事故死』させられる。貴様はその証明に必要だから殺さない。つまり、罰する価値もない小物は泳がせるという訳だ」

「何だと！」久保は激昂《げきこう》して列車の壁を叩《たた》いた。「俺は……俺は違う！　小物でもなければ誰の手先でもない！　俺は特別な人間だ！」

「かつて京極が云っていたよ。『愚者の遠吠《とおぼ》えは耳に心地いい』とな。今回ばかりは京極に賛成だ」綾辻は肩をすくめた。「貴様にはすぐに特務課の追っ手がかかるだろう。再会の時が愉しみだ、《技師《エンジニア》》」

「あんたは必ず殺す」久保は憎しみを込めた目で云った。そこには本物の殺意が揺らめいている。「俺が身の安全を確保した後でな。どうやって苦しませて殺すか、今から作戦を練らなくちゃな」

「では再会の時まで」

「ああ」

久保は体に怒りを充満させ、ゆっくりした動作で列車を降りた。

不意に、その背中に綾辻が声をかけた。

「ああ、ひとつ忘れていた。ここしばらくのあいだで、幻覚を見たことはないか?」と綾辻は云った。「現実とも錯覚ともつかない幻を。五年前から今までのあいだに。犬か、狐か——あるいは猿の」

猿、のところで、久保の肩がぴくりと動いた。

「何の話か判らないね」久保は押し殺した声で云った。

「そうか。……猿か」綾辻は静かに云った。「いい情報をどうも。さっさと行け」

久保は何か云おうとしたが、思い直したように口を閉じた。それから憎々しげな一瞥《いちべつ》を綾辻に送った後、小走りで線路の上を去って行った。

それを見届けたようなタイミングで列車の扉が閉まった。列車が唸《うな》りをあげ、再び動きはじめる。

「《技師》の追跡電波が動きはじめました」

そこは軍警の特別捜査本部だった。広い室内に、多くの捜査官が出入りしている。

私が見ていたのは、追跡機が放つ電波を探知する衛星の画面だった。

「場所は？」坂口先輩が画面を覗《のぞ》き込みながら訊ねる。

「港湾口に近い、地下鉄道の非常出入口です」飛鳥井さんが画面を操作しながら答えた。「おそらく《技師》は列車を降り、この位置から地上に出たのでしょう。それで衛星が追跡再開したのかと」

「奴を確保した時、追跡装置を仕込んでおいた甲斐《かい》がありました」坂口先輩が無表情で云った。

線路上で特務課が《技師》を押さえ込んだ時、上衣《うわぎ》の襟の裏に密《ひそ》かに追跡装置を仕込んでおいたのだそうだ。地下に入られて追跡が途切れた時はひやっとしたが、これで奴の居所を追うことができる。

「港湾……そうか、船で逃げる気ですね」坂口先輩が唸った。「海へ出られては衛星の監視領域から外れてしまいます。すぐに追跡しましょう」

よし。

そうと決まれば、ぼうっと突っ立ってなんていられない。

私はジャケットから車のキーを取り出し、足早に出口へと歩き出した。

「辻村君」そんな私を、坂口先輩が不意に呼び止めた。「どこへ行くのです？」

「もちろん、被疑者を確保しに行くんです！」私は力強く答えた。「奴を逃がす訳にはいきません！　聞き出さなくちゃならないことが山ほどあるんですから！」

坂口先輩はすぐには応《こた》えず、無表情で眼鏡を押し上げた。

「それは仕事として？　それとも個人的な復讐《ふくしゅう》のためですか？」

「もちろん……」

私は答えようとして云い淀《よど》んだ。

囹圄島の黒幕。

母を殺しの道に引き込んだ男。

――君の母親をどうやって操ったか、君の体で教えてあげようか？

「もちろん、仕事としてです」私はまっすぐ先輩の顔を見て云った。「特務課として、局次長殺しの犯人は何としても確保しなくてはなりません」

坂口先輩はしばらく黙って私を見ていた。丸眼鏡の奥から注がれる視線が、鋭く私を射貫《いぬ》いた。

「……いいでしょう」やがて坂口先輩は口を開いた。「ただし、奴は必ず生かして捕らえてください。真犯人を突き止める必要がありますから。辻村君が私情にとらわれ奴を手にかけるとは思っていませんが……万一被疑者を殺傷した場合には、君を」

「その先を聞く必要はありません」私は先輩の言葉を遮った。「任務は必ず遂行します」

坂口先輩の答えを待たず、私は出口へと歩き出した。後ろを振り返らず、大股《おおまた》で車へと向かう。

大丈夫だ。奴は生かして捕まえる。殺したりしない。

大丈夫だ――きっと大丈夫のはずだ。

老人の嘆息のような音をあげて動かなくなった列車から、綾辻は降りた。

そこからは無線機の指示通りに進んだ。廃棄された地下通路の非常梯子《ばしご》から地上に上った。鉄の地上扉を開くと、建物のないさびれた平野が広がっていた。

列車が進んでいたのは、既に廃棄された路線登録のない地下通路のようだった。綾辻はどこかからの視線を感じながら、指示された通りの道をさらに進んだ。

やがて砂利道の向こうに、小さな雨よけの屋根と鋼鉄製の地下ハッチが見えてきた。

綾辻は周囲を見渡した。周囲には人の気配がまるでない。死んだように静まりかえっている。待ち伏せされ取り囲まれる心配はなさそうだったが、密かに救援を呼べそうな一般施設もまたない。

予想の範囲内だった綾辻は、ただ軽く肩をすくめて鋼鉄製のハッチへと踏み込んだ。

狭い地下通路を抜け、数メートルぶんほど地下へ下りると、巨大な空洞に出た。

四角い空洞だ。コンクリで固められ、内部はがらんとしている。空洞の中央からやや手前のあたりに、下へと続く穴があった。こちらはハッチというよりマンホールの穴に近い。ただぽっかりと穴が開いているだけだ。

その穴から、わずかな光が漏れていた。不吉なかがり火のように。

綾辻は穴から下を確認した。

縦穴はさらに下の部屋につながっているらしかった。床までの高さは４メートルほど。穴の縁にぶら下がり、そっと着地すれば、怪我をするほどの高さではない。

だから綾辻はそうした。

「遠路はるばるようこそ、探偵殿」

その声を聞いて、綾辻は自分が歩いてきた道に相応の価値があったことを知った。

部屋の隅に、妖術師が立っていた。

ほんの数歩歩けば手が届くような距離に。

「京極」

呟《つぶや》くように云った声に、京極は満足げに頷いた。

「色々と引っ張り回して悪かったな。じゃが、そこまで笑顔になって貰えたのなら、こつこつと準備を進めた甲斐があったというものじゃ」

そう云われて綾辻は自分の顔に手をやった。

綾辻は笑っていた。

獲物をなぶり殺す前の肉食獣の笑みだ。

「笑いたくもなる。ようやくご本人のお出ましとあってはな」

これまで綾辻は無数に京極と闘ってきた。だが実際に対面して対決した機会は数えるほどしかない。こうして直接面と向かって会う機会は極めて稀少であり、黄金の山よりも価値があった。

綾辻はゆっくりと京極に向けて歩いていった。

だが同時に、素早く周囲を警戒する。

部屋はそれほど広くない。一辺が4メートル程度の立方体をしている。部屋にはほとんど何もなく、床にいくつか鉄くずが散らばっているだけ。4メートルの骰子《サイコロ》の内側にいるようなものだ。待ち伏せしている京極の部下も見当たらないし、罠《わな》の様子もない。

決戦を邪魔するものはいない。

「京極」

「綾辻君」

二人は向き合って立った。

どちらかが短刀を隠し持っていれば、一瞬で喉《のど》を掻《か》き切れるほどの近さだ。

「参ったな」綾辻は首をわずかに傾けた。「貴様を引きずり出す日を心待ちにしていたはずが……いざその場面になってみると、台詞《せりふ》が出てこない」

「儂《わし》も同じじゃ」京極は嗤った。「しかし無論、お互い為《な》すべきことは判っておる。そうじゃろう？」

綾辻は囁《ささや》くような声で云った。「訊《き》きたいことは山ほどあるが、どうせ訊いても答えないのだろう？」

「どうかのう。試す価値はあると思うが」

綾辻はしばし相手を見て思案した。それから云った。「なら訊こう。……ここで死ぬ覚悟は？」

ほとんど前触れもなく、綾辻から氷点下の殺意が噴出した。

殺意はちりちりと空気を凍らせ、冷気が目前にいる京極を灼《や》いた。

さしもの京極も、一瞬声を詰まらせた。

綾辻の殺気をすぐ眼前で受けて、動揺せずにいられる人間など存在しない。

「……儂に死の覚悟があるか否かは、そう大した問題ではないよ」京極はようやくそう云った。「問題は、ここで君との勝負を成立させられるか否か、だ。そこで無粋ながら、少しばかり土産を持参させて頂いた」

京極はそう云って、自らの着物の襟を開いて見せた。

そこには、黄色がかった液体が封入されたパックが吊《つ》り下げられていた。

「ちっ」綾辻が舌打ちした。「毒か」

「神経瓦斯《ガス》じゃ」京極は薄く笑った。「儂がこの紐《ひも》を引っ張れば、中の液体が揮発し部屋に猛毒の気体が充満する。臭いは果実のような香りじゃが、ひと呼吸でも吸えば全身が痙攣《けいれん》し立っていられなくなる。数秒で呼吸のための筋肉が麻痺《まひ》し、吐瀉《としゃ》物を撒《ま》き散らしながら絶命する。しかしこれで君を仕留める気はさらさらないよ。遊戯を成立させるための無粋な舞台装置と思ってくれ」

「そうだな——自らの命も遊戯の賭《か》け金にするのが、貴様の昔からの癖だったな」綾辻は動じず、京極を見返した。「それで、勝負の内容は？」

「知恵較べ」

京極は嬉《うれ》しそうに云った。

綾辻は黙って眉《まゆ》を寄せた。

「簡単じゃろう？　数ヶ月前、まさにこの場所で、ある人物が不可解な方法で死んだ。その死の謎を解けば君の勝ちじゃ。そして君が勝てば——」

京極はそこで言葉を切って綾辻を眺めた。それから云った。

「君の相棒に迫る危機を、取り除く手段を教えよう」


答えがないこと。向かう先が判らないこと。

自分の気持ちが自分でも見えていないこと。

そういうあやふやな状態は、ひどく憂鬱《ゆううつ》で辛《つら》い。

私にとって喜ぶべきものは、進む道が定まっていること。他の可能性に集中力を割り振る必要がないこと。ただまっすぐ、歯を食いしばって進むことだ。

今がその時だった。

アクセルを踏み込む。目の前の道路、その先だけをただ睨みつける。

一秒でも早く、ただ疾駆する。奴を追って。

「辻村ちゃん、あんまりムチャな運転は——」

「喋《しゃべ》ってると舌かみますよ飛鳥井さん！」

私はハンドルを大きく切って、赤信号になる直前の交差点を突っ切った。

港へと向かう市街地。大通りには多くの車が行き交っている。その中を、私の運転する銀のアストンマーティンが弾丸のように疾走していく。

赤い回転灯を光らせたアストンマーティンは右へ左へと車線を変えながら、猛烈な速度で《技師》を追う。もうずっと速度メーターは確認さえしていない。助手席の飛鳥井捜査官が、何度も車の中に体をぶつけては呻《うめ》いている。

「全く間抜けな犯人ですよね飛鳥井さん！」私は隣の飛鳥井さんに大声で呼びかけた。「この私から、逃れられると思うなんて！　その思い上がりが人生を台無しにすると、思い知らせてやりましょう！」

「つじっ、辻村ちゃんっ、訊くんだけど！　車で被疑者を追跡するのは何回目⁉」

「初めてです！」私は叫びながらハンドルを大きく切り、車をドリフトさせた。「待て待ておらぁーっ！」

「こんな無茶苦茶《むちゃくちゃ》な相棒は初めてだぞ！」飛鳥井さんが悲痛な声で叫んだ。

車輛《しゃりょう》が跳ね、バンパーが路肩の電柱を擦《こす》る。普段なら修理費用が自動的に頭に浮かぶその音も、今は追跡の伴奏曲にしか聞こえない。

頭の中では、ドラムとエレキギターのリズムビートが鳴り響いている。

私から逃げられるもんか！

「辻村ちゃん、見えた！」飛鳥井さんが前方を指差す。「奴の乗った車だ！」

交差点の向こう、車の流れの中に、白いスポーツカーが見える。盗難車輛だ。運転席のウインドウが割られているのは、盗む時に《技師》が割ったのだろう。

私は相手の車を見ておおよその仕様《スペック》を予想した。市街地用のスポーツモデルで、旧式だが高回転力《トルク》。性能は私のアストンマーティンといい勝負だ。――どこまでやれるか、お手並み拝見といこうじゃない。

相手がこちらに気づいた。エンジンの回転力を上げ、急加速しようとする。

応じるように私もアクセルを踏み込む。

「辻村ちゃん、信号、赤！」

ギアを入れ替える。変速機《トランスミッション》が獣の咆哮《ほうこう》をあげる。

ふたつの車輛が同時に急加速した。

私のアストンマーティンが剛速球のように赤信号の交差点に突っ込んだ。横切る乗用車とトラックのあいだを縫って、交差点を駆け抜ける。

「うわあああああ‼」飛鳥井さんがシートベルトにしがみつくのが横目に見えた。

白のスポーツカーと銀のアストンマーティンは、心臓から一気に送り出された血液のように道路を疾走した。爆音に一般車輛が逃げ惑うけれど、私の目にはもう奴しか映っていない。

体の中を炎がかけめぐる。

私を敵に回したのが、お前の敗因だと知れ！

ギアを上げてさらに加速。路面を擦るタイヤが白煙をあげる。アスファルトに黒い爪痕《つめあと》を残しながら、銀の鉄塊が走る。疲れを知らない肉食獣、路面を切り裂く銀の投箭《とうせん》だ。

奴が右に曲がる。私も右へと向かう。頭の中で思い浮かべた地図では、そろそろ港の敷地に入る頃だ。行き交う一般車輛もぐっと少なくなる。

「港に入れば、一般車輛が減ります！」私は運転しながら叫んだ。「あそこなら多少ムチャな運転をしても大丈夫ですよね！」

「もう一段上のムチャがあるのか⁉」飛鳥井さんの声は悲鳴めいていた。

私と《技師》の車は、ほとんど併走するようにして港の敷地に突入した。

貨物輸送車が行き交うためだろう、港内の道路はかなり広い。右手にはコンテナ倉庫が広がっており、左手には税関用の建物が並んでいる。その中をふたつの車輌が駆け抜けていく。

――ふと。

その時、右手のコンテナ倉庫群に、奇妙な人影を見かけた。

人数は六人ほど。黒スーツにサングラス。港の警備員らしき人物から、複数のダッフルバッグを受け取っている。周囲にはスモークフィルムを貼った黒のＳＵＶが三台。

私の車についている回転灯を見ると、黒服達が顔色を変えた。

「あいつらは……？」

黒服達が後方に飛び去り、視界から消える。

その直後、車体を金槌《かなづち》で乱打するような音が響き、車体が震えた。

心臓が凍りついた。

「な……何です今の音！」

「まずいぞ」飛鳥井さんが顔色を変えた。「撃たれてる！」

私達の後方から、先程の黒いＳＵＶが三台、高速で追跡してきている。窓から体を乗り出した男が、短機関銃《サブマシンガン》を構えている。

「くそっ、どうなってる？《技師》が用意した増援か？」

私はミラーで後方を見た。その車体。銃の種類。

頭の中に叩き込んだ資料を大急ぎで検索する。

導き出されたのは——最悪の結論だ。

「なんてこと」私は呻いた。

そういうことか。

《技師》はただ港を目指していた訳ではなかった。ここに逃げ込めば、捜査官を振り切れる目算があったのだ。政府の眼光の届かない闇。夜の住人達が取り仕切る、国内の異境。

「あいつらは港湾地区を縄張りにする非合法組織です！」私は叫んだ。「さっき見たのは——ポートマフィアの裏取引現場です！」


「辻村君が襲撃を受けている？」

綾辻の言葉が地下の室内に反響した。

「然《しか》り」京極は静かに応じた。「折角なので趣向を凝らそうと思ってな。久保君に軽く助言をしたのだよ。ポートマフィアの裏取引について情報を摑《つか》み、その現場を横切るようにとな。連中のような粗暴な人間は儂の好みじゃ。行動原理が単純じゃからのう」

「まずい取引現場を見られたポートマフィアが、通りかかった警察車輛を襲うと？」綾辻が軽《けい》蔑《べつ》したように鼻を鳴らした。「貴様らしからぬ浅い考えだな、京極。連中は国家権力の威光に怯え平伏《ひれふ》す側の人間だ。無分別に警察車輛を襲っていたら、月に一回は終身刑を喰《く》らうことになる」

京極は動じずに微笑んだ。

「普通の取引ならば、な」

「……何？」

「君の辻村嬢が目撃するのは、ポートマフィアの下っ端が首領《ボス》に秘密で行っている非合法取引じゃ」と京極は云った。「規律と利益が絶対律であるポートマフィアは、組織の命令にない裏取引を絶対禁忌として封じておる。特に薬物、それに所持を厳重禁止されておる危険銃器などは、政府に目をつけられると厄介じゃからのう。しかし……稀《まれ》に一部の末端人員が、一時の金に目を眩《くら》ませることもある。今回のようにのう」

「首領にも秘密の裏取引か」綾辻が舌打ちをした。「取引が露見すれば逮捕どころでは済まない……黒社会は掟《おきて》を破ったものを許さない」

「生まれてきたことを後悔するような拷問を受けるじゃろうな」京極は嬉しそうに嗤った。「恐怖じゃよ。恐怖が人を動かす。それこそ、政府の捜査官すら口封じに喜んで殺すほどに」

銃弾に吹き飛ばされた倉庫資材が宙を飛ぶ。車体を叩く銃弾が、調子外れの管楽器のような音を奏でる。

「くそ、どうなってる！　ポートマフィアの連中、警官に苛《いじ》められすぎてついに頭の螺子《ねじ》が外れたのか？」

「きっと取引現場を見られた口封じです」私はハンドルを切りながら叫んだ。「どうにかしないと、《技師》追跡どころじゃありません！」

私は狙いを定められないように、車体を左右に振る。それでも弾丸のいくつかが車体をへこませ、火花を散らせる。

弾丸がいくつも硝子《ガラス》に命中し、白い放射状のヒビを入れる。それでも割れることはない。

「頑丈な車だ……まさか防弾仕様か？」飛鳥井さんが銃を取り出しながら云った。「新人の公務員なのに？」

「エージェントたるもの、食費を削ってでも防弾仕様の車に乗るべし、です！」

「誰の言葉だ？」

「私です！」そう叫んで、私はさらにアクセルを踏み込んだ。「それでも、車体の下は防弾加工されてません！　地面からの跳弾で車の下の駆動系がやられたら、最悪車が縦回転です！」

「それは願い下げだな！」

飛鳥井さんが窓から腕を出し、後方のＳＵＶに向けて拳銃《けんじゅう》を撃った。

いくつかの弾丸がＳＵＶに中《あた》り、一瞬だけ敵が速度を落とす。

私はハンドルを大きく右に切った。

車体が軋みをあげ、左のタイヤが浮きかける。飛鳥井さんが慌てて浮いた側に体重を乗せる。

積み上げられた段ボール資材を吹き飛ばし、鉄の棒材をアスファルトに散乱させた。倉庫と倉庫のあいだの隙間に車体を滑らせ、狭い道を疾走する。

風景が高速で後方に飛んでいく。エンジンが最大音量で咆《ほ》える。

「まだ追ってくるぞ！」飛鳥井さんが後方を見て叫んだ。「連中、こっちをとことん喰い尽くすつもりだ！」

私はさらに車を左に振った。倉庫街を駆け抜ける。

まずい状況だ。

相手は短機関銃《サブマシンガン》を撃ちまくる車が三台。荒事に慣れた黒社会の構成員だ。

そのうえ港は奴らの庭のようなものだ。細い道を隅々まで熟知しているだろう。

一方のこちらは銃火器も貧弱で、おまけに私の異能は自分では操れないときている。

どうする？　このままでは追い詰められる。

ハンドルが、握りしめた手の汗で湿った。

どうすればいい。

こんな時昨日みたいに——特殊部隊に囲まれた時みたいに、綾辻先生の助言があれば。


「さっさと出題しろ」と綾辻は乾いた声で云った。

「ほう。勝負を受けるのかのう？」京極が愉しそうに訊ねた。

「駆け引きをするな。時間の無駄だ」綾辻が吐き捨てるように云った。「すべてが貴様の仕込みなら、明白なことがひとつある。貴様は銃や毒や暴力で俺を殺さない。貴様は俺を勝負で屈服させ、敗北した俺の人生を支配してから殺そうとする。ずっとそうしてきただろう。——さっさと問題を出せ」

「やはり君は唯一無二の存在じゃ」京極は満足げに微笑んだ。「そこに書類がある。儂が名付けたこの迷宮入り事件の名は〈殺人の匣《マーダー・ケース》〉。お気に入りの事件のひとつじゃよ」

綾辻は、部屋の隅に落ちていた書類束を拾い上げた。表紙の印字を見ると、どうやら市警の資料室から盗み出されてきたものらしい。

綾辻は書類のページをめくった。

——この部屋で殺人事件があった。

殺人の犯人は、とある悪辣《あくらつ》な詐欺師。

彼の稼業は、さる大企業の会計士を脅迫して操り、金を横領させることだった。

しかし三ヶ月前、詐欺師はある危機を迎える。操っていた会計士が罪の意識に耐え切れなくなり、逃亡したのだ。

警察にでも駆け込まれては自分も終わりだ。詐欺師は必死になって彼女を——会計士は女性だった——を捜した。

そして見つけ出した。綾辻が今まさに立っている、この地下シェルターで。

そして彼女を殺した。

だが——詐欺師は無罪になった。

綾辻はさらに書類をめくる。

何故殺人犯が無罪になったのか。それは犯行が不可能だったからだ。

女性会計士はこの部屋で刺殺された。詐欺師にその時間の不在証明《アリバイ》はなく、彼の自宅から血のついた上衣が発見された。血液は女性会計士のものと一致した。

だが、彼女を殺すことは誰にも不可能だった。

何故ならこの部屋は、一度入れば二度と出られない、一方通行の部屋だったからだ。

シェルターに逃げ込んだ女性会計士が、唯一の出入り手段である鉄梯子を自分で破壊したのだ。

つまりこれは不可能犯罪。入って殺すことはできる。だが出ることはできない。

詐欺師の男がどうやって部屋を脱出したのか証明できず、彼は無罪になった。


「つまり、俺も同じということか」綾辻は小さく首を振った。「この謎を解き真実を暴かない限り、俺もこの部屋から脱出できない」

綾辻は天井を見た。入って来た円い穴が、天井の中央にぽっかりと開いている。高さは4メートル。部屋には何もなく、手懸かりや足場になりそうなものは何もない。助けを呼ぼうにも、地下シェルターには携帯の電波が届かない。

「ちなみに、フックや縄梯子をあらかじめ準備して来たという形跡もなかった」京極が愉快そうに嗤った。「今の君と同じように、入って殺害してから出られないことに気づいた訳じゃな」

「成る程、読めてきた。つまり……この未解決事件も、かつて貴様の入れ知恵で行われたという訳か」と綾辻は云った。「貴様は脱出方法を知っていて、この中に居たその殺人者に方法を教えた。貴様がここに居るということは、当然脱出方法を知っているはずだからな」

「場外の推測合戦はそのくらいにしようではないか」と京極は涼しい顔で云った。「大事な勝負の時に、出題者の身の上話など無粋であろう?」

「確かにな」と綾辻は云って、部屋の観察に戻った。

部屋は白い樹脂合板の壁でできている。金槌でもあれば壁を破ることはできそうだった。だが破壊された痕跡《こんせき》はないし、破壊したとしてもここは地下だ。それだけで脱出できるはずもない。

部屋の形状は、一辺が4メートル程度の立方体。床、天井、すべての壁が正方形で構成されている。高さ4メートルの骰子の内側にいるような状態だ。この正方形で構成された部屋が、京極の云う『匣《ケース》』ということだろう。

踏み台にできそうなものはない。部屋にはそもそもモノというものが置かれていない。唯一あるのは床の隅に転がっている鉄パイプの破片。被害者が破壊した鉄梯子だ。元はこれが、天井の穴へとつながる唯一の出入口だったのだろう。今は数十の破片に破壊されている。

資料では、被害者は身の危険を感じ、ここに避難していると事前に警察に連絡をしていた。警察が助けに来なければ彼女自身もシェルターから出られない。決死の覚悟だったという訳だ。

だが警察が来た時には、彼女は既に死体になっていた。

――死体。

「死体がない」と綾辻が部屋を見渡して云った。「刺殺なら、殺された場所に血痕くらいは残るはずだ」

「案内しよう」と云って京極は手招きをした。

四角い部屋の一部に、押し開き型の扉がひっそりと設《しつら》えられていた。その奥はさらに小さい部屋になっている。元いた部屋が一辺4メートルの骰子だとすれば、こちらは一辺が3メートル弱の骰子だ。

ふたつの部屋はほぼ同じつくりだった。唯一の差異は、奥の床にはっきりと染み付いた血痕。流れ出て凝固した血液が、その無機質な部屋に唯一の個性を与えていた。強烈な個性だ。隣の部屋は羨《うらや》ましがっているだろう。

血痕の周囲には、床に突き刺さった複数の鉄パイプ。梯子の破片だ。鉄パイプは、死体の姿勢を記録した白縄を囲むように五本、配置されている。鉄パイプの長さは長いもので40センチ、短いものは15センチ程度しかない。すべて床に突き刺さっている。

綾辻は血痕の前にしゃがみ込み、鉄パイプを眺めた。「何故ここに鉄パイプが刺さっている？」

それから綾辻は大部屋に戻り、ふたつの部屋をつなぐ壁を観察した。

ノブ式の扉。つくりはしっかりしている。壁には扉の他に、隣の小部屋と同じ大きさの黒い線が四角く描かれていた。まるで隣の部屋がどれほどの大きさか、壁に記しておくように。扉は壁の中央にあり、扉のサイズより一回り大きい四角い黒線も中央にある。黒い線の上辺より上に壁はなく、暗い空洞が広がっている。

「部屋の上に空洞があるのか」

綾辻は空洞へと手を伸ばしたが、届かなかった。思いきり跳ねても届きそうにない。長身の綾辻で無理となれば、それを手懸かりに犯人が部屋を脱出するのは難しいだろう。見上げて判るのは、小部屋の壁や天井を接続するための金属補強材が確認できるくらいだ。骰子の骨組みだろう。だが、跳んでそれを摑むのは難しそうだ。

たとえ何らかの手段で金属補強材を摑み、空洞までよじ登ったとしても、それで終わりだ。空洞から大部屋の天井中央にある穴までは、横距離で2メートルはある。たとえ世紀の脱獄王だったとしても、空洞から飛び移って脱出することはできそうにない。

綾辻は改めて大部屋の中央に戻り、天井の出口を眺めた。

「出口までの高さはおよそ4メートル」と綾辻は云った。「プロの運動選手が持つ垂直跳躍力は50から70センチと云われる。つまり資料の容疑者が登れるのは、どう頑張っても2メートル50センチ程度だ。4メートルの天井にはとても届かない」

「然り。ではそろそろ解答といこうか」京極が薄く笑った。

綾辻が目を細めて京極を見た。「時間制限があるとは聞いていないが」

「かの殺人探偵ともあろうものが、時間制限程度で怖《お》じ気づくのか?」

綾辻が顎《あご》の筋肉を緊張させた。

反論の余地はない。だが——情報が少なすぎる。

車体が跳ねる。

空の貨物箱をいくつも弾《はじ》き飛ばしながら、アストンマーティンが港内を暴走する。

敵との距離は縮まりつつある。後何分保《も》つかも判らない。ここがポートマフィアの縄張りである以上、沿岸警備隊や軍警の増援は到着まで時間がかかるだろう。

「くそっ、弾切れだ！」遊底《スライド》が後方で固定された自動拳銃を睨んで、飛鳥井さんが叫んだ。

「私の銃を使ってください！」どうせこの状況では、私に銃を撃っている余裕はない。

「だが、相手の車も防弾仕様だぞ！　火力じゃ圧倒的に負けてる、いつまで保つか……」

車はいつの間にか堤防に近い海沿いの道まで来ている。やはり連中は港内の道に詳しい。崖《がけ》っぷちの際まで追い詰められたのだ。

まずい。

「辻村ちゃん！」飛鳥井さんが右手の風景を指差した。「船の上に、奴の車がある！」

視線を向けると、埠頭《ふとう》に接岸した貨物船が見えた。大型のその船の上に、《技師》の乗っていた白いスポーツカーが停まっている。あの船で逃げるつもりだ。

「船に向かいます！」私はハンドルを切った。「どっちにしろ、あっちに逃げるしか他に道がありません！」

車体の底でアスファルトを削るほどの勢いで右折し、私達を乗せたアストンマーティンは埠頭へと向かう橋に進路を変えた。

《技師》。

奴は絶対に許さない。

駅で奴は、私の母を操った、と云った。だとすると母は、生来の悪人ではないのかもしれない。唆され、心の弱い部分を突かれただけなのかもしれない。

幼い頃、母のことが嫌いだった。成長してからは、仕事で家に帰らない母はほとんど他人と同じになった。

それでも今、母を死に追いやった《技師》に、私は自分でも驚くほどの殺意を抱いている。

必ず追い詰める。そして私の手で――。

車は弾丸のように『橋』へと駆けた。

その橋は一車線の大きな跳ね上げ橋だった。湾内に入る船のために、定期的に中央から割れて持ち上がるようになっている仕様のものだ。

その橋のちょうど中央、私達の行く先を阻むように、積み荷らしい段ボール箱がいくつも置かれたままになっていた。おそらく作業員が、船に物資を運び入れる途中でこの騒ぎに気付いて逃げ出したのだろう。

橋の幅は狭い。避けて通るのは無理だ。

「荷物の山を突っ切ります！」私は叫んだ。

「大丈夫なのか⁉」飛鳥井さんが叫び返した。「誰か積み荷の陰に隠れてたら、轢《ひ》き殺すことになるぞ！」

私は一瞬言葉に詰まった。

目の前に、母の仇《かたき》がいるのだ。

「やむを得ません！　そうならないよう、祈りましょう！」私はハンドルをぎゅっと強く握りしめた。「摑まってください！」

正面から段ボールの山に突っ込んだ。

車体が跳ねる。段ボールに入っていた野菜や日用品が盛大に飛び散った。大根、タワシ、トイレットペーパーや果物などが吹っ飛び、橋の両側から海に落下した。その中をバウンドするようにして、車は跳ね橋を駆け抜けた。

「誰もいませんでしたね！」私はアクセルを踏み続けたまま叫んだ。

「尻《しり》を打った！」飛鳥井さんが声を震わせて云った。

荷物を盛大に踏みつけた感触があったものの、人を撥ね飛ばしたような感触はなかったので、私はほっとした。もっとも、爆音をあげて疾走する車――そのうえ銃弾の雨に追われている――が近づいてくるのに気づかないはずがない。

「このまま船の乗車口まで突っ込みます！」

私はハンドルを旋回させ、輸送船へと進路を変えた。

その時だった。空を切り裂いて、湾の対岸側から何かが飛来した。

衝撃が世界を包んだ。

何かが私達の車に激突する寸前で爆裂した。オレンジ色の炎が車体を包む。

車が宙に浮いた。

「ぐあっ……！」

視界が白く染まった。内装にしたたかに体をぶつけ、上下の感覚がなくなる。緩衝囊《エアバッグ》が顔面に叩きつけられ、意識が一瞬飛んだ。

意味のない映像が闇の中に浮かんだ。どこか遠くを見る母親の顔、特務課での射撃訓練、薄暗い綾辻探偵事務所。それからもっと昔の、自分でも思い出せない幼い頃の記憶。

一瞬——自分が今どこで何をしているのか、判らなくなる。

「おい、起きるんだ！　敵はまだ撃ってきてるぞ！」

声と揺さぶられる手で意識が戻った。

車は埠頭の傍《そば》で停止していた。車体の内部にまで炎と煙が侵入している。意識を取り戻したのは、ちょうど飛鳥井さんが私を車から引きずり出したところだった。

私は這《は》うように車を出て、車体の陰に隠れる。すぐに対岸から大量の弾丸が飛来した。アストンマーティンのボディが金管楽器のような音をたてる。

「連中、空中炸裂弾《エアバースト》ランチャーを撃ってきやがった！」車を掩体《えんたい》として弾丸から隠れつつ、飛鳥井さんが叫んだ。「ポートマフィアの武器密輸網はどうなってやがる！」

空中炸裂弾《エアバースト》ランチャーは、水平飛翔《ひしょう》する榴弾《りゅうだん》を撃ち出す最新型の個人火器だ。撃ち出された榴弾は目標まで水平に高速飛翔していき、レーザー測距によって対象の直前で自動的に爆裂する。武装兵士との戦いを想定した、完全に軍用の兵器だ。こんな市街地の近くで、非合法組織がぼんぼこ撃っていい武器じゃない。おそらく、さっき目撃した取引でやりとりされたのは、この武器の密輸なのだろう。

だとすると、連中が私達を生かして逃がすはずがない。

何があっても私達を殺すつもりだ。

「辻村ちゃん、残りの弾は？」車の陰に隠れながら、飛鳥井さんが訊ねる。

「もう数発しかありません」私は拳銃を確認して答えた。

「そうか……だが善い報告《ニュース》もある」飛鳥井さんは橋のほうに視線を向けた。「ちょうど跳ね橋が上がる時間だ。これで連中は橋のこちら側に来られない」

私は橋を見た。確かに橋の中央から——私が荷物を蹴散《けち》らしたあたりから——橋がふたつに割れ、八の字形に持ち上がっている。車であそこを通ってこちら側に来るのはしばらく不可能だろう。

「確かに善い報告《ニュース》です」と私は答えた。「これで敵はこちら側に来られず、対岸から弾のない私達に逃げ場のないほど弾丸の雨をあびせるだけです。最高ですね」

「全く最高だ」

次に同じ炸裂《さくれつ》弾が飛んできたら、おそらく車は耐えられないだろう。

橋を迂回《うかい》され、側面から十字砲火を受けても終わりだ。

跳ね上げられた橋が元に戻っても敵が押し寄せて終わり。

私は——ここで死ぬのだろうか？

視界の隅で、持ち上がった橋の裂け目から、荷物がどぼどぼ湾へと落下するのが見えた。野菜や果物、それにもっと重そうな木箱が、いくつも水面へと落下し水しぶきをあげていく。これで踏みつぶした荷物の弁償はしなくてもよさそうだ、と私はどうでもいいことを思った。

エージェントになった時から、銃撃戦でやられて死ぬ瞬間の自分は、数え切れないほど想像してきた。映画のように派手に撃ち合って死ぬところも、汚れた路地裏で苦《にが》くみじめに死ぬところも想像した。あまりに想像しすぎたせいで、今自分に叩きつけられる銃弾と死が、うまく頭の中に染み込んでこなかった。

これが本当に私の死なのだろうか？　異能も使わず、射撃の的のようにずたずたに撃たれて死ぬのが、私の生きてきた総決算なのだろうか？

母の仇がすぐ近くにいるっていうのに。

銃を構える。

素早く掩体から腕を出し、同時に撃つ。

対岸のマフィアが一人、のけぞって倒れた。

私はエージェント。

この程度の危機なんて、映画の中盤によくある盛り上げシーンと同じだ。この程度で怯《ひる》んでいられるか。

対岸の人影が、もう一度空中炸裂弾《エアバースト》ランチャーを構えるのが見えた。

「おい！　もう一発撃ってくるつもりだぞ！」

私は表情を変えず、ただ拳銃の先を睨んだ。

「撃ち落とします」

「正気か？」飛鳥井さんが叫んだ。「時速７００キロで飛んでくる25ミリ榴弾を、拳銃の弾で撃ち落とせる訳ないだろう！」

「やってみなくちゃ判りません」私は拳銃の狙いをぴたりと敵に合わせる。発射した瞬間の榴弾に命中させられれば、弾倉に誘爆して一帯の敵をすべて片付けられるだろう。もう他に手がない。

敵がランチャーをこちらに構える。私も銃口を敵に向ける。

大丈夫。訓練と同じだ。正しい射撃姿勢で、止まっている標的を撃ち抜くだけ。訓練なら絶対の自信がある。

相手が光学距離計《レーザーファインダー》を覗き込む。まだ。まだだ。

不意に海風が凪《な》いだ。一瞬の、ほんの百分の一の静寂。

——今だ！

引き金《トリガー》を引いた。

…………。

何も起こらない。

胃が浮き上がった。

弾詰まり！

さっきの爆風で、薬室に塵《ちり》が紛れ込んだのだ。それで遊底《スライド》が引っかかった。

どうして、よりによってこんな時に……！

敵がランチャーの引き金に力を込めるのが、妙にはっきりと見えた。

駄目だ。もう手がない。

これで終わり――。

その瞬間は来なかった。

目を閉じ、歯を食いしばっても、爆風も衝撃も来ない。

おそるおそる目を開けると、対岸でマフィア達が何かを叫びあっていた。こちらを見ていない。

何だ？　どうなってる？

中の一人が、携帯電話を耳に当て青い顔をして何かを云っている。その後他のマフィアに大慌てで指示を出すと、全員が何か叫びながらSUVに乗り込んだ。

そして去っていってしまった。私達のことなんか目もくれず。

「助かった……のか？」飛鳥井さんが掩体からそっと顔を出した。

「一目散に逃げていきましたね……」私は銃を降ろしながら云った。

「組織から何か指示が来たのかもしれない」と飛鳥井さんは云った。「何故今、こんな状況で連中は帰ったんだ？　もう数秒で俺達を焼き鳥にできたはずなのに」

敵の突然の撤退。私の仕事では、いきなり理由もなく都合のいい展開が降ってくるなんてことはありえない。誰かが裏で助けてくれたのでもない限り。

だとしたら――心当たりはひとつ。

「決まってます」私は力強く云った。「綾辻先生が、敵の計画を崩したんです」

「これは単純《シンプル》かつ独創的な脱出トリックだ」と綾辻は云った。

京極の前で、綾辻はゆっくりと歩きながら、静かに真実を語っていく。

「高さ4メートルの脱出口。存在しない足場。長身の男でも、伸び上がって届くのは2メートル半が精々だ。残りの1メートル半をどう稼ぐか？」

綾辻は部屋を横切り、小部屋へとつながる扉に手を置いた。

「普通の事件では、密室の謎を解く時──まず違和感を探す。不必要な二重扉、ある必要のない合い鍵《かぎ》、入れない地下室。それら付加的な要素をひとつずつ潰《つぶ》していく。逆に付加要素のない単純な部屋であればあるほど、手懸かりは少なくなる。その点、この密室には不純物がほとんどない。死体と部屋。それだけだ。ではどうするか？　違和感がなければ、作ればいい」

「ほう」それまで黙って聞いていた京極が、うっすらと微笑んだ。

「この密室には部屋がある。それが違和感だ」

綾辻が断言した。

そして綾辻は扉を押し開き、奥の小部屋を眺めた。

「大部屋は高さ4メートルの骰子。小部屋は高さ3メートル弱の骰子。三平方の定理を用いれば、一辺が3メートル弱の正方形は対角線がほぼ4メートルになると判る。これは大部屋の高さに等しい。だから──こうすればいい」

綾辻は小部屋の扉を押し開いた。そして手を上げて壁の扉枠の上端を摑み――そして躊躇《ちゅうちょ》なく、思いきり引いた。

小部屋が傾いた。

「足場がなく、部屋がある。ならば部屋を足場にすればいい」綾辻はさらに力を込めた。部屋に描かれていた黒い線を境界にして、小部屋が前のめりに倒れてくる。綾辻は高さを調整しつつ、慎重に後退した。

「黒い線に見えたのは部屋の接合部だ。小部屋の上部が空洞になっていたのは、回転の余裕を与えるためだ。このシェルターに入る前に見た上の階は、ここよりもっと広い空洞になっていた。下の階も同じ構造だとすると、空間が余る。余った空間がそのまま空洞になっていた訳だ。貴様が最初に云った通り、小部屋は部屋であると同時に――『匣』だった訳だ」

斜めにせり出した小部屋は、ちょうど四十五度傾いたところで上端がつっかえて止まった。

「これで足場の完成だ」と綾辻は云った。「斜めになった足場の高さは4メートルの半分、つまり2メートル程度。これなら余裕で手が届く。しかも足場はちょうど出口の真下だ。ここを足掛かりにすれば、天井の出口に手が届く」

綾辻が足場を叩いてみせた。斜めになった足場は、綾辻の背丈よりほんの少し高い程度。角にはちょうど足を引っかけやすいような金属の補強骨組みがある。飛び乗るのは難しくないだろう。

「美事也《みごとなり》、流石は綾辻君。と、云いたいが――」

京極が目を細めて綾辻を見た。その目の奥に何かが輝いた。

「云われずとも判っている。推理が不完全だと云うんだろう？　続きがある。最後まで聞け」

綾辻は斜めになった小部屋の外側を手で叩いた。

「警察が踏み込んだ時、現場がこの状態のままでは――つまり部屋が斜めのままでは、密室でも何でもなくなってしまう。誰が見ても脱出の謎が明らかになる。だから斜めの部屋を元に戻す必要があった。――だが、それも大して難しくない」

綾辻は頭を下げて、斜めになった扉から小部屋に入った。

床を踏みつけた綾辻の体重で、傾《かし》いだ部屋がじわじわと元に戻っていく。

「部屋の奥に横たわった死体。死体を取り囲むように突き刺さった鉄パイプの破片。その理由がこれだ」綾辻が死体のあった場所に立って待つと、小部屋はゆっくりと傾きを減じていき、やがて完全に元の位置に戻った。「鉄パイプは死体が転がらないよう固定するためにあった。犯人が足場として小部屋を使った後、固定された死体の重みで、部屋が自然と元に戻るようにな」

綾辻は小部屋から出て、京極の前に立った。

「これが――密室からの脱出トリックだ」

「素晴らしい」京極は嬉しそうに手を叩いた。「これほどの短時間で謎を解くとは。〈殺人の匣《マーダー・ケース》〉は儂のお気に入りの事件のひとつであったのだが」

綾辻は不快そうに顔を歪めた。「ふん。貴様が直接関与した証拠があれば、貴様を『事故死』

させられるが……」

綾辻は部屋を見回した。おそらくこの犯人も同じだ。自分の意志で殺人を思いつき、自分の意志で殺害方法を選んだ。京極の〈殺人の匣〉はあくまで装置にすぎず、京極を共犯者として異能の範囲内に収めることはできない。

綾辻にとって、それは何度も繰り返された状況だった。この状況下で、京極がミスを犯すはずがない。

「では約束通り、辻村君を救う方法を教えて貰おうか」

「やれやれ、妬《や》けるのう」京極は懐から紙片を取り出した。「これが君の助手を襲っている連中の連絡先じゃ。君ならばこの情報だけで連中を止める位、造作もなかろう」

綾辻は紙の番号を一瞬で記憶した。そして懐から携帯電話を取り出した。

「ここは電波が入らない。地上に上って連絡をさせて貰う」綾辻は京極に背を向けた。「貴様への追及はその後だ。覚悟しておけ」

「老人に優しくない探偵じゃのう」

「ほざけ」

綾辻は小部屋を再び斜めに傾け、それを足場にして軽やかに穴を上った。

「綾辻君、ひとつ伝えておこう」

出口に手を掛けた綾辻に、京極が声を掛けた。

「何だ」

「たとえ助手を救ったとしても、君は既に敗北している。君の勝つ目は、今後一切訪れんじゃろう。それをゆめゆめ忘れるでないぞ」

綾辻はその言葉をしばらく忖度《そんたく》していたが、やがて吐き捨てるように云った。

「勝つ目など欲しくはない。俺が欲しいのは貴様の死だけだ」そして出口へと上り、云った。

「すぐ戻る。その時は覚悟しておけ」

綾辻は携帯を片手に、一本道の地下通路を小走りで駆け抜けた。画面を見つつ、電波のある場所を探す。

携帯の信号が届くようになったのは地下通路を半ばほどまで進んだところだった。綾辻は番号を入力し、ポートマフィアの襲撃者へ電話をつなげた。

電話が相手につながる。綾辻は相手の言葉を待たずに云った。

「貴様らのしていることは特務課の耳に入っている。特務課の坂口は、貴様らの首領《ボス》につながる直通連絡先を知っている。もし攻撃をやめないなら、特務課は貴様らの裏切りを首領に密告するぞ。そうなれば、貴様らがたとえ地の果てまで逃げようとも、首領直轄の遊撃部隊が追いかけていき、貴様らを喰い殺す。嫌なら手を引け」

そして返事を待たず、綾辻は電話を切った。

これでポートマフィアには、辻村達を追って口封じする理由がなくなった。彼らに残された唯一の手は、銃撃戦を切り上げて一秒でも早く逃げることだけだ。

「さて」

綾辻は首を巡らし、今来たシェルターへの道を見た。

後は京極だけだ。

神経瓦斯への対策もいくつか考えてあった。頭脳労働が専門とはいえ、綾辻にも老人をねじ伏せる程度の膂力《りょりょく》はある。そうしなかった理由は、辻村を優先して謎解き遊戯に付き合うためだ。行動不能にさえすれば、綾辻の座標を受信した特務課が応援に来るだろう。それまでのあいだ、京極を押さえつけておけばいい。

綾辻は地下の一本道を走り、シェルターへと戻った。

京極は消えていた。

綾辻は今度こそ驚愕《きょうがく》の呻きをあげた。

「…………!?」

この部屋に脱出通路が一箇所しかないことは、つい今しがた推理したばかりだ。出入口は天井のひとつのみ。だがその先の地下通路も完全な一本道で、綾辻が出てから戻ってくるまでの通路に、隠れられる場所など存在しなかった。ほんのわずかな違和感でも、あれば綾辻は気づいていただろう。

綾辻は大部屋、小部屋、そして部屋の外にある隙間もくまなく調査した。だがどこにも京極はいない。隙間の向こうはコンクリの壁。新たな第三の部屋もなければ、秘密の通路もない。

先程と同じ——どころか、先程よりもさらに手懸かりが少なすぎる、単純《シンプル》な密室。

密室からの消失トリック。

綾辻は呻いた。

こちらが本命の謎解きだったのだ。

小部屋を傾ければ出口の穴へは手が届く。だが穴を使わず、この地下密室から脱出することは絶対に不可能だ。壁も破らず、手助けする第三者もなく、京極は煙のように密室から消えた。単純《シンプル》であればあるほど、密室を破る難度は上がる。だが――この異常な単純《シンプル》さは、解決可能な限界値を超えている。

綾辻は部屋の中央に立ち尽くした。

京極は最後に何と云っていた？

――たとえ助手を救ったとしても、君は既に敗北している。

この密室脱出の謎を解かなければ、京極に逃げられる。

千載一遇の好機を逃してしまう。

綾辻は彫像のように部屋に立ち尽くしたまま、ぴくりとも動かなかった。

しばらくの間の後、綾辻が怒声とともに拳《こぶし》を壁に叩きつける音が、地下通路に響き渡った。


私と飛鳥井さんは貨物船の中へと急いだ。

軍警から手を回して貰って、既に出航は中止されている。もはや《技師》に逃げ場はない。

貨物船は三層に分かれていた。トレーラーを積載する最下層、商用車を積載する中間層、貨物を積載する上層。《技師》がまだスポーツカーの中に居残っているとは思えない。私と飛鳥井さんは手分けして、各層を調査することにした。私は拳銃を、弾を撃ち尽くした飛鳥井さんは非常時に使われる扉破壊用の手斧《ておの》を手に、《技師》を捜索した。

貨物を積載している上層は広く、天井近くまで木箱が積み上げられてどこまでも続いている。貨物を運ぶためのこの船は、輸送コスト削減のために人がほとんど搭乗していない。だからひどく静かだ。どこか別の階層で車がゆっくり動くような唸り音が聞こえるが、遠すぎて何の音なのかはっきりしない。

私は拳銃を構え、慎重に進んだ。

厭《いや》な場所だ。

人の隠れられそうな場所はそこらじゅうにある。積み上がった木箱の裏、運搬用の黄色い荷役自動車《フォークリフト》の陰。人ひとりが入れそうな木箱も多い。これが映画なら、主人公エージェントの背後から悪役が不意打ちで襲いかかってくるような場所に思える。《技師》を追う状況で、進んで足を踏み入れたい場所ではない。

私は視線のほうへ銃口を向けながら、さらに進んだ。

ふと、ゴム靴が床を擦る音が聞こえた。本能の警戒レベルが一気に赤まで跳ね上がった。

「そこにいるのは誰！」私は銃口を向けて叫んだ。「出てきなさい！」

木箱の向こう、壁に近いあたりに、黒い人影が動いた。こちらの声に気づき、慌てて逃げようとする。

「止まれ！　止まらないと撃つ！」

焦って逃げようとした人影が、驚いて前のめりに転んだ。うぐぅ、とか、むぐぅ、とかいう情けない呻き声をあげる。

「判った、すまん、申し訳ない。この通りじゃ。何でも喋る、何でも喋るから許してくれい、この通りじゃあ」

青い襟衣《シャツ》を着た、小柄な中年男性が床で慌てていた。

《技師》ではない。この船の作業員だろうか？

いや——。

「そのゴルフバッグ。《技師》のものですね」私は男性が背中に隠そうとした黒いバッグを銃口で指し示した。

「こ、こここれは」青い襟衣の男が体でゴルフバッグを隠そうとして、また転んだ。

「そのバッグの持ち主は？」

「それ、それは云えん」男は青い顔で首を素早く振った。

私は黙って銃口を近づける。

「う、うわあ判った！　判ったからそれ、それやめて！」子供のように震える背の低い中年男性。

なんか……やりにくいなこの人。

男は震えながらゴルフバッグを前に押し出した。

「これ、逃げる人の荷物。車でこの船に乗り付けて貰ってから、指定された場所に匿《かくま》ったんじゃ。そん時にこの荷物渡されて、海に捨ててくれちゅうてね、依頼内容にはなかったんじゃけど、この土壇場でどうしてもちゅうから……」

「待って、待ってください」私は手で話を制した。「逃げる人？　つまり、《技師》のことですか？　指定された場所に匿う、って……」

「だってそれが、〝逃がし屋〟としての所定の手続きじゃもん」

「〝逃がし屋〟？　誰が？」

「わ・し」

中年男性が微笑んだ。

なんだか急に、銃を構える手が疲れてきた。映画の主人公気分が吹き飛んでしまったらしい。

「この船は警察が出航を中止させました」私は拳銃を降ろしながら云った。「貴方《あなた》が逃がすはずだった《技師》はどこへも逃げられません。依頼人を匿ったその場所を教えなさい」

〝逃がし屋〟というのは、依頼人を非合法的に遠地へ逃がす裏稼業のひとつだ。旅券《パスポート》の手配、逃亡先での生活援助などを行う。怪異ひしめくこの異能犯罪時代において、黒社会では比較的月並み《ポピュラー》な職業でもある。危険な品物を密輸する運び屋と兼業する場合もあるが、その場合の逃がし屋は大抵火器で重武装している。丸腰のところから見て、この男は逃がし専門のようだ。

私が促すと、男はあっちじゃ、と云って怯えながら歩きはじめた。

歩きながら、男はだんだんと元気を取り戻してきたのか、饒舌《じょうぜつ》に話しはじめた。

「車を降りて貰ったらね、荷物の中に紛れて貰うんよ。大型コンテナやトレーラーの中じゃと見つかりやすいから、精密機械やら食料品やらの貨物に紛れてね。ああいうのは木箱こじ開けて商品がダメになったら最悪弁償じゃから、警察も最後にならんと開けんのじゃ。念のため木箱を二重底にして、木箱の下半分に寝そべって貰って。その、新巻き鮭《じやけ》入れるみたいな感じで。判る新巻き鮭？」

私は返事をしなかった。

「とにかくほら、そこ、逃げる人はそこの木箱に……」男が得意気に荷物の山を指差した。

「あれ？」

「どうしました」

男は急におろおろして周囲を見回した。そして云った。「ない」

「何ですって……？」

「ここの山の、上から三番目。58番の木箱。おっかしいのう、確かにここに収めたはずじゃのに。57番と59番はあるのに、58番だけない。神隠しか？」

「まさか……騒ぎに気づいて逃亡した？」

「でも箱ごとないよ。危険が迫ったからゆうて、箱を小脇に抱えて走って逃げるかのう？　あれ結構重いよ？」

確かにその通りだ。並んでいる木箱は人ひとりが悠々寝そべって入れる形状をしている。重さもさることながら、大きさ自体が持ち運びには決定的に向いていない。しかも積み上げられた木箱のうち、上に載っていたと思われる57番の積み荷は崩れることなく元通りに載せられている。私達がポートマフィアと撃ち合っていた時の騒ぎが仮に聞こえたとして、自分の上に載っていた荷物を丁寧に元に戻してから逃げたりするだろうか？

その時、携帯電話の呼び出し音が鳴った。

私は自分の携帯を取り出し、発信者を確認した。特務課の坂口先輩だ。

「はい、こちら辻村です。先輩、逃亡中の《技師》が――」

私の言葉を遮って、電話の向こうで坂口先輩が云った。「辻村君。そこの調査は必要ありません。戻ってください。今、軍警の捜査官が《技師》を発見しました」

「え!?」

私は驚いて携帯を強く握りしめた。

見つかった？

でも、《技師》はこの船に乗って、国外に逃亡しようとしていたはずじゃ――。

「それで奴は、《技師》は捕まえたんですか！」

「ええ」坂口先輩はそう云って、少し考えるような間を置いた。「辻村君。綾辻先生に次の指令を送ってください。探偵として、《技師》に何が起こったか解明するように、と」

「何が起こったか、って……でも、《技師》は発見されたんじゃ」

そこまで云ったところで、私にも状況が呑《の》み込めた。綾辻先生へ依頼されたのは何故なのか。

坂口先輩は静かに告げた。

「《技師》は死体で発見されました」


目の前に扉が見える。

黒く、重く、小さな扉だ。

鋳鉄製の無骨な扉。装飾や開くための取っ手もない。一度閉じたら誰にも二度と開くことはできなそうだ。

そして扉は、閉じられてしまった。もう二度と開くことはない。その向こうにある真実に私が辿《たど》り着く方法は、もう残されていない。

私はそっと目を開く。瞼《まぶた》の裏に映っていた、その幻の扉が消える。

鉄の扉は現実に存在するものではなかった。私の瞼の裏にだけある扉だった。扉は閉じられた。もう誰も、その先にある真実に辿り着くことはできない。

目を開けた私の目の前にあるのは、海岸に打ち上げられた死体だった。

そこはポートマフィアの港からそう遠くない、狭い砂浜だった。灰色の砂の上に、汚れた塵《ごみ》袋のような死体が打ち上げられている。周囲は捜査官と鑑識でごった返している。

全員が無駄話をすることなく、真剣に職務に取りかかっていた。当然だ。ここにある死体は、そこらの身元不明遺体とは訳が違う。局次長殺しの実行犯、軍警と特務課が威信を懸けて追いかけていた連続殺人犯——《技師》なのだ。

死体の一番近くには、無表情の坂口先輩が立っていた。まるで捨てられて朽ちた古い空き缶でも見るように、《技師》の死体を見下ろしていた。

「死んでから時間が経ちすぎています。それに死体の損壊も激しい」坂口先輩がちらりと私のほうを見ながら云った。「特務課でも、ここから鑑識で得られる以上の情報を読み取ることは難しいでしょう」

坂口先輩の云う通り、死体の壊れ方は尋常ではなかった。本当にあの《技師》と同一人物なのか、すぐに見ただけでは判らない。全身のあらゆる場所を殴られ、何か重いものを叩きつけられ、これ以上骨折できる場所がないほどにずたずたに破壊されている。それに加えて、全身の皮膚は引き裂かれたような傷を無数に負っている。かなり強烈な攻撃を受けて絶命したらしい。

鑑識がやって来て、駅に残っていた久保の指紋、それに盗まれたスポーツカーの指紋とも一致しました、と云った。

久保と云うのは、《技師》の本名らしい。

では、彼は間違いなく久保——《技師》なのだ。

私の母を殺人者の道へと誘った、母を知る唯一の人間なのだ。

その男が目の前で死んでいる。

一体どう思えばいいのだろう?

近くの釣り人が、海岸に打ち上げられたこの死体を発見した。詳しい死亡時刻は解剖待ちだが、顎筋肉の硬直と死斑《しはん》の状態からして、死後二、三時間しか経っていないということだ。

ちょうど私がポートマフィアと銃撃戦をしていた頃だ。

《技師》は——久保は、船に乗り込んだ直後に殺されたことになる。

私は少し考えてから云った。

「これだけの短時間で《技師》を——久保を殺せるのは、彼の逃亡計画を事前に知っていた人物だと思います。つまり、京極の局次長殺害計画に関わっていた側の人物」

「あるいは、京極本人」坂口先輩は頷いた。「京極にとっては久保も駒のひとつに過ぎなかった、ということでしょう。——辻村君」

「はい？」

「前も云った通り、この事件は特務課の最重要案件です。司法省との権力闘争に敗れないため、局次長殺しの真犯人を何としても発見し、犯行を証明しなくてはなりません。そして物的証拠も、自白すらも捏造《ねつぞう》可能な現代において、絶対的な真実性を証明するには、異能を用いるしかない。——判りますね？」

私は頷いた。先輩は続ける。

「久保を殺したのは、久保を利用していた人物と考えるしかありません」と先輩は云った。「つまり局次長殺しの黒幕です。それが京極である可能性は高いでしょうが——絶対に京極とも云い切れません。ですがそれで構わないのです」

「そうなのですか？」少し意外だったので、私は訊ねた。

「大事なのは局次長殺しの黒幕が特務課ではない、と証明することです。そしてその証明が可能なのは、現状では綾辻先生しかいません」

——そういうことか。

「綾辻先生に、久保殺しの犯人殺害を依頼します」坂口先輩はきっぱりと云った。「綾辻先生の異能は、他の異能者とは発現原理が全く異なります。先生の異能は、絶対的真実に基づいて発動する。つまり偽の犯人や推理ミスで導かれた誤答では、死の異能は発動しないのです。このことが、『事故死』した人物が絶対に犯人であるということを結果的に証明するのです」

——神の視点を持つ異能。

他の異能者が発現させる異能は、そのほとんどが異能者の主観しか反映しない。けれど綾辻先生の異能は違う。綾辻先生の主観ではなく客観的に、真に犯人と云える対象にのみ死の異能は発動する。つまり冤罪《えんざい》や濡《ぬ》れ衣《ぎぬ》の可能性を完全に排除できるのだ。綾辻先生の異能が畏怖《いふ》され、また危険であると云われるのは、この『絶対真実性』——あやふやなこの世界での絶対的な正しさを記す極めて稀少な異能だからだ。

だから特務課は先生に依頼をする。

その異能が、どれほど危険なものであろうとも。

「これは最重要指令です」と坂口先輩は云った。「拒否、誤推理、および指定期間内に謎を解明できなかった場合、特一級危険異能者に対する所定の対応を取らせて頂きます。その旨、綾辻先生にも念押しして伝えてください」

特一級危険異能者に対する所定の対応。

つまり——〝処分〟だ。

「大丈夫です」と私は云った。「さっき、綾辻先生が京極との頭脳勝負に勝利した、という報告がありました。今回の《技師》殺しの謎も——きっと先生は、真実を導き出してくれるでしょう」

そうだ。大丈夫に決まってる。

あの先生が——ふてぶてしく、冷酷で、いつも自信に満ちている綾辻先生が、事件を解決できないなんてこと。

そんなこと、あるはずないのだから。


綾辻は呆然《ぼうぜん》と立ち尽くしていた。

轟々《ごうごう》と耳を聾《ろう》する滝の音が、聴覚を世界から孤立させる。夢幻のように湧き出る青白い水煙が、視覚を世界から孤立させる。

そこは滝壺《たきつぼ》のほとりだった。

かつて綾辻と京極が対峙《たいじ》し、交錯し、そして京極が墜《お》ちた場所——その落下地点。綾辻はその滝壺の傍に、ただ呆然と立っていた。

綾辻が探すものは——出口であった。

この謎掛けからの出口。罠からの出口。

綾辻は膝《ひざ》が濡れるのも構わず、滝壺の水際に足を踏み入れた。冷水が衣服に浸入し、綾辻の体温を奪っていく。

無駄だった。

出口などどこにもない。解決策などどこにもない。

罠の口は閉じられた。

——君では僕に勝てぬよ、殺人探偵。

——これは敗北を定められた戦い。

「そういう……ことか」

綾辻は独白した。

青白い肌、青白い唇。

許多の犯人を震え上がらせた綾辻の凍える殺意が、今回は綾辻本人へと牙《きば》を向けたようにすら見える。

「そういう……ことなのか、京極」

綾辻はさらに水地に足を踏み入れた。滝壺の深くへ。水煙の源へ。

この状況そのものが密室だった。京極の必殺の策。入ることはできても出ることはできない、悪意の密室。

綾辻は無遠慮に水面に腕を突っ込んだ。全身に水が跳ねる。

やがて水底から、目当てのものを探り当て、取り上げた。

綾辻はそれを薄い陽光にかざした。

鈍く輝く銅貨。

「すべて——解けた」

綾辻の口から独白が漏れた。

「謎も、貴様の策謀も、すべて判ったぞ——京極」

血反吐《へど》を吐く代わりのように、言葉が口から漏れる。

すべての謎が。

滝から落ちた京極が生き延びた謎も。

綾辻の『事故死』の異能が効かなかった謎も。

井戸とは何かも。何故《技師》を使役したのかも。

どうやって密室の地下の匣から消えたのかも。

「そういうことか京極。敗北とは、そういう意味か」

——君は既に敗北している。

京極の笑みと、その真意。

綾辻は顎を上げ、天を仰いだ。水煙に遮られ、陽光は鈍く遠く、まるで水中から眺めるように儚《はかな》い。

「貴様の云う通りだ、京極」

綾辻の声は喘鳴に近かった。その声色は捕食者ではなく獲物の、蛇ではなく鼠の声だ。

綾辻は静かに目を閉じた。

「俺の…………負けだ」


飛鳥井はデスクにいた。

目の前に置かれた漬物にも手をつけず、沈黙し、何かを考えている。

周囲は相変わらず忙しい。港の銃撃戦、それに《技師》の死。捜査官が為すべきことはまだあまりに多い。

不意に、電話のベルが鳴った。

飛鳥井はデスクの電話を注視した。何だろう。この鳴り方には聞き覚えがない。殺しの連絡には殺しの響きが、盗みの時には盗みの響きがする。飛鳥井には電話の内容を呼び出し音から推測する特技がある。だが今回のこれはまるで判らない。聞いたことのない響きだ。

呼び出し音を三度聞いてから、飛鳥井は諦《あきら》めて電話を取った。

電話の主は、意外な人物だった。

「……綾辻先生？」

飛鳥井は電話を引き寄せ、その言葉に耳を傾ける。

「はい。え？　交通事故で危篤状態の、病院患者のリスト、ですか……？　ええ、もちろんすぐ準備できますが」


綾辻探偵事務所に、肉を叩き切る音が響く。

何度も、何度も、執拗《しつよう》に肉を叩く。幅広のナイフが、何度も肉と背骨の隙間に振り下ろされる。

私はその音を聞かないふりをしていた。書類に目を落としたまま、そちらに集中したふりをする。

ナイフの先端が背骨と肋骨《ろっこつ》の隙間にねじ込まれる。そこにはためらいも、容赦もない。ただ黙々と刑を執行する義務感があるだけだ。

ナイフを握っているのは綾辻先生だ。

私はその様子をちらりと盗み見た。先生は相変わらずの無表情。でも綾辻先生の表情はいつもと少し違う。冷たい表情の奥に、何か押し隠された感情が渦巻いている。けど、それが何かまでは判らない。

先生はナイフの先端で肉から薄皮を剝《は》いでいく。静かに丁寧に剝いでいく。

それから露《あら》わになった背骨と肋骨の接合部にナイフの先端をねじ込み、回すように外していった。めりめりと骨と骨が剝がれる音が、事務所に響く。

私はその様子をもう一度見た。そして思った。

羊肉の解体をするのなら、そんな軍用みたいなナイフじゃなく、ちゃんとした肉切り包丁を使えばいいのに。

「先生」私は綾辻先生に呼びかけた。

綾辻先生は返事をしない。ただ一心不乱に、肋骨《リブ》に残った皮と肉をこそげ落としている。

先生には判っているはずだ。先生は私が今持っている、この軍警の報告書を読まなくてはならない。《技師》こと久保の身辺調査書、船で遭遇した〝逃がし屋〟の素性、船内部の監視映像のファイルを。先生がすべきことは羊背骨肉《ラムラック》を解体することでもなければ、付け合わせのジャガイモを剝《む》くことでもない。香草《ハーブ》と大蒜《にんにく》をすり潰すことでもない。事件を解決することだ。

「先生、いい加減聞いてください」私はキッチンの綾辻先生へと呼びかけた。

「下味に香草《ハーブ》を使っても構わないか？」綾辻先生が料理しながら訊ねた。

「そんな話をしてる場合じゃないんです！」

私が叫ぶと、綾辻先生は切れ目を入れている手を止め、私のほうをじろりと見た。

「ええと……香草《ハーブ》、大好きです」

先生はひとつ頷くと、作業に戻った。

私の頭の中には、ふたつの声が同時に響いていた。下味なんて考えてる場合じゃない、早く事件解決しないと特務課に〝処分〟されるんですよ、という声と、え、ってことは私も一緒に食べていいの、と驚く声だ。

静かに混乱する私をよそに、先生は大蒜を剝いてからナイフの腹で潰し、肉にまんべんなくすり込んだ。それから粗塩を肉の切れ目にまでよくすり込み、挽《ひ》き立ての黒胡椒《こしょう》をかけていく。刻んだ香草《ハーブ》を肉に載せ、阿利襪油《オリーブオイル》をかけていく。

そのあたりでようやく私は香辛料の香りの呪縛《じゅばく》から逃れ、正気を取り戻した。「聞いてください。逃がし屋の男が全面自供しました。彼は匿名の依頼者から金を受け取り、久保を国外に逃がすよう依頼されていたそうです」私は船で会った、妙に腰の低い青襟衣の逃がし屋を思い出した。「依頼者が素性を明かさないこともこの世界では珍しくないため、逃がし屋は特に不審には思わなかったそうです」

そこで私は言葉を切り、綾辻先生の反応を窺った。

綾辻先生は料理を続けたまま、一言「聞いている」とだけ云った。

だから私は続けた。「駅で会った時の久保の様子からして、国外に逃がされる計画を久保本人が事前に知っていたとは思えません。つまり久保は金を払った依頼者ではない。そして逃がし屋は『匿名の依頼者』に、久保を逃がす詳細な方法を伝えていたそうです。つまり――久保の入った木箱を盗み出し、どこか別の場所で殺すことが、その『匿名の依頼者』なら可能だった訳です」

その『匿名の依頼者』こそが、久保殺しの犯人ではないか。

それが、私が捜査資料から導き出した推理だった。

「矛盾はしていないな」と綾辻先生は云った。

「そうでしょう！」

私は優秀なエージェント。先生の力を借りなくたって、この程度の推理はできるのだ。

綾辻先生はフライパンを火にかけ、阿利襪油《オリーブオイル》を入れて強火で熱した。それから中火に落として肉を入れ、大蒜片も落として焼き色をつける。

胃袋に突き刺さる香りだ。

しかし私は一流エージェントなので、その程度で意識がそらされたり気が散ったりはしなかった。

「で、他には？」

「……え？　あ、何でしたっけ？　えーと、他にですか。ええと――そう、遺体の傷口に付着していた木片が、逃がし屋の準備した木箱の材質と一致しました。つまり久保は、木箱の中に入れられたまま殺害されたか――少なくとも殺害の瞬間に木箱の上や隣に寝かされていた可能性が高い。それで船内の監視映像を洗い出しました」

私は綾辻先生のほうに、資料の中にあった一枚の写真をつきつけた。

「私達が銃撃戦をしている頃、一台のワゴン車が船から出ています」

その写真に写っているのは、白い小型の箱形自動車だった。貨物部分に窓はなく、積み荷を見ることはできない。

「久保が入っていた木箱を運び出せたのはこの車だけです。生憎《あいにく》、映像の角度から運転手の顔までは見えませんが……この運転手を追えば、必ず久保を殺した人間に辿り着くはずです。その人間はおそらく逃がし屋を手配した依頼者であり、久保を操っていた黒幕でしょう」

私は云いながら、一人の人物を頭に思い描いていた。

京極。妖術師。犯罪者を操るもの。

これで終わりにする。綾辻先生と私とで——必ず奴との戦いに、けりをつけてみせる。

だが、綾辻先生が次に云った言葉は、私の内心の決意を裏切るものだった。

「違うな」

私は綾辻先生を見つめた。

「……え？」

「その運転手が、京極の許《もと》に向かった……そう思っているのだろう？　違う。久保を殺したのは、ただの一般人だ」

「でも！」

「その机の上にある写真を見ろ」

私は先生の視線の先を追って、部屋の執務机にある写真を見た。

「架場《かけば》久茂《ひさしげ》。大学勤務の教員。そいつが久保を殺した犯人だ」

「え？」私は当惑した。「もう犯人を見つけたんですか？」

私は慌てて写真を手に取った。

写真は何かの証明写真だ。学問に従事する人間特有の物静かさを感じさせる顔。年齢は三十歳前後といったところだろうか？　陰謀をはりめぐらすタイプにも、暴力を無制限に行使するタイプにも見えない。

この男が、久保をあそこまでずたずたになるまで殴って殺したのだろうか？

「君の推理も悪くはなかったが、真実ではない。そいつは久保の殺人、そして逃亡計画まで事前に把握していた。そして久保が木箱に入るのを待ってから木箱を船内の目立たない部屋まで運び、鉄の棒材で箱の上から殴って殺した。そして海に死体を捨てた」

船から死体を海に捨てる。

確かにそうすれば、木箱を運び去る姿を監視映像に記録されずに済む。けど……鉄の棒材で殴り殺した？　人間ひとりの腕力で、あそこまで人体をめちゃくちゃに破壊できるものだろうか。

普段の先生が見せる、鎌鼬《かまいたち》が切断したかのような鮮やかな事件解決と較べると、どこか違和感の残る説明だ。

「でも……京極と関係がない犯人なのだとしたら、動機は何なんです？」

「復讐だ。君も知っている、啝囮島の殺人事件のな」と綾辻先生は云った。「架場は、殺された観光客の一人と友人だった」

「え……？」

圀圄島の殺人事件。久保はその犯人グループにおいて、中心的な役割を果たしていた。

「どのようにして架場が独力で久保に辿り着いたかの調査は、これからだ。——さて、できたぞ。皿の準備を手伝え」

「まっ、待ってください」綾辻先生の指示を慌てて遮る。

「先生の云う通りなら、すぐその犯人を特務課に引き渡さなくてはなりません！　これは最重要任務です。事件解決に失敗すれば先生は特務課から処分されるんですから。それにこのままだと、犯人逃亡の危険が」

「犯人はどこにも逃げない」

何故ですか、と訊ねようとした。

けれど綾辻先生の目から発せられる冷気で、訊ねる前に私にはその理由が判った。

「奴は既に『事故死』した」

——凡百《あらゆる》因果を超えて、犯人を死亡させる異能。

「架場の自宅を調査した。そして血のついた鉄の棒材を発見した。それから久保の身辺を探り、盗聴していた形跡もな。それだけの証拠が揃った時点で、犯人を捜し出す必要はなくなった。——架場は都内の高速道路で、居眠り運転の大型車に衝突されて死亡した」

綾辻先生の異能に冤罪はありえない。

従って、もし架場という男が事故死したのなら、そのことによって架場が絶対に犯人であるという証明になりうる。

「判りました」と私は云った。「お皿を出せばいいんですね？」

私は食卓の周りを歩き回り、食器を並べた。

「ちょっと不安だったんです」私はフォークとナイフを並べながら云った。「京極と直接対決して以降、先生、少し変な感じでしたから。てっきり事件を解決するつもりがなくなったのかと……でも羊料理は、事件を解決した私達へのお祝いだったんですね？」

「私達？」香ばしい匂いの立ちのぼる料理を盛りつけながら、綾辻先生が意外そうに云った。

「どうして君が入っている？」

「え……、えっ、えっ？」私は無意識で変な動きをした。「待ってください。この料理を、今から、二人で食べるんですよね？」

「大変申し訳ないが、どこからどう見ても一人分だ」

先生がフライパンを掲げて見せる。

「え、へっ、え……？　じゃあこの馨《かぐわ》しい肉と大蒜の香りに耐えつつ、唾液《だえき》を抑えつつ、必死に食事の準備をしている私って一体……？」

「君が一体何者か、教えて欲しいのか？」

綾辻先生がフライパンを私の顔に近づける。

「ああああ」自動的に変な声が出る。

綾辻先生が再びフライパンを私の顔に近づける。

「あああああ」自動的に変な声が出る。

「教えてやろう。君は綾辻探偵事務所の面白担当だ」

私は膝から崩れ落ちた。

意識は薄れ、お腹は鳴り、私の視界はうっすらとぼやけていった。

消えゆく意識の中、ひとしきり冗談をやり尽くした綾辻先生が、既に焼いていたもう一人前の肉をキッチンの奥から取り出すのがかすかに見えたが、時既に遅しだった。

私は極上の羊肉を前に鼻先でお預けをくらったショックから意識暗転して床にくずおれ、ついでにその様子を写真に撮られた。

ちなみに羊料理は、変な声が出るくらい美味《おい》しかった。


……………。

どうしてあの時、私は先生を深く追及しなかったのだろう。

違和感はあったのだ。小さな矛盾が。必死に探れば、その原因にも辿り着いたはずだ。

どうしてその一歩が踏み出せなかったのだろう?

私にもっと賢さがあれば、先生の致死的な状況を見抜けたはずなのだ。

何故私にはその賢明さがなかったのだろう。京極や綾辻先生の十分の一でも私に先を見通す力があれば、ああはならなかったはずだ。

でも今や、もうすべてが遅い。

その日の夜、綾辻先生は監視網をすり抜けて姿を消した。
そして二度と戻ってこなかった。

第六幕

異能特務課　機密拠点《スキップ》

朝　晴天

「架場久茂が犯人ではなかった？」

私は思わず会議机から身を乗り出した。

「非常に残念ですが、そう結論付けざるを得ません」

坂口先輩は指先で丸眼鏡を持ち上げながら答えた。

そこは特務課の機密拠点《スキップ》内、昇降機を使って地下へと下りた先の作戦会議室だった。白い会議室の壁面には巨大なスクリーンがあり、各種情報を映し出している。

「綾辻先生の失踪《しっそう》を受け、こちらで久保殺しの件を再調査しました。綾辻先生の推理の裏付けです」坂口先輩は手元の資料を繰りながら云った。「その結果、架場が交通事故を起こして病院に搬送される際、ちょっとしたトラブルが起こっていたことが判りました」

架場――綾辻先生が『久保殺しの犯人』と断定し、異能で殺したという大学教員。

交通事故で病院に搬送され、三時間ほど後に死亡したと聞いていたけど……。

「搬送した救急隊員の証言で判ったことですが、警察が認識していた事故時刻と実際の時刻に食い違いがありました。架場を乗せた救急車は、最初に搬送した病院で受入拒否されていました」

「受入拒否？」

「救急外来が満床で空きがなく、やむなく16キロ離れた中央病院に搬送されたそうです」坂口先輩は地図を指差しながら云った。「架場はその後間もなく病院で死亡。特務課が病院側を直接精査しましたが、この手の受入拒否は珍しくはない事例で、誰かが意図的に起こしたものではないと判明しました」

私は坂口先輩の台詞《せりふ》を頭で整理しながら訊《たず》ねた。「でも……それが特に重要な情報とは思えません。綾辻先生の推理と、何の関係が？」

「救急車が無駄足を踏んだ16キロ。この移動時間三十分前後を加味した結果、架場が交通事故を起こしたのは、久保が運転するスポーツカーが船に乗り入れた時刻とほぼ一致することが判明しました」

「え……」

それじゃ、つまり。

架場が『事故死』した時……久保はまだ生きていた？

「でも、綾辻先生の異能は」

私は必死に頭を整理する。綾辻先生が架場を『事故死』させたのは、久保殺しの犯人としてだ。でも事故を起こした時、久保はまだ生きていた。つまり。

「こう結論するしかありません」坂口先輩はきっぱり云った。「架場は、本当にただの事故で死んだ。綾辻先生の『死の異能』とは関係なく。さらに云えば、囹圄島で死んだ被害者に、架場と交遊のあった友人は一人もいませんでした。つまり綾辻先生は——でっち上げたのです。偽の犯人を」

「そんな！」私は食い下がった。「でも、血のついた凶器が自宅から見つかったって」

「綾辻先生ならば、理由をつけて死体から指紋と血液を入手し、凶器を偽造することくらい簡単でしょう」

言葉に詰まる。確かにその通りだ。遺体安置所に理由をつけて入り、血液を入手する。調査と偽って架場の自宅に入り、偽造した凶器を置いてくる。先生ならその程度の偽装、寝ながらでもやり遂げてしまうだろう。

でも——何故？

綾辻先生は——どうしてそんなことを？

「これは極めて難しい状況です」坂口先輩は眉《まゆ》を寄せた。「綾辻先生は特務課の依頼にもかかわらず、犯人を偽装し、かつ監視を欺いて姿を消した。どう考えても言い訳のできる状況ではない。重大な背任行為です。理由が判明するまで判断を保留してもらいたいと種田《たねだ》長官に直訴しましたが、長くは保《も》ちません。おそらく十二時間以内に納得のいく説明がない限り、綾辻先生に『処分』の判断が下るでしょう」

処分。

特一級危険異能者として制御不能である、と判断された時に下される処置。

「辻村君。特務課エージェントとして、君に指令を云い渡します」坂口先輩は立ち上がり、深刻な顔で云った。「十二時間以内に、久保殺しの真犯人を発見してください。そして綾辻先生が偽証と逃亡を行った理由を突き止めてください。もしそれが不可能なら」

坂口先輩はそこで云い淀《よど》んだ。だがしばらくあってから顔を上げ、云った。

「君には、綾辻先生射殺の指示が下ることになるでしょう」

═══

真犯人を見つける。

方法はそれしか残されていなかった。

久保は木箱に詰められたまま誰かに運び去られ、数時間後、ずたずたに殴られた死体になって発見された。誰がそんなことをしたのか。特務課を裏切って消えた綾辻先生の代わりに、私がそれを突き止めなくてはならない。

つまり、探偵だ。

探偵・辻村深月《みづき》。

はっきり云って——気が重かった。

こんな状況じゃなければ、なかなかきまってる響きじゃないかと小躍りのひとつもしたことだろう。しかし探偵としての最初の依頼は、できれば裏庭に埋めて記憶から消したくなるような代物だ。

綾辻先生が投げ出した謎を、綾辻先生の代わりに解く——。

できるわけないじゃん！　と地面に転がって手足をバタバタさせたくなった。

けれど、この事件には多くの謎がぶら下がっている。綾辻先生は何故特務課を裏切ったのか。誰が母の仇《かたき》、久保を殺したのか。その目的は。

特務課の仕事であるという以上のものがそこにはあった。どの謎も、私にとっては切実に知りたいものばかりだ。解明を他人任せにはしたくない。

けれど——現実問題、探偵ってどうやればいいんだろう?

先生の仕事を思い出す。監視業務の名の下に、私はいくつもの事件に同行した。綾辻先生が依頼を受けて調査し、検分し、推理して真実を導き出すのを、一番近くで見てきた。

先生ならこの事件、まずどうやって調査するだろう。

まずは——あの逃がし屋を当たるんじゃないか、と私はぼんやり推測した。

木箱を盗み出して久保を殺した人物は、当然のことながら久保がどの木箱に入っていたかを事前に知っていた。つまり木箱を用意した逃がし屋と、何らかの接点があるはず。

そこで私は、船で会った例の逃がし屋に、もう一度会うことにした。


軍警の特別留置場の面会室は、あらゆる場所が灰色で塗り込められている。

床から壁、天井も、窓枠や机や椅子も、すべて同じ灰色ペンキでしっかり塗られている。塵《ごみ》や汚れの類《たぐい》は一切ない。清掃する模範囚の供給が行き届いているのだろう。

　私がそのようにしてきょろきょろと室内を見渡していると、監房へと続く扉が開き、看守とともに例の逃がし屋が現れた。

「おっ、おねえちゃん！　しばらくぶりじゃあ！　今日もべっぴんさんじゃのう」囚人服を着た逃がし屋は、その場にそぐわないような満面に笑みを浮かべた。

「どうも」私は頭を下げた。

　逃がし屋はにこにこしながら対面の椅子に腰掛けた。

「わし、この仕事長いけどね、監房は初めてなんじゃよ。いやあ静かでいいとこじゃなあ。食事もあるし、看守さんはええ人じゃし。何より働かんでも生きていけるのが最高じゃあ。わし、働くの大嫌いじゃから。ここに住もうかな」

「え？　いやその……それは、ご自由になさったらいいと思いますが」

　どうもこの人と話すと調子が狂う。

「それでおねえちゃん、なにしに来たん？　あ、ひょっとして、わしがヒバゴン捕まえた時の話、聞きに？」

「それはいいです」ヒバゴンって何だ。「貴方《あなた》は久保と最後に会った人物です。その時の状況を聞こうと思いまして」

　この逃がし屋は私と会った後すぐ、捜査官に拘束された。以降は軍警の監視下にあったはずだ。つまり久保を殴り殺すのは不可能。まだ油断はできないが、証言を聞く価値はあると思っていいだろう。

「状況ちゅうてもなあ」逃がし屋は耳の後ろを掻《か》いた。「木箱に突っ込んで、外から鍵《かぎ》かけただけじゃしなあ」

「鍵……かけたんですか?」そんなことして、久保は怒らなかったのだろうか。

私がそう質問すると、逃がし屋はええんよええんよ、と手を振った。

「わし、べつにリゾート旅行の手配しとるわけじゃないからなあ。快適な海の旅より、安全が第一じゃあ。いっぺん、箱に詰めた依頼人が閉所恐怖症で暴れて、結局警備に見つかったことがあるのんよ。そん時の依頼人、可哀想に箱のまま海に沈められたわい。それ以来、下手なことで暴れられんように薬で眠って貰《もら》って、鍵かけるようにしとるんじゃ」

「薬で?」

「酔い止めの薬、ちゅうて嘘ついてね」逃がし屋はうへへへ、と笑った。「そんでも運んだ人……久保さん、じゃったっけ? あの人は別に睡眠薬ちゅうて渡しても怒らんかったと思うよ。狭いとこでずっと起きとるのも不安じゃちゅうてたし。それに『一番安全な箱を知っている』とか云うて、自分から進んで木箱に入ったしね」

「自分から選んで?」私は眉を持ち上げた。その情報はなんとなく、大事な気がする。

「そう」逃がし屋は頷《うなず》いた。「わし、普段はそのへんの荷物に適当に詰めるんじゃけど。まあリクエストじゃからね。久保さんが云うには、何でもヤバい連中の荷物らしくてな。そいつらの荷物勝手に開けたりしたら、次の日にはぷかぷか海に浮くことになるから、裏社会の人間どころか船の乗員でさえ近づきもしない、とか云うてたね。だからこそ隠れるには最適とか何とか。まァ実際は、その後すぐご本人さんがぷかぷか浮いてたわけじゃけど」

おお怖い怖い、と逃がし屋は大げさに震えてみせた。

どういうことだろう。私は必死に頭を使う。久保は列車で逃げる時、詳しい逃走方法を京極から教わったはずだ。その時に船や逃がし屋の存在、それに『一番安全な箱』とやらを聞いたのだろう。

だが逃がし屋の云う通り、その知恵は裏目に出た。結局久保はその箱ごとさらわれ、殺されたのだから。久保がどの箱に隠れるか、その情報がどこかから漏れていたのだろうか。

――いや。

最初から、京極は久保を殺すつもりだったのではないか。

久保は『井戸』の情報を知る者の中でも、京極に近い人間だった。生かしておくには不都合もあっただろう。だから逃がすと持ちかけ、指定した箱に隠れさせたうえで殺した。

うーん……。

何かしっくりこない。

違和感はふたつある。もし久保殺しの犯人が京極、あるいはその手下だとしたら、綾辻先生はどうして捜査をやめたのだろう。まるで京極を庇《かば》うように、偽の犯人まででっち上げて。先生からすれば、京極を追い詰められるチャンスだったはずだ。

もうひとつ、どうして京極は逃がし屋まで準備するような回りくどい罠《わな》を作ったのだろう。口封じに殺すなら、列車に爆弾を仕掛けるとか、もっと簡単な方法はいくらでもあったはずだ。

その荷物――久保が隠れた代わりに廃棄した本来の木箱の中身はどうしたんですか、と訊ねると、逃がし屋は警察に押収されちゃった、と無垢《むく》な瞳《ひとみ》で云った。

特務課経由で、その押収された木箱の情報を取ったほうがよさそうだ。

「ご協力、感謝します」私は椅子から立ち上がった。「他に云い忘れたことはありませんか?」

「あるよ」

私は逃がし屋のほうに振り向いた。重要情報だろうか。

彼は頬を染めて机に肘《ひじ》をつき、恥ずかしそうに口を開いた。

「ヒバゴン」

「それはいいです」

私はさっさと立ち去った。


私は資料を広げ、探偵事務所の机にもたれて唸《うな》っていた。

机の上には、あれからさらに集まった情報、資料、写真などが乱雑に並べられていた。

船の現場から得られた情報。押収した荷物。逃がし屋や久保の生い立ち。

私が留置場で話した逃がし屋には、死亡時刻のアリバイがあった。逃がし屋という稼業に詳しい軍警の反社会組織監視班に訊《き》いたところ、今回の件であの逃がし屋はかなり信用を落としたらしい。護送すべき久保に死なれ、そのうえ自分は逮捕されたのだ。逃がし屋としては信用問題だろう、と担当者の捜査官は云っていた。

つまり、今回の事件で損ばかり被ったあの逃がし屋が、裏で積極的に京極と共犯関係であったとは考えにくい。もし事前に犯行を知っていたなら、もっとうまく立ち回ったはずだ。

続けて木箱の名義人について。久保が『安全だから』という理由で指定した積み荷は、ある個人が海外に荷物を運ぶため手続きされたものだった。登録人の名前は佐伯《さえき》。だが登録された住所に軍警が行ってみると中はもぬけの殻で、電話には「警察にバレた。処分するためブツを指定の場所に置いて破壊しろ」という留守番メッセージが残されていた。

この佐伯なる人物について詳しく調べたところ、組織の末端に位置する運び屋で、密輸品の積み込みなどを行う犯罪者だったらしい。組織の名をさらに調べると、ポートマフィアの密輸班の名が浮かび上がった。

ポートマフィア。

やはり奴らか。

逃がし屋が『そいつらの荷物勝手に開けたりしたら、次の日にはぷかぷか海に浮くことになる』と云った時から、ひょっとしたらとは思っていた。

ポートマフィアの荷物なら安全だ、と久保が思っていたのなら、それは大きな間違いだと云わざるをえない。あの港ではポートマフィアと私達との激しいカーチェイスが繰り広げられていた。取引現場を目にした私達を口封じするためだ。それだけの大事が持ち上がれば、その後数時間で、警察によってポートマフィアの積み荷が徹底的に調べられるのは必定だ。

つまり久保は騙《だま》されていたことになる。

これが何を意味するのか。

「あー……。さっぱり判んない」

私は椅子の上で尻《しり》を滑らせてのけぞった。薄暗い天井の扇《ファン》が目に入る。主《あるじ》を失った事務所を、扇はただ黙って見下ろしている。

こういうの、きっと私には向いてないのだ。

先生ならこんな謎、あっという間に解いてしまうのに。

綾辻先生は今どこにいるのだろう。

この事務所を残して、どこに行ってしまったのか。どうして私達を裏切ったのか。

私が綾辻探偵事務所に配属されたのは、私が希望したからだ。先生は知らないが、母を異能で殺したのが綾辻先生だと、当時の私はもう突き止めていた。だから軍警の訓練生時代、異能特務課からスカウトの誘いが来た時、綾辻という探偵に近づけるのであれば、という条件で勧誘を受けた。それから訓練を重ね、正式に綾辻先生の監視役に任命された。

いつかは訊くつもりだったのだ。殺人犯として『事故死』する前の母はどんな様子だったのか。本当に殺されるほどの悪人だったのか。でも訊けなかった。いつでも訊ける、そう思ってずっと避けてきた。

ひょっとしたら、もう二度と訊けないのかもしれない。

今になって……こんなに母のことが気になりだすなんて。

「何なのよ、もう……母さん。死んだ後までこんなに悩ませないでよ……」

仕事でほとんど家にいない母は、一週間に一言か二言しか話さない相手だった。それも家の工事がどうだとか車がどうだとかいう事務的なやりとりだけ。身の回りのことはお手伝いさんが面倒《めんどう》を見てくれていた。友達を除けば、私はお手伝いさんと過ごす時間が一番長かった。

ある日、戸棚のクッキーを食べていいか訊ねる時、間違えてお手伝いさんのことを『母さん』と呼んでしまったことがある。呼んですぐ、しまった、と思った。お手伝いさんは困ったような目で私を見ていた。

そしてその時、玄関近くには、本物の母がいた。

私の台詞が聞こえなかったはずがない。だが母は何事もないかのように家に入り、着替え、書斎で仕事を始めた。私の云い間違いなど毛ほども気に留めていないようだった。

本当は――あの時、怒って欲しかったのだ。機嫌を悪くしたり、お手伝いさんと私に当たり散らして欲しかった。そうなればどれだけほっとしただろう。でもそんなことは起こらなかった。お手伝いさんを母さんと呼んでも何も思わないほど、私と母の距離は離れきっていたのだ。

その距離を縮める手段は、もう残されていない。

母は殺人犯として死んだ。

私は体を起こし、顔を擦《こす》った。考えるべきことが沢山ありすぎる。事件のことに集中するためには、母のことは頭から追い出すしかない。だがそれは簡単なことではなかった。今でも一人になると、母の亡霊がすぐ傍《そば》にいるような気がしてしまう。

その時、机の上からひらりと一枚の資料が落ちた。

私はそれをなんとなく拾い上げた。証拠品係からの報告書だ。資料の山に隠れて、私が見落としていたのだろう。資料には現場の証拠品に関する記述があった。銃、車、逃がし屋の持ち物。

その中に、押収した木箱の記述があった。

逃がし屋は、元あった木箱は久保を逃がすためすり替え、その後警察に押収された、と話していた。そうだ、調べるのをすっかり忘れていた。

その木箱だ。中身は――。

檸檬《レモン》。

箱いっぱいの、十数キロに及ぶ加工用檸檬が詰まっていたそうだ。

檸檬？　黒社会のさらに暗部、恐るべき非合法組織ポートマフィアが――檸檬の密輸？

何だそりゃ。よほど大事な檸檬だったのだろうか。

私が頭上に疑問符を浮かべながら、マフィアの黒服が広大な工場で揃って檸檬菓子《レモンケーキ》を造っているところをぼんやり想像した、その時。

電話が鳴った。

私の業務用携帯電話ではない。綾辻探偵事務所の電話だ。

私は電話を掛けてくる心当たりを頭で探した。だがこの事務所への依頼は基本的に政府を通して行われる。いきなり電話を掛けてくる人物はそう思い当たらない。

――一人を除いて。

私は急いで電話に駆けつけ、受話器を耳に当てた。「もしもし」

私の予想は、中《あた》っていた。

「事務所の戸棚から勝手に茶菓子を出して食うなよ、辻村君」

「食べてませんっ！」私は反射的に怒鳴った。

綾辻先生だ。

「先生、今どこにいるんですか！」私は瞬間的に怒鳴り散らした。「今すぐ戻って来てください！　特務課は上から下まで揃ってカンカンです！　煮えたぎった釜《かま》の中に頭を突っ込む趣味でもあるんですか！」

「君こそどうかしているんじゃないのか。何故俺が、特務課などという政府の小役人共に縛り付けられて大人しくしていると思っていた？」

突然の言葉に、にわかに呼吸が止まった。

「何を驚いている？　驚くのはこっちだ。政府の秘密組織、狙撃手《そげき》による二十四時間監視、断れば即射殺される依頼。そんな世界に身を置いて喜ぶ奴がどこにいる？」

「な……」

言葉が出てこなかった。頭の頂点あたりに、強い感情がぎゅっと凝縮されたような感覚があった。

そんな理由で、私達の前から姿を消したのか？

「君達のような能無しに俺は追えない。特務課とも、死の任務とも、これでお別れだ」

「そんな勝手が許されると思っているんですか!!」

かつてないほどの大声が出た。

「貴方は特一級の危険異能者なんです！　望むと望まざるとに拘《かかわ》らず、政府の管理を受ける必要があるんです！　たとえそれが、先生の命を脅かすことでも！　それが責任ってものじゃないんですか！」

叫びながら、どういう訳か涙がにじんだ。

こんな男に従っていたのか。

監視役という名目で現場に従い、捜査を手伝い、身辺を警護してきたのか。

こんな身勝手な男に。

「貴方のその身勝手さが」考えるより早く、言葉が喉《のど》からほとばしり出た。「その身勝手さが母を殺したんじゃないんですか‼」

怒声が室内に反響した。

私は肩で荒く息をつきながら、怒りが血液に乗って全身をかけめぐる音を聞いた。

綾辻先生は電話の向こうで沈黙していた。重い沈黙だった。

やがて先生は口を開いた。

「だとしても、関係ないな」その声はあくまで冷たく、低く、透き通っていた。「忠告する。この仕事を降りろ。君程度の力では、《技師》の死の謎に辿り着くのは到底不可能だ」

云い返したかったが、言葉が見つからなかった。

「次は俺のような危険異能者の担当になるなよ。ではな」

そう云って電話は切れた。

私はひとり取り残された部屋で、受話器を握りしめて震えた。

「……勝手にしろ」切れた電話に向けて呟《つぶや》いた私の言葉は誰にも届かず、部屋の中でむなしく拡散した。

私は夕暮れの街を歩いた。

丘陵沿いの歩道に人影はまばらだ。濃密な橙色《だいだいいろ》の夕陽の中、長く黒い影だけが私の後に従ってついてくる。

綾辻先生から電話があったことは、すぐ特務課に連絡した。電話の発信先を逆探知するため技術班がすぐさま動き出したが、おそらく無駄足だろう。そんな初歩的なミスを綾辻先生がするとは思えない。

だが、その電話の内容は上層部の心を動かしたようだ。これで綾辻先生が、特務課に反旗を翻したことがほぼ確定的になったのだ。特務課内での議論は、いかに危険異能者を制止するかについての作戦会議に移行しつつあるようだった。

当初設定された十二時間という期限も、おそらく大幅に短縮されることだろう。

私の知ったことじゃない。

先生がいなくなって、私の任務は事実上凍結された。もうこれ以上先生の言動に振り回されたり、監視のために二十四時間神経を研ぎ澄ましておく必要もない。

もう終わったのだ。

本当は久保殺しの調査も投げ出してしまいたかった。奴の死を調べるほど、母のことや綾辻先生のことがどうしても頭に浮かんでしまう。しかし坂口先輩は、私に追跡調査を命じた。木箱に入っていた檸檬について、新たな事実が判明したのだという。

「押収した檸檬を、鑑識に調べさせました」と坂口先輩は電話で云った。「その結果、興味深いことが判りました。密輸されていたのは、ただの檸檬ではなかったのです」

「ただの檸檬ではない……？」珍しい品種の檸檬とかだろうか。

「外見は檸檬でも、中身は果実ではありません。中身をくり貫《ぬ》かれ、高度な技術で果実部分を兵器に置換されているようです」

——兵器？

とっさには意味が呑《の》み込めなかった。わざわざ檸檬の皮だけを残して、中に兵器を詰め込んだということだろうか。でも、何のために？

「詳細はまだ不明です」坂口先輩は感情を感じさせない声で云った。「ひとつ確かなのは、この兵器は専門知識がない人間には解体不可能だということです。下手に触れると命に関わります。ですのでやむなく、我々はポートマフィアと取引をしました」

「取引？」

異能特務課と、ポートマフィアが？

「個人的なツテを使って、ポートマフィアの幹部に渡りをつけました」と坂口先輩は電話の向こうで云った。「非常に稀少《きしょう》なこの兵器を彼らの手に返す代わりに、兵器に関する情報を一部教えること。それが取引の内容です。先方は了承し、既に木箱を引き取りました。間もなく情報を持ったポートマフィアの使者が、辻村君の元に現れるでしょう」

状況を理解するのに少し時間がかかった。

ポートマフィアが政府と取引するなど、聞いたことがない。しかも自分達の秘密を――そしておそらく違法な――兵器についての情報を教えるなんて、前代未聞だ。そうまでして檸檬を、つまり兵器を引き取りたいのか。

「辻村君。それから……綾辻先生のことですが」

坂口先輩はためらいがちに切り出した。

「その話は結構です」私は先輩の台詞を遮って云った。「もう私には……関係ないことですから」

「もし綾辻先生への射殺命令が出たとしたら、それに従えますか？」

電話先で、坂口先輩が感情のない声で云った。

何故かすぐに返事ができなかった。答えは決まっているというのに。

「……もちろんです」

他人のような声が、自分の口から出た。

任務は終わった。私と綾辻先生とは、もう何の関係もない。

また連絡します、と声がして、電話は切れた。

私は電話を握りしめたまま、夕闇の中しばらく立ち尽くした。

前には長い道が続いていた。背後にも。ぽつりぽつりと電柱が立っている。右手は金網になっていて、その向こうになだらかな灰色の丘陵が見える。

そして空気は、溺《おぼ》れそうなほど濃密な赤橙《せきとう》。

日暮れ時を逢魔《おうま》が刻《とき》と云うらしい。昼と夜のあわい、こちら側とあちら側の境界。そういった別世界との境界では、逢魔——つまり魔と逢《あ》うのだと云われてきた。妖怪《ようかい》、幽鬼、魑魅魍魎《ちみもうりよう》——つまりは京極の領域だ。

恐ろしい想像が頭をよぎった。

綾辻先生は、この逢魔の領域に——京極の側に行ってしまったのではないだろうか?

そうでない保証はどこにもない。

地下シェルターで京極と会った後、綾辻先生は様子がおかしかった。中であったことは一応報告書で読んだけれど、それがすべてであるとも限らない。

綾辻先生にとって政府の側、殺人を止める側にいるのは、あくまで便宜的なものだったのではないか。京極に近づき、感化されたことで、夜の側に傾いてしまったのではないか。

だとしたら、私が止めなくてはならない。

射殺命令があろうとなかろうと。

私は脇のホルスターに軽く触れた。その中にある、重い拳銃《けんじゆう》の感触を確かめる。

不意に気がついた。

誰かが背後から見ている。

背筋が冷たくなった。直感的に悟った。これは人間の視線ではない。どんなに邪悪だろうと、人間にこんな不快で冷たい視線を送ることはできない。

すぐに振り返ることができなかった。

逢魔が刻。人のいない道。背後に佇《たたず》む誰か。

動き出す勇気が出たのは、京極かもしれないと思ったからだ。もしそうなら逃がす訳にはいかない。

私は銃を抜いて振り返った。

その先には——誰もいなかった。

人の気配もない。しんと静かだ。街の音がどこかに消え失《う》せてしまったように、ただ無人の道だけが続いている。

ちくり、と脚に痛みを感じた。

痛みのした場所を見下ろすと、そいつがいた。

影の仔《こ》が。

沼から顔を出した獣のように、私の足下にある影から半身を乗り出している。

そいつの持つ黒い鎌が——私の足首あたりを突き刺したのだ。

私は驚いて後方に跳んだ。

影の仔は、ゆっくり影から這《は》い出してくる。その姿は揺らめき、輪郭は震え、姿は一秒として同じ形を取らない。全体としては羊の角を持った二足歩行の獣人。だがはっきり姿の細部を捉《とら》えようと目を凝らすほど、姿は間断なく揺らめき、実体を摑《つか》むのが難しくなる。

何故、今？

影の仔は地面をゆっくりと滑り、こちらへ近づいてくる。鎌を構えたまま。そこには感情も、意図もない。心を通じ合わせるような何かを、そいつは持っていなかった。

目がどこにあるかすらよく判らない姿なのに、何故か視線だけは異様にはっきり感じる。

私は後じさった。影の仔は私の制御を受けない。何を考えているのか、何を目的に動いているのかも判らない。だが殺傷能力は非常に高い。そして一度動き出した時、狙った獲物への狙いを外すことは、絶対にない。

影の仔が一歩を踏み出す。

私は一歩下がる。

何故現れたのか判らない。何をしようとしているのかも判らない。相手は理解の彼方《かなた》にある、完全な異物。ただひとつ確かなのは、さっきの視線の主がこいつ、影の仔だということだけ。

私の中の異物。

厭《いや》な予感が膨れ上がった。

「止まれ」私は銃を影の仔に向けた。「止まらないと撃つ」

影の仔は構わず前に踏み出す。

警告なんか意味がない。こいつには言葉が通じないのだ。

さらに影の仔が前に出た。

私は拳銃を撃った。

弾丸は狙い通り、影の仔の頭部を正確に貫通し、背後の地面に着弾した。影の仔は頭部を大きくのけぞらせ、一度小さく痙攣《けいれん》したが、すぐに何事もなかったように元の姿勢に戻った。

効かないのだ。影そのもので構成されたこいつに、拳銃は何の意味もない。

何なんだ。

この異能力は、一体何だと云うんだ。

血管が収縮し、指先が冷たくなった。喉がからからだ。抵抗する手段はない。逃げてもおそらく影の仔のほうが疾《はや》い。

痺《しび》れたように動けなくなる私に、影の仔が飛びかかる――。

「莫迦《ばか》か手前《テメエ》。このテの異能に銃が効く訳ねえだろ」

背後から声がして、誰かの腕が伸びた。

その腕は私の横をすり抜け、影の仔の頭部を摑んだ。そのまま地面に叩《たた》き落とす。

銃弾にも身じろぎひとつしない影の仔が、摑まれた手から逃れられなかった。それどころか地面に叩きつけられたまま、まともに起き上がれず暴れまわった。その手が影の仔から離れた後も、立ち上がることができず地面でもがく。

まるで自分にかかっている重力が、いきなり数百倍に増したかのように。

影の仔は見えない拘束から逃れようとしばらくもがいたが、不意に力を失ったように自分の影に沈み込み、やがて地面に消えた。

「この程度でビビってやがる小娘がエージェントとは、特務課も堕《お》ちたモンだなァ?」

声の主は、ついさっきまで影の仔を摑んでいた黒手袋を軽く叩《はた》いた後、こちらを見た。

黒帽子の少年――いや、青年だった。

黒い鍔《つば》つき帽子に黒外套《がいとう》。手袋も黒。革の首飾り《チョーカー》も黒。華美な外見ではないが、身につけているすべての服飾品が超一流の高級品だ。言葉遣いは乱暴だが、高級な衣服に着られている感じはしない。

その青年が血と暴力の中に生きる人間であることは、気配からすぐに判った。綾辻先生とはまた別種の、死の上を歩くようにして生きてきた人間特有の気配が、全身から漂ってきている。

すぐに青年の正体を理解した。ポートマフィアだ。

「手前《テメエ》の上司の教授眼鏡に云っとけ。手前らのおかげで組織の兵器を横流ししようとしやがった裏切り者は処分できた。だがこの情報で借りはチャラだぜ、ってな」黒帽子の青年は、懐から数枚の書類を取り出して放った。書類はひらひらと舞い、地面に落ちた。

組織の裏切り者——それはおそらく、港で私達が銃撃戦をした黒服達のことだろう。彼らは檸檬の形をした兵器を、密《ひそ》かに外部に売ろうとしていた。

「それじゃ、貴方が——ポートマフィアの使者？」

「そうだよ。全くあの教授眼鏡、この期に及んでポートマフィアに連絡を寄越すなんてどういう神経してやがる？　首領《ボス》の命令がなきゃ殺してるぜ。ま……そのおかげでウチの部下が手間掛けて造った爆弾を回収できたが」

爆弾？

回収、ってことは、あの檸檬の形をした兵器は——爆弾なのだろうか。

黒帽子の青年はひとしきりぶつぶつ云った後、ちらりと私の顔を見た。

「何とか云ったらどうだ？」

それで私は、自分が今まで息を止めていたことに気づいた。「坂口先輩とはどういったお知り合いで？」

「昔、色々あった。それだけだ」黒帽子のマフィア幹部は、さっさと背を向けて歩き出した。

「手前にゃ関係ねえよ」

何か云うべきなのは判っていたが、結局何も云えず、私は黙ってその背中を見送った。

だが立ち去る途中で、不意に青年は足を止めた。

「……ああ、糞《くそ》っ。そう云やあ裏切り者の教授眼鏡に一個、個人的な借りがあったぜ」青年は顔を歪《ゆが》めて悪態をついた。「あの野郎、覚えてて連絡しやがったな……おい小娘」

私は呼ばれて顔を上げた。

「手前の上司に一度助けられたことがある。だから忠告してやる」青年は不本意そうに、私に指をつきつけて云った。「先刻手前を襲った黒い獣の異能。俺が叩き落とした奴だ。ありゃ手前の異能じゃねえぞ」

私は凍りついた。

黒帽子の青年の声が、夕闇の中に響き渡って消えた。

「矢《や》っ張《ぱ》り勘違いしてやがったか。ありゃ自律動作型の異能だぜ。死の臭いがぷんぷんしてやがったから、多分異能の主はもう死んでるだろうがな。——気をつけな、死人に殺されんのは厭だろ？　異能が現れたのと同じ頃に、死んだ奴の心当たりを思い出すことだ」

私はその場に立ちすくんだ。

そんな人間——一人しかいない。

黒帽子のマフィアは、静かな足取りでまっすぐな道を歩いていった。

私は動くこともできず、何か云うこともできず、濃密な橙色の大気の中で、その黒い影が小さくなって消えていくのを、じっと見つめ続けた。

綾辻はひとり、井戸の縁に腰掛けていた。

周りを取り囲む森は、この世ではない色に染まっている。夕刻がもたらす赤橙が、井戸の周囲をこの世ならざる空間に塗り替えていた。

「逢魔が刻、逢魔が辻《つじ》……誰《た》そ彼《がれ》、彼《か》は誰《たれ》、か」綾辻が独りごちた。

綾辻は考える。すべては余りに明白だったのだ。

この井戸は県境に位置する。そして川に面している。すなわち境界だ。細い十字路、いわゆる辻も、伝統的に境界とされる場所だ。そして井戸そのものも、土の世界と水の世界の境界を意味している。

京極のしたかったことは、最初から答えとして提示されていた。自分がそれに気づかなかっただけだ。

綾辻はここに来るまでのあいだ、この井戸とほぼ同じ構造の『祠《ほこら》』を、あと四つ発見していた。墓地の入口、崖《がけ》の下にある無縁仏の石碑、川に架かった橋の下、霊山の麓《ふもと》の小屋。いずれも日常世界と異界の中間地点、つまり彼岸と此岸《しがん》とのあわいに位置する場所であり、『湧きやすい』とされる土地だ。おそらく国内各地に、まだ無数に『祠』はあるのだろう。

境界には善くないモノが湧く。

井戸に仕掛けられた『悪を製造する装置』は、京極そのものだった。動機ある者に知識を与え、背中を押し、往《ゆ》けば戻れない悪の道に踏み込ませる。

　では何故そのような装置を造ったのか。ここまで大掛かりな仕掛けを施し、京極は何を為《な》そうとしていたのか。

　これ以上は、本人と対峙《たいじ》し訊ねるしかない。

「――往くか」

　綾辻は立ち上がった。

　不意に木々を渡って夕刻の飆《つむじかぜ》が吹き抜けた。

　風は黒々とした木立を揺らしてざわめかせた。生命あるものの囁《ささや》き声のように森全体が鳴り、その音が綾辻を取り囲んだ。

　綾辻は表情も変えず細煙管《キセル》を取り出し、火を入れて煙を吐いた。

　煙が魂のように揺らめき、林間の冷気の中に消えた。

　そして歩き出した。

　決戦の刻は、すぐそこまで迫っていた。そしてどこに京極がいるか、綾辻には既に判っていた。

　それは最初の決戦の場所。

　滝霊王の滝の崖上だ。

私は港にいた。

既に銃撃戦の現場検証もあらかた片付き、捜査官はほとんど引き揚げていた。私はあてもなく港内を歩いた。

さまざまな事象が頭の中を渦巻いていた。

ポートマフィアの幹部が最後に云った一言。『影の仔は、死んだ誰かの異能』――。

影の仔が現れたのは、母が死んだ五年前のあの日からだ。それ以来ずっと、不吉な気配を残したまま私にまとわりついている。

今も奴の視線を感じる。私の影の中から、影の仔はこっちを見ている。

すべてを総合すると、可能性はひとつしかない。影の仔は死んだ母の異能なのだ。

異能の効果はさまざまだ。本人の周囲で展開されることがほとんどだが、本人を離れ、ある攻撃対象に決まった効果を及ぼし続ける異能も確認されている。

そして異能力は、使用者が死んでも消えないことがある。

特務課での異能研究は、民間のそれよりも何世代も進んでいる。私もその研究結果をいくつか読んだ。異能の多くは使用者が死ぬと消滅するが、この手の遠隔で機能する異能は、使用者が死亡した後も対象を攻撃し続ける傾向にある。本人の意図を離れ、主人の命令を遺言のように守り続けるのだ。

その先は考えたくなかった。影の仔は母の呪いなのかもしれない、なんて――想像もしたくなかった。

影の仔に助けて欲しい場面はいくつもあった。特殊部隊に包囲された時もそうだ。ポートマフィアに銃撃された時もそうだ。もし影の仔が母の命令で私を守っているのなら、あの時助けてくれたはずだ。

だが影の仔がしたことは、ただ冷たく黙り、私の影の中で不気味な視線を送っただけ。

母は死に、呪いだけがそこにある。そう思うと、内臓が静かに冷えていくような感情が体を満たした。

私はこれから一生——正体の判らないこの感情に怯《おび》えて生きなくてはならないのだろうか。

思考に沈んでいる時、ポケットの携帯電話が鳴った。確かめると、職場からの連絡だ。気は進まないが、出るしかない。

「はい、辻村です」

「檸檬の情報は手に入りましたか?」静かな声がした。坂口先輩だ。

「はい」私はポートマフィアの幹部から受け取った資料を取り出しながら答えた。「檸檬の中身は、非常に特殊な爆弾でした。爆薬成分の痕跡《こんせき》を残さない匿名性の高さから、組織同士の抗争や犯罪現場で好んで使われたようです。ただ、ポートマフィアのある科学技術担当しか製造技術を持っていないため、その組成をどこの非合法組織も知りたがっていたようです」

「だから高値で取引されていた、と。命知らずな連中だ」坂口先輩は電話口で唸った。「こちらも新情報です。木箱の登録名義人だった佐伯という男が、路上で死亡していました」

「え……?」

佐伯といえば、慥《たし》かポートマフィアの運び屋……『警察にバレた。処分するためブツを指定の場所に置いて破壊しろ』という留守電のメッセージだけを残し、姿を消した人物だ。

「逃亡途中、港にほど近い歩道橋の階段から落下し頸椎《けいつい》を骨折。病院で死亡したそうです」と坂口先輩は云った。「状況からして、事故だとするとタイミングがよすぎる。他殺の可能性は高いでしょう」

何かが頭の隅で違和感を訴えていた。

転落死。木箱の名義人。

残された留守電の内容からして、おそらく佐伯は檸檬を船から運び出した人物だ。ポートマフィアの裏切り者は、組織用兵器を密売するという禁忌に手を出した。それが捜査官にバレそうになって、慌てて証拠である檸檬を処分しようとした。その仕事を佐伯が行った。

そうすると——妙なことになる。

木箱の中には、実際には久保が入っていた。薬で眠った久保を、檸檬と間違えて運び出したのだ。つまり久保を殺した人物と、運び出した人物は別人だったということになる。少なくとも、運び出した運び屋の佐伯に、久保を殺そうという意志はなかったに違いない。捜査官がぎりぎりまで迫っているタイミングで、箱に入った見知らぬ男をあそこまで殴って殺す必要はどこにもない。

何かが妙だ。

どこにも久保を殺したがっている犯人らしき人物が見当たらない。捜査線上に浮かび上がってくるのは、久保殺しなどに構っていられない、もっと緊急かつ個人的な事情で動く人物ばかりだ。

「辻村君、久保殺しの真犯人は発見できましたか?」

本当のことを報告するのは辛《つら》かった。「まだです」

「気持ちの切り替え時かもしれません」坂口先輩は気が重そうに云った。「真相がどうあれ、制御不能な特一級危険異能者が今、野に放たれているのは厳然とした事実です。情報の欠けた状態で前に進むのは僕の主義に反しますが……。射殺対象を追跡する時のマニュアルは頭に入っていますね？」

私は入っています、と答えた。この数時間、その手順を頭に思い浮かべ続けてきた。

いや、二年前、監視役に任命されてからずっと、この日が来ることを想像してきた。

「先輩。〝君達のような能無しに俺は追えない〟と、綾辻先生は云いました」私は押し殺した声で云った。「そして今日まで、綾辻先生の推測が間違っていたことは一度もありません。特務課は、先生の居所を摑めるのでしょうか？」

「それに関しては対策をしてあります」と坂口先輩は云った。「現在内務省が、政府の監視衛星を移動させるよう管理部署と交渉を進めています。これを利用すれば、綾辻先生が屋外にいれば直ちに座標を把握できます」

ついに監視衛星の稼働にまで踏み切ったのか。

つまり綾辻先生の発見と射殺が、国家安全に関わる重要事項と見なされつつあるということだ。

私は呻《うめ》いた。

ずっと体のどこかが痛んでいた。でもどこが痛いのか判らなかった。判る訳がない。痛んでいるのは心だった。

電話をしながら、私はいつの間にか船の前にある橋まで歩いてきていた。

空中炸裂弾《エアバースト》ランチャーを食らった場所。跳ね上げられた橋の両側で銃撃戦をした場所だ。

橋の上にあった積み荷はほとんど海に落下していた。橋が跳ね上げられた時、ほとんど海に落ちたのだろう。周辺にはわずかな破片が散乱しているだけだ。

そう云えば——あの時は必死でそれどころではなかったけれど、何故こんな場所に荷物が積み上げられていたのだろう。

「辻村君、聞いていますか?」携帯電話から坂口先輩の声がした。

「はい」

「冷静に聞いてください」そう云って、坂口先輩は云い淀むような間を置いた。「たった今、内務省閣僚による会議が終わりました。全会一致で、綾辻先生の射殺が決定されました」

目の前が歪んだ。

ついに来てしまった。

判りきっていた命令だった。覚悟していたはずの命令だった。それでも、実際にその言葉を耳にすると、鉄球で胸を殴られたような衝撃があった。私は電話を落としそうになった。

「辻村君。……大丈夫ですか?」

私は数秒のあいだ息を整え、「はい」とどうにか返事をした。

特務課の命令は絶対だ。

上層部の会議で決まったことなら、命令の撤回は絶対にありえない。

「監視衛星の移動完了までのあいだ、本部で追跡作戦の指示を行います。一度戻ってください」

私は返事をできなかった。

坂口先輩は電話口で何か私に声をかけようと沈黙し、結局何も云わずに電話を切った。

私はひとり、橋の上に立ち尽くした。

電話で最後に話した時の、綾辻先生の言葉が蘇《よみがえ》る。

——政府の秘密組織、狙撃手による二十四時間監視、断れば即射殺される依頼。そんな世界に身を置いて喜ぶ奴がどこにいる？

異能特務課は国内最高峰の異能組織だ。特に対異能者制圧用に組織された黒い特殊部隊、通称『闇瓦《やみがわら》』から逃れられる人間など存在しない。いかに綾辻先生といえど、手の内を知り尽くされた特務課相手では勝ち目はない。

もし綾辻先生が、言葉通り心の底から特務課の監視を嫌っていたのだとしたら——。

この結末は、これから綾辻先生が射殺される運命は、私達特務課が招いたのかもしれない。

言葉にならない感情が、胸の奥から湧きだした。このくらいで動揺するなんて、きっと私はエージェント失格だ。でも、行うべきことを行わなくてはならない。

特務課の機密拠点に戻ろうと、私が踵《きびす》を返した時、携帯からデータの着信を告げる音声があった。

開くと、軍警からの電子情報だった。佐伯の素性が判明したらしい。

本名、顔写真、身長や体格と情報が続く。私はほとんど頭を使わず、目だけでその資料を追っていった。

ふと、ある一文に目が留まる。

〝ポートマフィアの末端に属する前の佐伯は詐欺師で、企業相手の横領を生業としていた。しかしある殺人事件の被疑者となって以降、足を洗った〟――。

がちり、と頭の奥で音がした。

この情報――何かが妙だ。

どこかで見覚えがある。

私は慌てて手持ちの資料を手繰った。綾辻先生が地下で京極と相対した時の報告書を取り出す。

間違いない。

綾辻先生が勝負で解いたという〈殺人の匣《マーダー・ケース》〉事件の犯人と、組織の運び屋である佐伯との年格好が一致する。

同一人物なのだ。

だが――だとすると、どういうことになる？

佐伯は口封じに消された。それは、佐伯がどこに木箱を運んだかがバレてしまうと、真犯人が自動的に判明してしまうからだ。だから階段から転落させられて殺され――。

――待てよ。

転落。

事故死。

佐伯が死んだのは、綾辻先生が密室殺人の謎を解いた直後だ。

そうだ。

何故すぐ気づかなかったんだ。

佐伯は口封じに殺された。けどそれは誰かが直接手を下したんじゃない。綾辻先生が密室の謎を解いたことで、事故死の異能が発動したせいだ。

つまり、京極の策略の一部。京極は綾辻先生に密室の謎を解かせることで、遠く離れた佐伯を口封じに殺したのだ。

ではそれは何故？　佐伯はどんなまずい情報を握っていた？

佐伯が死んだのは木箱を運んだすぐ後。もし死ぬ前に佐伯が特務課に捕まっていたら、きっと何もかも自白していただろう。そうしたら久保殺しの謎は解け、綾辻先生に依頼が行くこともなかった。

つまり——京極は綾辻先生に探偵を引き受けさせたかった。何のために？

その時、爪先《つまさき》が何かにぶつかった。

私は足下を見た。

そこには白い木片が転がっていた。

おそらく私が車で吹き飛ばした荷物の一部だろう。散乱した容器が、海に落ちずに残ったものだ。

その木片が、私の思考の隅を小さく叩いた気がした。

二年前の私なら何も思わなかっただろう。けれど綾辻先生の傍でいくつもの事件解決を経験し、謎が解かれる瞬間を目撃し続けた私の頭には、その木片が他とは違うものに見えた。

私は木片を拾い上げた。

何かの容器の破片だろう。車で粉々に踏みつぶされたせいで、元の形状は想像すべくもない。

だがこの色合い、どこかで——。

頭の中で、聞き慣れた言葉が聞こえた。


『事件解決だ、辻村君。謎は解けた』


いきなり映像が怒濤《どとう》のように押し寄せた。

檸檬。運び屋。ポートマフィア。

『警察にバレた。処分するためブツを指定の場所に置いて破壊しろ』。

ポートマフィアにそう指示された佐伯は、船から木箱を大急ぎで運び出しただろう。この檸檬が見つかれば自分達は終わりだ。完全に破壊し、警察にも、ポートマフィア幹部にもしらを切り通せるように証拠隠滅しなくてはならない。

だがどうやって？　残された時間は少ない。檸檬型爆弾は鑑識にも解体できなかった。どこかに隠そうにも、銃撃戦が終われば港に捜査官が押し寄せるだろう。あらゆる場所を捜索される。では海に捨てる？　無理だ。完全密封された檸檬爆弾は海中でも壊れない。重さで沈んだ後、ダイバーに発見される。そのダイバーが警察側でもマフィア側でも、裏切り者達は終わりだ。

どうする。どうすれば証拠品の爆弾を、跡形もなくこの世から消せる。

――もし京極が、この状況を予測していたとしたらどうだろう？

京極は久保が港へと逃げるタイミングを操った。そしてそれは、ちょうどポートマフィアの裏切り者達が爆弾の取引をする最中だった。そうやって私を銃撃戦に巻き込んだのだ。

そして、京極が操っていたのが久保だけではなかったら？　ポートマフィアが爆弾を密輸しようとしたこと自体が、京極の仕込みだったら？

『井戸』を思い出せ。京極は他人を、自らの意思のように錯覚させて操ることができる。ポートマフィアが組織の爆弾を横流しするなんていう大胆な手に出たのも、京極の入れ知恵があったからじゃないのか。『井戸』は告げる。こうすれば絶対にバレないと。教えた通りにやれば絶対に取引はバレないし、バレたとしても完全に証拠を消滅させる手がある。そのすべてを教えよう。実行するかしないかは君達に任せるが。

そして裏切り者達は証拠隠滅の手段を知る。それは、爆弾すべてを跡形もなく吹き飛ばしてしまうことだ。だが爆弾の威力が高すぎて、近くで起爆することはできない。遠隔起爆をしようにも、起爆コードは個別管理だ。ポートマフィアの科学技術担当に気づかれるだろう。となると、最適な手段は、誰かに踏ませることだ。解体すれば起爆する爆弾ならば、踏みつぶして破壊させれば一度に弾《はじ》け飛ぶ。だから運び屋の佐伯は、何かあった場合には車通りの多い場所に檸檬の木箱を置くよう指示されていた。

そしてそれが跳ね橋の上なら、なお好都合だ。爆発した後の破片は海に落ち、爆薬は分解。起爆回路は粉々になったうえ海水にやられて解析不能になる。ちょうど跳ね橋が開く境目のあたり――私が今立っているあたりに置けば。

京極の策略。

『井戸』。

綾辻先生が偽の犯人をでっち上げたこと。


「……そんな……」

真実が洪水のように頭の中に押し寄せた。

私は息ができず、橋の上にへたり込んだ。

綾辻先生は、すべて判っていたんだ。

一度発動した綾辻先生の『犯人を事故死させる』異能は、絶対にキャンセルできない。たとえ依頼を取り下げても、犯人を殺すまで異能は止まらない。

そして綾辻先生の異能が定義する『犯人』とは、厳密に決められている。殺意があること。被害者が死ぬ物理的な原因を、自らの意思で作っていること。

では殺意があるのは誰か。

逃がし屋に殺意はない。逃がし屋は自分の仕事をしようとして、久保を木箱に詰め、睡眠薬で眠らせた。自分の意思で。

佐伯に殺意はない。佐伯は自分の仕事をしようとして、木箱を持ち出し、誰かに踏ませるべく橋の上に置いた。自分の意思で。

ポートマフィアにも殺意はない。跳ね橋にも殺意はない。

その時、殺意があったのは誰か。

――《技師》。奴は絶対に許さない。

――必ず追い詰める。そして私の手で――。


私はうずくまり、両手で顔を覆った。

震えが止まらない。

殺意があったのは私だ。


私が久保を車で踏み殺したのだ。

そして綾辻先生が特務課を裏切ったのは、私を事故死させないためだ。


綾辻はひとり、山道を歩いていた。

夕闇は少しずつ途切れ、森の底から薄闇が這い出してきつつあった。

夕刻をすぎれば、森は獣達のための場所だ。黒い雑木林の奥では、土を掘り肉を喰《く》らう獣達が、綾辻を遠巻きに眺めている。

綾辻は獣達の気配に構うことなく、ただ黙って歩いた。沈黙が森の中に降りていた。獣達は綾辻の道行きを、静かに悼むように見送った。

完全な敗北。

綾辻が受け取ったものは、混じりけのない純粋な敗北だった。細胞のひとつひとつに潜り込んだその敗北の気配が、綾辻の足取りを重くした。ぐずつく山道に埋もれ、前のめりに倒れてしまいそうだ。

だが歩かなくてはならない。決戦の場所へ。

勝負の締めくくりとして、京極が呼んでいるのだから。

たとえ敗北が決定しているのだとしても、そこへ行かない訳にはいかなかった。誰かが事件を終わらせなくてはならない。多くの血と死で満たされた事件だったが、結末をどこまでも先延ばしにし続けることはできない。たとえ京極の勝ちが決まっているとしても、誰かがその事件を閉じなくてはならない。


音のない霧雨が、いつの間にか山道の大気を青く染めはじめていた。

綾辻は白い息を吐きながら、大地から障りのように湧き出す夜を、引きずって歩いた。


夜は妖怪の時間である。


「標的の座標を捕捉《ほそく》。ここから5キロ先の林道です」

特型警備車の中で、通信士が告げた。

車の兵員輸送席に座っているのは、完全防備の特殊部隊員が二名、特務課のエージェントが四名。それから軍警の捜査官が二名だ。ベンチのような形状のシートに腰掛けている。車内の薄闇の中にひとつだけ点《とも》された赤い車内灯が、座る人影を幽霊のように浮かび上がらせている。特殊部隊を輸送する車はこれだけではない。各部隊を乗せた輸送車が他に四つあり、万全の態勢で標的を包囲しようとしている。

流石《さすが》の綾辻先生でも、この数の特殊部隊はどうしようもない。

流石の綾辻先生でも……。

「辻村ちゃん。装備の点検は大丈夫かい？」

隣に座っていた飛鳥井さんが、くだけた口調で訊ねた。

「…………」

私には答えられない。

「これから行く場所では、何が起こるか判らない。防弾ベストと予備弾倉の確認だけでもしておいたほうがいい」

アドバイスを素直に聞いたほうがいいことは判っていた。けれど、心は別のことに占拠されていて、外から情報がいくら飛んできても私の頭の奥まで入ってこない。

飛鳥井さんは困ったように頭を掻いた。

「あそうだ。漬物、食べる？　新作」

「……いえ……」

か細い声でそう答えるのが精一杯だった。

さっきからずっと、同じ問いが、頭の中でぐるぐる回っていた。

私はどうすればいい？　私に何ができる？

綾辻先生が逃げたのは私を殺さないためだ。久保殺しの犯人を捜すという依頼を受けた今、『事故死』の異能は発動条件が整い、キャンセルできない状態になってしまった。あと何かひとつ、ほんのわずかな証拠でも見つかれば、私に回避不能の『事故死』が降りかかる。

だから綾辻先生は事件の解決から逃げるしかなかった。異能の発動を止める手段が存在しない以上、逃げて事件解決を遅らせるしかない。

その綾辻先生を、特務課が追う。射殺対象として。

何度考えても、状況は同じ。そして結論も同じだ。

私にできることは何ひとつない。

射殺命令は絶対だ。たとえ私が真実を伝えても、綾辻先生が監視を騙して逃亡し、そのうえ偽の犯人まででっち上げて特務課を裏切ったことは動かしようのない事実なのだ。そもそも特一級危険異能者が、これまで監視つきとはいえ自由に外出行動できていたことが異常な状態だったのかもしれない。その揺り戻しが今、一気に押し寄せたのだ。

不意に、飛鳥井さんが大きく息を吐いた。

「僕も同じだ」

振り向いて見ると、飛鳥井さんは壁の一点をじっと見つめていた。

「どうにかする方法をずっと考えてる。この状況を。でも状況はあまりに厳しすぎて、打つ手がない」

薄暗い車内では表情がよく見えない。ただ飛鳥井さんの押し殺したような声が、揺れる車内に響く。

「辻村ちゃん。さっきから黙ってるけど、本当は綾辻先生が逃げた本当の理由に……何か心当たりがあるんだろう？」

「……はい」

私は小さく頷く。

「やっぱりか」飛鳥井さんはため息をついた。「京極の策略だね？」

「だと……思います」

殺意なき共犯者達。

逃がし屋、佐伯、ポートマフィア。久保を木箱に入れ、橋まで運んだ犯罪者達は、いずれも自ら進んで行動している。自分のやっていることが殺人だなどとは露ほども思っていない。つまり、綾辻先生の『事故死』の対象にならない。

最も犯人に近いのは、この私。

偶然そんな状況が発生するはずがない。逃がし屋も佐伯もポートマフィアも、操られていると知りもしない間に仕掛けの一端を担わされていた。黒幕によって。

それは『犯人を事故死させる』異能の論理的不完全性《インパーフェクション》を突いた攻撃。誰も思いつかなかった、綾辻先生の唯一の弱点。

そんなことができる人間は一人しかいない。

綾辻先生の宿敵、人の無意識行動を操る傀儡師《くぐつ》。

「京極……」

智の悪魔が組み上げた、あまりに周到で精緻《せいち》な歯車。

私は震えた。完全に出口は閉ざされている。逃げ出せる隙間はどこにもない。

私は相対する敵の巨大さをちっとも判っていなかった。

あの妖術師の、底知れない邪悪と奸智《かんち》を。

「京極はついに綾辻先生を追い詰めた」飛鳥井さんは小さく呟いた。「それでも、まだ方法がないわけじゃない」

私はゆっくりと飛鳥井さんを見た。

「……え？」

方法がないわけじゃない……？

「綾辻先生はおそらく、京極との直接対決を考えているはずだ」飛鳥井さんは考えるような顔で云った。「たとえ綾辻先生でも、特務課からは逃げられない。だから限られた逃亡時間で、京極と最後の直接勝負をするつもりだろう。その一瞬が、京極を捕獲できる最後の好機《チャンス》だ」

「捕獲、ですか？」思わず大きな声が出た。

「声を落として」飛鳥井さんは声をひそめて云った。「確かに賢いやり方ではない。けど綾辻先生を特務課が包囲しつつある今、京極にも同時に接近できることも確かだ。そこを捕まえる。綾辻先生が裏切っていないと証明できるのは、もはや京極の自白しかありえないんだからね」

でも。

あの京極に、そんな無謀な手が通用するだろうか。

「……何年か前、僕は相棒と二人で京極の周囲を洗っていた」

不意に飛鳥井さんが云った。

「つまらない事件だと思ったよ。何しろ相手は罪状ひとつない、クリーンな一般人なんだ。だがそいつの周囲で血なまぐさい殺人事件がいくつも起きていて、念のため監視することになった」

飛鳥井さんは思い出すように、遠くを見る仕草をした。

「ある日、僕が監視用の部屋に戻ると、相棒がずたずたに引き裂かれて死んでいた」飛鳥井さんは疲れたように顔を手で擦った。「犯人はすぐ見つかったよ。たまたま押し入った空き巣だった。誰かに命じられてやった形跡はどこにもなかった。だが僕には判った。やったのは京極だ」

飛鳥井さんは、いつも身につけていた革手袋を外して、その両手をじっと見た。

まるで血まみれで倒れた相棒の、体の重みを思い出すみたいに。

「後で判った。相棒は――由伊は、妊娠三ヶ月だった」飛鳥井さんは首を振った。「その日以来、僕はずっと京極を追っている。証拠なんていらない。奴の死体さえ目の前にあれば、それでいい」

私は目を閉じた。

「おっしゃる通りです」と私は云った。

綾辻先生と京極の勝負は雲霞《うんか》の上の戦いだ。私達のような一般人はそれを黙って見上げるしかない。それでも——私達の銃弾が、京極のいる高みまで届かないと奴が思っているなら、それは間違いだ。

「追跡の状況は聞いてるだろう？　衛星は林道付近で綾辻先生を発見した。でも夜間なうえ木々に遮られてそれ以降の足取りは判らないから、特務課としては包囲して広範囲の山狩りをするしかない。彼らは先生が逃げていると考え、包囲を狭めて追い込むつもりでいる。でも——」

「綾辻先生は逃げてない」と私は云った。「先生がどこに向かったのか、私には心当たりがあります」

「特殊部隊は取り囲み次第、綾辻先生を射殺するだろう」飛鳥井さんは革手袋を嵌《は》めながら、慎重に頷いた。「綾辻先生を救うには、それより先に京極を確保し、奴にすべての仕掛けを自白させるしかない。それが最後の、か細い望みだ」

京極に罪を自白させる。

それがどんなに困難で非現実的なことか——私達にはよく判っている。

でも他に方法はない。

私は息を吸い、息を吐いた。

——その身勝手さが母を殺したんじゃないんですか!!

あの時——綾辻先生と電話で話した時、私は怒りにまかせてそんなことを云った。

でも、それは間違いだった。綾辻先生が逃げたのは、身勝手でも何でもなかった。

少しでも油断すると、喉元までせり上がってくる悲しみに溺れてしまいそうだ。

綾辻先生は京極と対峙できるのか。それは判らない。

私は京極が消える前に綾辻先生に追いつけるのか。それも判らない。

けれど、ひとつだけ——たったひとつだけ、もはや隠しようもなく判ってしまったことがあった。

命令に従うのが一流のエージェントだとしても。撃つことが正しい行為なのだとしても。いつか来るその日のために、今日まで訓練していたのだとしても——。


私は、綾辻先生を、撃てない。


轟々《ごうごう》と鳴る滝。

飛沫《しぶき》の煙る幽谷。

もはや夕陽の光はなく、人の営みを感じさせる灯の光もはるか遠い。

夕暮れの頃が逢魔が刻、現世と異界をつなぐ境の刻だとすれば、夜の気配に包まれた滝の上はどこまでも異界、彼岸、陰府の世界。現世の法則の通用しない、あちら側の世界である。あるのはただ、妖魔が爪で夜を掻き取ったような三日月の光のみ。

その魔刻魔境に、ひとつの影が——音もなく屹立《きつりつ》していた。

背の高い姿。鳥打帽《ハンチング》に遮光眼鏡。感情なく遠くを見つめ、吹き始めた夜風にその身を晒《さら》している。

殺人探偵。

言葉もなく、身じろぎすらなく、ただ思考だけが夜の帷《とばり》をさまよい、深遠へと溶けていく。

不意に殺人探偵が口を開いた。

「懐かしいな」

低く鳴る弦楽器のようなその声は、大気を震わせ、ざわめく木々に吸い込まれた。

やがて背後より、答《いら》えの声がした。

「然《しか》り」

飄々《ひょうひょう》とした声。内心を覗《のぞ》かせない、涼やかな笛のような声。

「君とここで対決したのは三月《みつき》ほど前か。あっという間じゃのう」

「貴様はこの滝から落ちた」

京極はうっとりと回想する顔になった。「夢のようなひとときじゃった」

「あの時から——この状況を準備していたのか」

綾辻は云いながら振り返った。

山中の深い影から、その人影が音もなく滑り出していた。

顔の右半分を木々の影に隠し、残り半分を朧《おぼろ》な月光に照らし出された老夫が、山中より姿を現した。その姿は半ば闇に溶け、山林と同化し、この非現実的な幽谷の地そのものの一部のような気配を発している。

「儂《わし》には権力もない。供もない。あるのはこの頭だけじゃ。ここには」京極は自分のこめかみを指で叩いて見せた。「楽園がある。完全な楽園がのう。『恰《あたか》も塩の塊が内もなく外もなく完全な味の塊であるように、嗚呼《ああ》真《まこと》にこの我存在《アートマン》も内もなく外もなく、完全な叡智《えいち》の塊そのものである』」

「梵語《サンスクリット》の奥義書か。節操のない奴だ」

「真実が記されておる書物なら、儂は何でも読む。孫子《そんし》やカント、それに〝物理的実在の量子力学による記述は完全たりうるか?〟とかのう」

「今度はアインシュタインのＥＰＲパラドックスに関する論文か。確かに認識と非実在に関する物理学である量子力学は、貴様に似合いの理論だな」

黒い木々が、風に揺れてざわざわと鳴った。

滝壺《たきつぼ》から立ちのぼる青白い水煙が、二人の間を漂った。

「綾辻君。君には感謝しておる」不意に京極が顔を上げて云った。「結果的に、君は儂の目的を果たすため最大の助力をしてくれた。他の者ではこうはいかぬ」

「確かにそうだ」綾辻はゆっくり歩きながら答えた。足下で踏まれた枯れ葉がかすかに鳴った。

「貴様の目的は殺しではない。俺への勝利でもない。貴様の目的を云え」

「拡散すること」

京極は嗄《しわが》れた声で即答した。

「妖怪の本質を知っておるかね?」

綾辻は答えず、ただ静かに京極を見た。

「妖怪の本質は拡散することにある」そう云って京極は指を擦り合わせた。「個人のレヴェルで見れば、生きていくことは恐怖の風景と隣接することじゃ。山中、水中、心の闇。知覚が届かぬゆえに、得体の知れぬモノが居るかもしれぬ異界。じゃがそれだけでは唯《ただ》の恐怖感覚じゃ。妖怪は生まれぬ。妖怪は書物で、口伝で伝播《でんぱ》することができる。他者の心に移り住むことができる。海岸や水淵《みずぶち》に出没する牛鬼《ぎゅうき》、煙に顔が浮かび上がる煙々羅《えんえんら》、姿の見えぬ鳥の婆娑婆娑《ばさばさ》。妖怪は恐怖を糧として増える情報生命体。ムラ、マチ、あるいは都市という構造そのものに生息する、不死の生命《イモータルライフ》じゃ」

「だが妖怪は実在しない」綾辻は低い声で断じるように云った。

「然り。妖怪は実在せぬ」京極は頷いた。「同じ理屈で行けば、神も実在せぬ。貨幣も実在せぬ。性別も、権力も、言語も実在せぬ。すべて概念の共有に過ぎぬからのう」

　綾辻はしばし思考するように黙った。そして云った。「模倣子《ミーム》か」

「その通り」京極は満足げに頷いた。「君ならばその諧謔《かいぎゃく》に気づいてくれると思ったよ。『利己的な遺伝子』の中における模倣子《ミーム》とは、すなわち人の口を介して伝染し、増殖していくもの。まさに妖怪じゃ。一例を挙げれば、典型的な憑《つ》き物である〝犬神憑き〟は、憑き物の模倣子《ミーム》が感染することで起こる集団への精神感応《フォリ・ア・ドゥ》が原因とされておる。要するに妖怪とは――人心に感染する模倣子《ミーム》で編まれた生命体じゃ。模倣子《ミーム》とは遺伝子《ジーン》と対をなす、情報の方舟《はこぶね》。儂に云わせれば、遺伝子でちまちま増える人間などより、模倣子によって千年以上も生存し、拡散し続ける妖怪のほうが生命としてずっと優れておるよ」

　京極は一歩前に出た。足音はこそりとも鳴らない。

「そして妖怪と同様に、『悪』もまた概念であり、模倣子《ミーム》である」

綾辻は顔を上げた。月光の差すその横顔に、理解の色が広がった。

「そうか。京極、貴様の目的は――」


私は山道を走っていた。

汗が額をすべり落ちる。荒い呼吸が喉の奥で爆発する。靴の中で暴れる爪先と踵《かかと》がずきずき痛む。

それでも全力で駆け上がるのを止められない。

綾辻先生がこの山で向かい、京極と決着をつけるとしたら、あそこしかない。

滝の上の崖。

三ヶ月前の決戦の場所。同じ決戦を行い、綾辻先生が勝った場所。

きっと綾辻先生は、あの滝から落ちた京極が生き残ったトリックを見破ったのだ。そして今度こそ、完全に京極を始末すべく、もう一度あの場所へと向かったのだ。

けど相手は京極。何をするか判らない。そして特務課に追われる綾辻先生のほうが、対決の条件としては不利だ。

だから何としても、特務課より先に先生の元に辿り着かなくてはならない。

「綾辻、先生……！　貴方は、どこまでも……！」

走る口から言葉が漏れた。

酸素が足りない。肺が破れそうだ。だが脚は苦痛に反してどんどん加速していく。荒れた山道を、一秒でも早く。前へ前へと私を駆り立てる。

私の脚を駆動するのは筋肉ではなかった。私の走りに力を送り込むのは血液ではなかった。私を走らせる源は、目に見えない何かだった。喉からほとばしり出る、言葉にならない言葉だった。

「私を、小娘だと思って……！」震える喉から言葉が絞り出される。「何も云わずにいなくなって……！　いい加減にしろ、この冷血男……！」

夜の山を走ることに苦痛はなかった。恐怖もなかった。

あるのはただ、もうすぐ綾辻先生に訪れるかもしれないもの。

そうなる前に、何としても──。

綾辻先生に、伝えたい言葉があった。

＜

「悪とは何か？」指を掲げた京極は音もなく歩き、綾辻の隣へと近づきながら云った。「その問いは幾度も繰り返されてきた。法曹で、歴史書で、物語の中で──しかし儂に云わせて貰えば生命の本質は善ではなく悪。すなわち己を優先することじゃ」

京極は歩きながら語っていく。その声が水煙に溶けていく。

「獅子《ライオン》は長《ボス》の座を奪うと、前の長《ボス》の仔を皆殺しにする。黒猩々《チンパンジー》は隣人や嬰児《えいじ》を殺して喰う。

海豕《イルカ》には小型の同族に集団で嚙《か》み付いては長期間に亘《わた》り傷つけ、追いつめて嬲《なぶ》り殺す娯楽がある。生物が生きることには、最初からある種の悪が含まれておる。確かに、個人の都合で他者の利益を損なうこと——それはこの社会では許されざることじゃ。そのような勝手を許しておっては社会が崩壊する。しかし、己を守り、己の愛する者を守ることもまた、人間らしさではないか？　社会が悪を罰することによって人間本来の輝きを圧殺する切削機《せつさくき》でしかなくなった時——真に人を自由にするのは『悪』ではないのか？」

「それが貴様の宗教か」綾辻は凍《い》てついた声で云った。「それが——貴様が『人を悪にする井戸』を造った理由か」

「誰しも君のようには強くないのじゃ、綾辻君」京極の嗄れた声には、わずかに優しさすら宿っていた。「儂の井戸に人が群がるのは、社会に圧搾され、悲鳴をあげることもできぬ無辜《むこ》の民が、人間らしさを求め悪に縋《すが》るからじゃ。その意味では、儂のやっていることは慈善事業とも云える」

「下らん屁理屈《へりくつ》だな」綾辻は一言で切って捨てた。「互いに頭を撃ち抜いて殺し合った夫婦を忘れたとは云わさんぞ。あれも慈善事業か？」

「少なくとも、彼らの娘二人は助かった」

「…………」綾辻は、殺意のこもった目で京極を睨《にら》む。

「無論、詭弁《きべん》であることは理解しておる。じゃがそれほどに『悪』という模倣子《ミーム》は人の心を揺るがす。つまり、繁殖力がある。井戸で世界を救おうなどとは思っておらん。儂にとって重要なのはその繁殖力のみよ。そして同様に、妖怪や都市伝説が持つ繁殖力も、一生を懸けた儂の大事業には欠かせぬ要素じゃ。この事業に君が欠かせなんだのと同じように」

京極は綾辻のすぐ隣まで歩いた。

白い滝、細き三日月。滝音と風鳴り。

それは三ヶ月前——前回の『対決』の鏡映しだった。同じ人影、同じ滝音。異なるのは——ひとつだけ。

「儂ばかり喋《しゃべ》ってしまったな」京極が笑んで云った。「君の番じゃ綾辻君。探偵には謎解きをして貰わんとな」

「……ああ」綾辻が静かに答えた。

「答え合わせじゃ。謎はふたつ。前回、銅貨を証拠に『事故死』の異能を発動させた時、どのようにして儂は生き残ったか。そして先の地下シェルターでの謎解きの後、どのようにして出口のない地下室から消えたか。君には判ったかのう？」

「解答の代わりに、これをやろう」

綾辻が隠していた拳銃を、京極につきつけた。

「……ほう」京極は意外そうな顔をした。「探偵は頭を使うのが領分ではなかったのかのう？」

「領分はない。俺と貴様の間にはな」

「それもそうじゃ」京極は愉快そうに嗤《わら》った。「しかし善いのか綾辻君？　君も特務課に追われる身。間もなく特務課が押し寄せた時に銃なぞ持っておったら、弁明の暇なく撃ち殺されるのではないかのう？」

銃口が京極のこめかみに押し当てられる。銃口が骨に当たる鈍い音。

「知ったことか」

撃鉄が上がる。引き金《トリガー》に指がかかる。

京極は、夜空を見上げて嗤った。

「美しき月夜じゃ」


銃声。


山道を駆け上がっている時、衝撃が走って、一瞬立ち止まった。

今のは——銃声だ。それも三発。

獣の咆哮《ほうこう》のような拳銃の発射音は、周囲に黒々と立ちふさがる林に吸い込まれて消えていった。

滝の崖上までもうすぐ。閃光《せんこう》が見えたのは、そちらの方角からだ。

綾辻先生が京極を撃ったのか。

それとも京極が綾辻先生を撃ったのか。

いずれにしても、すぐそこで決戦が行われている。

「綾辻先生！」

私は駆けだした。ホルスターから拳銃を抜く。土を蹴飛《けと》ばし、石塊を跳び越えて、すべてが終わる前に、決戦の場へ――。


開けた場所に出た。

銃を構えた先に人影。

月光に照らされた背の高い影は見間違えようがない。綾辻先生だ。銃を構えている。間に合った。その先に京極がいるのだ。

「先生！　京極から離れてください！」

私は拳銃を構えたまま接近し、周囲を警戒する。

「辻村君」先生が私のほうを見て、静かに云った。「こんなところまで来たのか……困った奴だ。特務課はどうした？　俺を射殺しに部隊が向かっているはずだろう」

「時間がありません」私は叫んだ。「京極はどこですか！　奴ならすべての仕掛けを自白できるはずです！　先生が助かるには、もうそれしかありません！」

銃口で敵を探す。影が多い。どこだ。京極はどこにいる。

「京極ならここにいる」綾辻先生は自分のすぐ隣を見た。「そうだろう、京極？」

「京極ならここにいる」綾辻は自分の肩越しに京極を見た。「そうだろう、京極？」

「然り」京極が愉快そうに笑った。「組織の命令を無視し、単身ここまで来るとは。君の使い魔は忠実じゃな。羨《うらや》ましくなるのう」

「彼女は使い魔ではない」綾辻は、息を切らして京極を探す辻村を見て云った。

「彼女は使い魔ではない」先生は隣にいる誰かに向かって云った。

私は先生の視線の先に銃口を向ける。そこにいるのか。

「京極。聞こえるか？　特殊部隊の足音だ」綾辻先生が森の奥を見た。「間もなく終わりの時間が来ているらしい」

私の耳にもその音が聞こえた。森を走る部隊の足音。時間がない。

「何？　ああ、悪かったな京極。俺が怯える顔が見たかったのだろうが——生憎《あいにく》だったな。既に判っていた結果に怯えても仕方がない」

綾辻先生は京極と話している。それは間違いない。

「いや、違うぞ京極。貴様なら判るはずだ……何？」

銃口で敵を探す。

私は綾辻先生の前まで来る。誰もいない。

喉元から、冷たい恐怖がこみあげた。

「先生！」私は銃を構えたまま叫んだ。「誰もいません！　誰も！」


「無駄だ、辻村君」綾辻は、叫んでいる辻村の肩に手を置いた。「気がついたのは地下シェルターの時だ。シェルターは完全な密室。そこから脱出するのはどんな天才でも不可能だ。だとしたら、答えはひとつ」

「そうじゃのう」京極は隣で愉快そうに笑った。

「最初から京極はそこには居なかったのだ」

辻村が愕然《がくぜん》とした顔で綾辻を見る。

「それが密室脱出のトリックだ。滝から落ちても京極が生存していたのは、実は生存していなかったからだ。俺の『事故死』から逃れられる人間は存在しない。『オッカムの剃刀《かみそり》』だ、辻村君。複数の仮説がある場合、最もシンプルな仮説が真実となる」

綾辻は、笑う京極の顔を見て云った。

「京極は三ヶ月前に滝から落ちて死んだ」

「そ、んな……」辻村が青ざめ、震える声で云った。「それじゃ……事件は……」

「ここにいるのは奴の残滓《ざんし》──『憑き物』だ。死ぬ直前に、奴が俺に与えた異能だ。京極に罪を自白させ、俺を無実にすることはできない。奴はもうこの世のどこにもいないのだから」


綾辻先生の言葉が、低く朗々と月下に響く。

私はふらつき、震える脚で一歩下がった。

「そんなの……ありえない」

京極が死んだ？

綾辻先生が今話しているのは、異能で造られた『憑き物』？

私は必死に記憶を呼び起こそうとする。

三ヶ月前の事件の後、初めて京極が姿を現したのは、綾辻先生の前──夫婦が互いを撃って自殺した時だ。あの時、あの場には──綾辻先生しかいなかった。唯一の目撃者である夫婦は死んでいる。私や特務課は、京極の再来を報告書を通して知った。京極を直接見た訳ではない。

次に京極と接触したのは──駅の線路上。久保と対峙した時だ。あの時京極は、無線機で通信を送ってきた。その無線に出たのは──綾辻先生。他の人間は、京極の声さえ聞いていない。すべて綾辻先生がした説明を元に、そう判断しただけだ。

その後の地下シェルターでの対決も、その場にいたのは綾辻先生と京極だけ。他の人は京極を見ていない。

逃がし屋も、久保も、直接には京極と会っていない。誰も。誰も――。

「でも……そんな」銃を持つ手が震える。「京極が……死んでる？　それじゃ私達は、何と闘って……」

「京極はこの国に生まれた特異点だ」綾辻先生は静かに云った。「奴が死ぬ前に作り上げた巨大な無形の絡繰《からく》りは人を伝わり、時間を超え、感染症のように広がっていく。そこに本人の肉体があるかどうかは、もはや大きな問題ではない」

「だとしても……どうして」私は震える声で云った。「どうして奴はそんなことを……死んでまで……何のために」

「ここまで来て判らんか？」綾辻先生は、どんな感情も含まない声で云った。「井戸。悪の祠の噂。自己増殖していく模倣子《ミーム》――京極の目的は明らかだ。こいつは」

綾辻先生は、何もない隣の虚空を見て――それから乾いた声で、ぽつりと呟いた。

「お前は妖怪になりたかった――そうだろう、京極？」

「全員武器を捨てろ！」

崖上に怒声が響き渡った。

音もなく包囲する、完全武装した黒い兵士達――対異能者制圧では国内最強と云われる特殊部隊、『闇瓦』。突撃部隊が二十二名。狙撃部隊が六名。完全包囲している。

「待ってください！」私は叫んだ。「綾辻先生は特務課を裏切っていません！　先生は私を守るために、京極と――！」

「辻村君、下がりなさい。もはや動機は意味を持ちません」闇の中から、静かな声がした。

森の闇を背負い、坂口先輩が現れる。

凄腕《すごうで》の特務課エージェント。かつて幾つもの秘密作戦を成功させてきた、対異能犯罪の達人。

「異能犯罪者、綾辻。我々はお前を治安擾乱《じょうらん》の恐れのある特一級危険異能者と認定した。よってこれより、危険異能者対処規定に基づいて――〝処分〟する」

坂口先輩の冷たい声が、崖の上に凛《りん》と響く。

「待っ……」

止めようと走り出しかけたところで、背後からいきなり現れた黒い腕が私を掴んだ。

銃を奪われ、肩と首を摑まれ、地面に叩きつけられる。黒い特殊部隊が何人も私に馬乗りになり、体の自由を奪う。

肋骨《ろっこつ》が悲鳴をあげる。息が絞り出される。

それでも叫ぶのをやめられない。

「綾辻先生！　どうか本当のことを、皆に……！」

後頭部に冷たい感触。特殊部隊の小銃がつきつけられている。

排除対象を庇うものもまた排除されるのだ。

「やめろ！　辻村ちゃんは犯罪者じゃない！　銃をどけるんだ！」

誰かが走ってくる音がする。飛鳥井さんだ。地面に押しつけられて姿は見えないが、声の主が私の頭につきつけられた小銃をもぎ取ったのは気配で判った。

「綾辻先生。貴方のことだ、今さらこの状況を驚きはしないでしょう」坂口先輩の冷たい声が聞こえる。

その声を聞いて、私ははじめて恐怖を感じた。

冷静で、厳しく、たまに皮肉っぽいが、上司としては頼りになる先輩エージェント。学者然としていつも冷静な坂口先輩。

けれど今、先輩の声を聞いて私は瞬時に悟った。

坂口先輩はもう、綾辻先生を撃ち殺すのに、ほんのわずかな逡巡《しゅんじゅん》も抱いていない。果実でももぎ取るかのように犯罪者の命を奪う冷酷さ。坂口先輩もまた、京極や綾辻先生と同じ、雲霞の上にいる超越者なのだ。

「撃ちたければ撃て、坂口君」綾辻先生の言葉はどこまでも静かだった。「俺は京極との勝負に敗れた。三ヶ月前に京極が滝から落ちた瞬間から、勝負は決まっていた。そして京極の望みは俺の死。──もはや動かしようもない」

私は何とかして顔を上げ、声のほうを見る。

視界の端に、滝を背にして立ち尽くす綾辻先生、それに銃を構えて近づいていく坂口先輩が見えた。

銃を構えて取り囲む特殊部隊。背後には滝。どこにも逃げ場はない。

普通の警察ならば綾辻先生の弁舌で乗り切れるかもしれないが、特務課と坂口先輩が相手ではそれも不可能だ。

「京極事件についての俺の意見は、報告書にまとめて事務所に隠してある。俺が死んだ後で読むといい」

静かな綾辻先生の言葉に、坂口先輩の表情が一瞬だけ揺れた。

「最後までご助力……感謝します」

銃口が正確に頭部に向けられる。

綾辻先生は防弾ベストを身につけていない。たとえ身につけていても、頭部に撃ち込まれれば防げるはずもない。

「やめ……やめてください！」喉が焼けるように痛い。体中が痛む。「規則は判っています！でもどうか……！」

坂口先輩が、銃の狙いをつける。距離は2メートル弱。これでは外しようがない。

「綾辻先生」坂口先輩が目を閉じて云った。「今までお疲れさまでした」

綾辻先生が私のほうを見た。先生と目が合った。先生はこちらを見て——私にはじめて微笑みを向けた。そして口を開き、何かを云おうと——。


銃声が三発。


綾辻先生が弾かれたように頭部をのけぞらせ、背後へ傾いた。

そのまま滝壺へと落下していく。

私の耳から、あらゆる音が消えた。魂が悲鳴をあげていた。

ほとんど無意識に、私を押さえつけていた特殊部隊の腕関節を逆向きに捻《ひね》った。力が緩んだ隙に拘束を解いて駆け出す。

「綾辻先生！」

何故。

何故、何故、何故。

何故こんなことに。何故。

崖の山道を駆け下りる。目の前が赤と白に明滅している。何も考えられない。ただ全身の筋肉だけが、ありえないほどの力で私を前へと運ぶ。

何故、何故、何故、どうして、どうして先生は、私なんかのために——。

滝壺は轟々と煙る瀑布《ばくふ》に包まれていた。この世ではない場所のようだ。先生を捜すどころか、近づくことさえできない。

私は三ヶ月前の京極についての報告を思い出していた。この滝壺は非常に危険だ。落ちれば絶対に助からない。

「そんな……」

私の頭から爪先までを貫いた感情に——先生は私を守るため死んだという実感に——私の肉体は細胞のひとつひとつまで焼き尽くされた。

何人かの足音が背後から聞こえた。

「周囲に異能者や協力者の痕跡は？」

「ありません」

坂口先輩が背後で特殊部隊に命じているのが聞こえる。けれど頭には入ってこない。

「この暗闇では捜索は困難です。周囲を警戒しつつ、翌朝死体の捜索を」

私は振り返らず、ただ滝壺を見つめ続けた。

何故？

何故綾辻先生は、私を庇った？　先生が依頼を受け、私を久保殺しの犯人として糾弾していれば——こんなことにはならなかったはずだ。先生は死なずに済んだ。

何故先生は私を助けた？

心が悲鳴をあげていた。判りきっている答えに、頭が追いついてこない。

その時、全身から発火したみたいに熱が駆け巡り、ひとつの問いが頭から噴き出した。

誰が、綾辻先生を、こんな風にした？

「辻村君」背後から坂口先輩の声がする。「ここはもういい。本部に戻りなさい」

私は答えない。

「辻村君」

「こんなの変です」私は振り返った。

「辻村君……」

「おかしい。何かがおかしいんです」私は自動人形のように、平坦《へいたん》な声で言葉を紡ぎ続ける。

「坂口先輩、よく考えてみてください。どうして京極はこの作戦を成立させられたんでしょう？　京極は三ヶ月前にあらゆる準備を整え、そして死にました。でもそれだけでは……説明がつかないことがあります」

心が痙攣しているのが判る。言葉を止められない。

脳が燃えているみたいだ。

「久保は自分が逃げ切れるつもりでいました。なのに死んだ。久保が船に乗り込む日時と、ポートマフィアの取引日時、それに跳ね橋が自動開閉する時間。その三つを誰かが揃えなくては、綾辻先生を陥れる今回の罠は完成しません。でも揃えたのは久保じゃない。では誰が？　誰が死んだ京極に代わり、罠の口が閉じるタイミングを調整したのでしょう？」

「それは……」

坂口先輩の顔に、思考の色が浮かんだ。

「京極は自分が死ぬ前に、既にその三つが揃うように綿密な仕掛けをしていた。そうも考えられます。ですが久保が逃げるタイミングと跳ね橋は揃えられても、三ヶ月も前からポートマフィアの取引日時まで揃えるのは非現実的ではありませんか？　たとえ井戸による支配がある程度可能だとしても、不確定要素の多いあやふやな計画を土台にした作戦を——あの京極が、立てるでしょうか？　これほどの重要な策略に」

私の中で、誰かが喋っていた。

私はただの平凡な人間だ。京極や綾辻先生には遠く及ばない。それでも、先生の傍で事件を見、その解決を目の当たりにしてきた経験が、私の頭脳と口を借りて、何か意味のあることを告げようとしていた。

この事件は――。

「実行犯がいるんです、坂口先輩」私は断言した。「京極の手先が。すぐ近くにいるんです。井戸のメンテナンス。噂の拡散。その人物は捜査の状況を逐一知ることができ、京極に絶対服従し、我々の行動を先読みして計画を修正したんです。京極亡き後、奴の計画、〝式〟を引き継いで――」

そのような人間を何と云うのだったろう。――そうだ。

『使い魔』。

久保は京極の使い魔ではなかった。全体像を知らされない、ただの駒だった。

では、使い魔は――。

「それ以上は云うな、辻村ちゃん」

いきなり銃声が轟《とどろ》き、太腿《ふともも》に灼《や》けるような痛みが走った。

声にならない叫びをあげて、私は前のめりに倒れかける。

「……かはっ……！」

私が倒れなかったのは、背後から誰かが、私の首を乱暴に摑んだからだ。

「坂口さん。銃を捨ててくれ。無駄な殺しはしたくない」

背後から声。私の首を摑んだ手から、声の振動が伝わってくる。

「な……、何故」

頭の中が真っ赤に染まり、全身が警戒信号を発している。かすかに聞こえる背後の声に、私は聞き覚えがあった。

「彼の〝式〟はまだ終わっていない」

顔を動かせない私は、目だけで状況を確認する。

「何故、です……何故あなたが」

左のこめかみに拳銃。

背後にいる誰かの気配。

「僕だってやりたくないんだ、辻村ちゃん。でも他にどうしようもない」

私は激痛の走る傷口を摑んだ。

まだ信じられない。

今ここで起こっている出来事が。

頭の中はずっと砂嵐だ。痛みと混乱で、状況についていけない。

それでも、声は喉からほとばしり出た。

「何故ですか！　京極は貴方の相棒の……仇だったのでしょう！　なのに何故！　答えてください……飛鳥井さん、飛鳥井さん！」

私に銃をつきつけているのは、飛鳥井捜査官だった。軍警の特別上等捜査官。ずっと京極を追ってきた、タフな捜査官。

「僕だって怖い」耳元で飛鳥井さんの声。その声は——震えている。「だから先生が死ぬまで行動を起こせなかった。でも……判るだろう？」

「何が……ですか」

私の声は震えている。

「時が来たってことさ。辻村ちゃん……こっちへ」

飛鳥井さんの手が私を背後に引く。

がっちりと絞められたその手を、私は振りほどけない。

踵を引きずりながら、私と飛鳥井さんは後退していく。滝壺のほうへ。

何が起ころうとしている。

頭蓋骨《ずがいこつ》の中で、思考が乱反射する。

何故だ？　何故飛鳥井さんが？

飛鳥井さんはずっと京極を追っていた。相棒の仇でもあり、京極を恨んでいたはずだ。実際、この事件では何度も綾辻先生や私に協力してくれた。港のカーチェイスでは、私の車に乗ってポートマフィアに追われ、撃たれて死にかけていた。彼が実行犯ならそんなこと——。

——違うのか？

逆——なのか？

郊外の下水処理施設で特殊部隊に襲撃された時、あの場にはちょうど飛鳥井さんがいた。あれは秘密の会談で、第三者に居場所がばれないよう私が細心の注意で選んだ密会場所だった。港でのカーチェイスで私の車をタイミングよく橋へ誘導するのは困難な仕掛けだったに違いない。木箱を置く前に私が橋を渡れば、計画は台無しになる。

——辻村ちゃん、見えた！　奴の乗った車だ！

——辻村ちゃん！　船の上に、奴の車がある！

あれは——タイミングを計り、私を誘導していたのか？

「綾辻先生が死んだ今、〝式〟はようやく最終段階に入った」背後から冷静な声がする。「〝式〟とはそもそも、僕に下された一連の指令のことだ。そしてこれが——最後の〝式〟」

飛鳥井さんが私の頭に銃を押しつける。

確かに飛鳥井さんなら、京極の死体を隠すことだって可能だったろう。でも、あの正義感に燃える飛鳥井さんが、どうして？

「飛鳥井さん……まさか」太腿の激痛に耐えながら、私はどうにか声を出す。「奴に……京極に、『憑き物』を付与されているんですか」

「いいや。僕に『憑き物』は憑いていない。すべて自分の意志だ」背後で飛鳥井さんが云う。「僕は昔〝彼〟と戦った。担当捜査官としてね。だけど彼は、人間の到達しうる地点をはるかに超えていた。妖魔に人間が勝てるわけがない」

妖魔——京極。

私を殺人事件の犯人に仕立て上げ、綾辻先生を嵌めて殺した男。

「人間を超えたものに対して、人は有史以来どうしてきたと思う？　それはね辻村ちゃん。懼《おそ》れ崇《あが》めることだ。奉り、その気まぐれに焼き尽くされないよう祈ることだ。他にできることは何もない」

視界の隅に、飛鳥井さんの握った拳銃が見えた。頭をどうにか動かして、そちらに目を向ける。

「だから僕はそうした——あの時も、そして五年前も」

視線の先に——奇妙なものを見つけた。

飛鳥井さんはいつも革手袋をつけていた。でも今はつけていない。月に照らされたその白い指に、白い古傷が走っている。指先を囲むように、ぐるりと一周。これだけ近づかなくては、その薄い傷跡には気づけなかっただろう。

その古傷は——まるで、一度切断された部分を再治療したみたいな。

左手の薬指に。

欠損が。


「まさか」私は呻いた。「まさか……貴方は……」

久保を思い出す。

奴は自分のことを囹圄島の殺人犯だと認めた。自分でそう云っていた。

でも、それ以外に客観的な証拠があった訳じゃない。

「飛鳥井捜査官。彼女を放しなさい」

坂口先輩が銃を向けて唸る。けれど飛鳥井さんは私のちょうど真後ろ、私を盾にするように隠れている。私も脚を撃たれたこの状態では、抵抗する手段がない。

「生きて逃げるつもりなどありませんよ、坂口さん」飛鳥井さんが静かな声で云った。「綾辻先生に辻村ちゃん、そして僕の三人が同じ場所で死を遂げて、はじめて『悪の祠』は完成する。それが〝彼〟の言葉だ。自らを追うものすら食い殺す不撓《ふとう》の妖怪。信じ崇めるものには、悪の力を授ける。その噂は自ら増殖し、この国で半永久的に生き続ける。それが……遺伝子を残すことのできない彼が、望んだ姿だ」

後退した私達は、滝壺のほとりから水に入っていく。水に浸《つ》かった部分に痺れるような冷気が走り、私は呻く。

「さあ、すべて終わりだ」

飛鳥井さんが後退する。既に腰あたりまで水に浸かるほど後退している。ここまで来ると、滝壺の轟音が頭蓋骨を揺らすほどに近く感じる。

カチリ、と耳元で音がした。

「さよならだ」

それは終わりの音だった。

ああ。

こんなところで終わるのか。

母のことも聞き出せず。綾辻先生が身を散らして庇ってくれたこの命も無駄にして。

「母さん……」私の意識と関係なく、声が喉から漏れた。「助けて……、誰か……」

銃口がこめかみに押しつけられる。

「助けて……」声が止められない。血を失いすぎたせいで、意識が朦朧《もうろう》とする。もう自分が何を云っているのかも判らない。「助けて……、母さん……。助けて…………先生……」

体が冷たくなっていく。

死の気配が、私を包み込み……。

「『助けて』だと？　君は全く大した一流エージェントだな、辻村君」


その声が聞こえた。

幻聴だ。その声が聞こえるなんてありえない。

だって。

だって、その声は――。

「全く、君も君だぞ飛鳥井君。俺が死んだ途端、すぐに馬脚を露《あら》わすとは……やはり京極以外が相手だとぬるいな」

「莫迦なっ……」

飛鳥井さんが声のほうを振り返ろうとする。銃をつきつけようとするが、その腕が見えない力で固められる。

「久保に会った時から、奴が《技師》でないことは判っていた。奴程度の弁舌では、十七人もの共犯者を煽動《せんどう》することなど到底不可能だ。もっと説得力を持つ人間――例えば、国家権力の後ろ盾のある捜査官などでなくてはな」

その姿。

頭まで滝に濡《ぬ》れ、滴を滴らせた、長身の人影。

人形のように青白く生気のない肌。瞳には生命力を奪うような冷たい気配。

全身から凍えるような冷気を発散させた、冷血の蛇すら逃げ出すその佇まいは。

「綾辻、先生……⁉」

死んでいない。

生きている。

でも、何故――？

「死んで生き返るのが京極の十八番《おはこ》なら」綾辻先生は目を細めて云った。「そのお株を奪ってやりたくなってな」

「何……っ、銃が……腕が、動かない……⁉」

飛鳥井さんが腕を押さえている。

銃を持った手が、まるで空中に縫い留められたように静止している。誰も触っていないのに。

「自白は聞かせて貰った。これで欲しいものが揃った」濡れた綾辻先生は、低温の息を吐き出して云った。「もはや死んでいる必要はない」

「莫迦な！　綾辻先生……貴方は死ぬしかない！　貴方が生きていれば、辻村ちゃんが死ぬのだから！」

「その通りだ。だがもう手遅れだ」綾辻先生は蛇の視線で私を見た。「判らんか？　久保殺しの犯人には――今まさに死が訪れている。因果を超えた死が。見ろ」

私は反射的にびくりと震える。

だって、久保殺しの犯人は。

あの時、木箱を車で踏みつぶし、久保を殺したのは――。

ふと何かが蠢《うごめ》いている気配に気づき、私は足下の水面を見た。

水中で何かがもがき、金属が軋《きし》るような悲鳴をあげている。私は足下の水中を覗き込んだ。

そこには黒く、定まった形を持たない獣が――『影の仔』がいた。体の構成成分がバラバラに引きちぎれてしまいそうなほどにねじらせ、暴れ回っている。

「久保を殺したのはそいつだ」綾辻先生は静かに云った。「確かに久保は車に轢《ひ》かれた。だが踏みつけられ絶命するより一瞬早く、『影の仔』が木箱の中に滑り込み、久保の首を掻き切った。何故ならそいつは、そのように命令されていたからだ。辻村君が殺そうとしている対象を、その直前に殺すこと。それが死んだ真の主人から与えられた命令だった」

私は不意に思い出した。

下水処理施設で、軍警の特殊部隊と戦った時のこと。

あの時、私は特殊部隊員と銃をつきあっていた。殺さないよう撃つ余裕なんてなかった。あのまま撃っていたら、弾丸は顔面に命中し、特殊部隊員は即死か、よくて瀕死《ひんし》の重傷だっただろう。

だが私の弾丸は発射されなかった。その直前に、『影の仔』が隊員を刺し貫いたからだ。

体が震える。

久保の死体は――ずたずたに引き裂かれていた。ほとんどが車で轢かれたことによる傷だったが、その中に鎌で裂かれた傷がひとつ混じっていても、誰も気づけない。傷を負ったのがほぼ同時だったなら、司法解剖でもどれが最初の致命傷だったか判別するのは不可能だろう。

『影の仔』。

私の母が遺《のこ》した、私につきまとう呪いの異能。

でも――それじゃまさか、影の仔は、今回みたいな事態をあらかじめ想定していて――？

「『影の仔』は辻村君の異能ではない」と綾辻は云った。「『影の仔』を使役する本当の異能者は、五年前に死んだ。だが異能だけが生き残り、命令を守り、辻村君の命を守り続けていた訳だ。亡き主人の娘を――守るために」

そんな。

それじゃ、死んだ母さんは――。

「さて、待たせたな飛鳥井君」綾辻先生がゆっくりと歩く。「君の番だ」

「待っ……待ってくれ！　綾辻先生、僕はまだ……！」

「いい反応だ」

綾辻先生の口が笑みの形を作り、唇から冷気が漏れる。

先生のその気配は、もはや人間のそれではない。――絶対零度の冥界《めいかい》、そこから漏れ出す死の気配そのもの。

「判っていたはずだ飛鳥井君。この日が来ることはな。《技師》として囹圄島の殺人を指揮した時から。あるいはもっと前――京極に命じられるまま、自分の手で相棒を惨殺した、その時から」

飛鳥井さんは抵抗もできない。

握った拳銃が、飛鳥井さんの意思に反して持ち上がっていく。

もう一方の手でいくら押さえても、銃は自ら意図を持ったかのように動く。

銃口が――飛鳥井さん本人に向けられる。

「ま……まだ僕を殺す訳には、い、いかないはずだ！」震える声で飛鳥井さんが叫ぶ。「ぼ、僕はまだ、京極の計画に関する情報を……！」

「必要ない」

綾辻先生が薄く微笑む。魂をすする、冥界の鬼にも匹敵するような凍える笑み。

〝凍った血の死神〟。

銃口が飛鳥井さん自身の手で、自らの顎《あご》へとつきつけられる。

「喰ってみろ」

飛鳥井さんの口が意思に反して自動的に開き、銃口がねじ込まれる。飛鳥井さんの瞳には極大の恐怖。

綾辻先生はその恐怖の瞳を、間近まで近づいて愉《たの》しそうに眺めている。

「さよならだ、飛鳥井捜査官。君は優秀な捜査官であり――そして、京極にすら遠く及ばない、肥溜《こえだ》めで死んだ蛆虫《うじむし》の死骸《しがい》が上等に思えるほど最低で下劣なクソの中のクソだった。汚らわしい顔と臭い息が人々の脳を腐らせる前に、さっさと死んで社会に貢献しろ」

「ごぶぁっ……！」

飛鳥井さんが何か言葉を叫ぶ前に、閃光が口の中で炸裂《さくれつ》した。

咥《くわ》えた銃口から発射された銃火と弾丸が、口内の肉を吹き飛ばした。

対人殺傷用に設計された軟弾頭《ホローポイント》の弾丸が口腔《こうこう》を抉《えぐ》り喉の骨を破砕。さらに潰《つぶ》れた弾丸が頭蓋骨の中で暴れ回った。

弾丸が小脳の運動中枢を引っかき回したせいで、全身が不随意に痙攣。飛鳥井さんの意思に反して指先が痙攣し、自動拳銃から何度も弾丸が撃ち出される。

連続で撃ち出された弾丸が次々に肉を吹き飛ばし、骨を砕いていく。顔の穴という穴から血を噴出させながら飛鳥井さんは絶叫した。弾丸が腱《けん》を肉を脳を吹き飛ばし、血と脳漿《のうしょう》が後方に飛び散った。

綾辻先生は表情ひとつ変えず、その様子を眺めた。

やがて弾丸を撃ち尽くし、痙攣する指がカチカチと空を叩く音を響かせるようになった頃、ようやく飛鳥井さんの生命が尽きた。ほとんど頭を半分以上吹き飛ばされた飛鳥井さんは、短く笛の鳴るようなか細い悲鳴を喉のどこかから出したあと——頭をのけぞらせて死んだ。

あたりに静寂が戻った。

「安らかに眠れ」

綾辻先生は飛鳥井さんの血まみれの肩をぽんぽんと叩き、それからゆっくり押した。飛鳥井さんの死体は水中に倒れ——小さな飛沫をあげてから、水底に沈んだ。

特務課の誰もが——百戦錬磨の兵士達が、誰ひとりとして声もあげられず、その光景を見つめていた。

殺人探偵。

因果を超えて犯人を死亡させる、その異能のあまりの強力さと異常さに、指ひとつ動かせず立ち尽くしていた。

「……綾辻先生」

そんな中、普段と変わらない皮肉っぽい声で先生を呼びかける人影があった。坂口先輩だ。

「困りますね……こういう独断での作戦は。久保殺しの犯人が辻村君であることも、『影の仔』が辻村君の殺そうとした対象を殺す命令を受けていたことも、今知りましたよ?」

「君には十分な情報を与えただろう、坂口君」綾辻先生はいつもと同じ口調で云った。「殺傷能力のないゴム弾で撃つことと、滝内部に摑まって下りるための緩衝網《ネット》を張っておくこと。それして真犯人を油断させるため俺を本気で殺す演技をすること。それ以外に事前に知るべきことがあったか?」

私は数秒の間、ぽかんとして二人を見比べた。

それからようやく気がついた。

二人は——最初から、意思疎通をしていたのだ。

『使い魔』を油断させ行動を起こさせるためには、綾辻先生が死んだと思わせなくてはならない。だから綾辻先生は、密かに坂口先輩に指示を出していた。

「そんな!」私は思わず怒声をあげた。「そんなのズルです! ひどすぎます! 第一それだったら、私にも事前に本当のことを話してくれていたってよかったじゃないですか!」

「だ、そうだが……坂口君、俺の代わりに回答してやってくれ」綾辻先生がどうでもいいことのように坂口先輩を見た。

「辻村君。君が知ったら顔に出るから駄目です」坂口先輩は無表情で答えた。

二人ともひどい!

「使い魔——つまり京極の狂気に感染し〝精神感応《フォリ・ア・ドゥ》〟となった人間が警察内部にいるという推測は比較的容易だった。滝に落ちて死んだ京極の死体を持ち去るには、現場を調査した警官の協力がなくては不可能だからな。だがその証拠がなかった。だから射殺される演出をした訳だ。俺が死ねば、事故死の可能性のなくなった使い魔は必ず動き出す」

「でも」私は反論しようとした。「奴が《技師》だなんて……先生はそれも気づいていたんですか？」

「途中からだ」綾辻先生は肩をすくめた。「久保が《技師》の器でないことはすぐに判ったが、本人は自分がそうだと本気で信じていた。つまり本物の《技師》が、久保に罪をなすりつけたと考えるのが妥当だ。記憶ごとな」

「記憶……ごと？」

「久保はかつて幻覚を——猿の幻覚を見ていた時期があったようだ。おそらく京極の異能だ。猿の憑き物となると、おそらく『覚《サトリ》』だろう」

『覚《サトリ》』——？

「聞いたことがありますね」坂口先輩が口を開いた。「慥か山に棲《す》み、人の心を読む妖怪です」

私はぽかんとした。ひょっとして、この場で妖怪博士じゃないのは私だけなのか？

「ああ。だが久保が読まされた記憶は、《技師》である飛鳥井君のものだった。長時間彼の思考と記憶を読まされ続けた結果、久保は自分が圄圄島の殺人者——《技師》だと思い込むようになったのだろう。まあ、それで最後まで自分が特別だと勘違いしていたのだから、本人にとっては幸せだったかもしれんがな」

駅で久保が見せた、不遜《ふそん》な態度を思い出す。

彼はずっと、人を殺し社会から追われることが、自分が特別である証拠だと信じていた。悪であることが、社会に押しつぶされないように自分を保つための精一杯の便法だったのだろう。だからこそ京極は久保を選んだのかもしれない。

悪を授けて個人を救済する。

それが京極があの井戸でやろうとしていたことだったのだから。

「にしても……今回ばかりは肝が冷えました」坂口先輩がため息をついた。「綾辻先生。今回こそは長官への報告に同席して頂きます。僕ばかりあの人の小言を頂戴《ちょうだい》するのはもう御免ですからね」

疲れたような表情をして、坂口先輩は特殊部隊に指示を出し、輸送車へと戻っていった。

私は去っていく彼らの背中を、黙って見送った。

「先生」私は綾辻先生を見て云った。「その……ありがとう御座いました」

綾辻先生は大して関心のなさそうな目で私を見下ろした。「何がだ?」

「ですから、その……アレです、つまり……」私は言葉を探す。「先生が、その……特務課の依頼を無視して逃亡した理由は、だからつまり、私の……」

先生が眉を上げる。「だから、何の話だ」

「いや、だからですね、私の……私の代わりに、その……」だんだん顔が赤くなってくる。

「あっ、これひょっとしてあれですか? 先生、判っててわざと私に云わせようとしてるパターンの奴ですか?」

「君は何かを匂わせようとしているようだが」不審げな顔をする綾辻先生。「何が云いたいのかさっぱりだ」

「だから！」こんな時ばっかり察しが悪いんだから！「綾辻先生は私を死なせないために逃げた。そうでしょう？　だから……それがずっと嬉《うれ》しくて！　お礼を云いたかったんです！」

その台詞を聞いて、綾辻先生は急に薄笑みを浮かべた。

「うむ。人間素直が一番だ」そう云って綾辻先生は頷いた。「ちなみに、久保殺しの真犯人が君ではなく『影の仔』であることは、最初から判っていた。そのうえで飛鳥井君を油断させるため、追われるふりをしただけだ。君を死なせないため逃げたわけでは全くない。誰が君のためにそこまでするか」

一瞬、魂が飛んだ。

「な……」体温が上がる。体が自動的に震える。

「全く、素直に礼も云えないようでは、召使いとしてはまだまだだな」綾辻先生が首を傾げた。

「明日以降、少し調教の方針をさらに強化する必要がありそうだ」

「調教ってなんですか！」私は思わず拳《こぶし》を掲げて振り下ろした。予想していた先生は身軽な動きでひらりと躱《かわ》す。「私は綾辻先生の監視人です！」

「そうだ。だから調教の意味がある。監視人を従順で素直に躾《しつ》ければ、俺が仕事をやりやすくなるだろう」

「もう一回滝から落としますよ⁉」

怒りにまかせて私が飛びつこうとしたところで、太腿から痛みが突き抜けてきた。前のめりに倒れそうになる。

　倒れかけた私を、長い腕が支えた。

「……莫迦な奴だ」綾辻先生だ。「病院まで送ろう。早くよくなって召使いに復帰しろ」

「だから……私は、召使いじゃ……」

「決めた」私の肩を支えながら、綾辻先生はふと云った。「一日何でも云うことを聞く、という約束をしただろう。明日あれを使う」

「ちょっと！　私怪我してるんですよ？」

「そのほうが素直になる」

　私に肩を貸して運びながら、綾辻先生はにやっと笑った。

　もう……最悪！

　この人、いつか絶対撃ち殺してやる！

終幕

綾辻探偵事務所

朝

快晴

それから――二週間が過ぎた。

私は脚の傷がどうにか塞《ふさ》がり、リハビリをしながらも特務課の仕事に復帰した。
坂口先輩は京極事件の後、相変わらず書類仕事に追われたり、司法省の上級官僚と火花を散らしたり、横浜で海外異能組織とやり合ったり――忙しい日々を過ごしているらしい。

綾辻先生には『殺人探偵』に加えて『脱獄王』の異名がつき、監視班がこれまでの二倍になった。でもときどきふらりと消えては趣味の人形コレクションを購《か》ってきたりするので、そのたびに特務課は肝を潰《つぶ》している。

京極については――目下裏付け捜査が進行している。しかし奇妙なことに、京極が黒幕と思われるような犯罪が、今でもたびたび報告されているらしい。再編され新しくなった軍警の特別捜査官達は、『まるで奴がまだ生きているようだ』と頭を抱えていた。飛鳥井さんが隠したはずの京極の死体もまだ見つかっていない。ひょっとして奴はまだどこかで生きてるんじゃないか——そう思うと背筋が寒くなる。

あの妖怪《ようかい》に限っては、何をやったって不思議ではない。

それから、私は——。


「綾辻先生、この雑誌記事！　見ましたか！」

私は探偵事務所に入るなり、大声で叫んだ。

珈琲《コーヒー》を飲んでいた綾辻先生は、入口の私のほうに気怠《けだる》げな視線を向けた。「何だ、辻村君。朝から騒々しいな。ついにちょうちょ結びができるようになったのか？」

「違います！　見てくださいこれ！」

私は先生の机に、一冊のゴシップ雑誌を叩《たた》きつけた。

「〝恐怖！　人を悪へと導く妖術師の怨霊《おんりょう》！〟」先生は記事のタイトルを読み上げた。「見るだけで頭痛がしてくる記事だ。誰が書いた？」

「例の、井戸について執筆したゴシップ記者です」と私は云った。

私は記事をざっと読み上げた。


——ここ数週間、殺人事件の被疑者に理解不能の供述が相次いでいる。客の皿に毒を盛って殺害したレストラン店オーナーは〝出張先の山奥で妖魔が私に囁《ささや》いた〟と云い、恋人の手足を切断し保存していた女性は〝ある十字路に立って悪魔と契約した〟と供述している——

「少し飛ばします」と私は云って、雑誌のページをめくった。

——彼らに共通しているのは、ある妖魔が自分に完全犯罪の方法を教えた、と供述していることだ。さる邪悪な妖術師が、探偵に罪を暴かれ殺された怨《うら》みで死霊と化し、人を悪に陥れていると云うのだ。身の毛もよだつ恐ろしい話だが、さらに恐ろしいのは、憎い相手や組織を持つ人々が、この死霊に憑《つ》かれる方法を探しているというおぞましい噂だ。本誌記者はこのような、自らの欲望を通すために人殺しなどという手段に訴える浅ましい心理を、断固として非難したい。なお、この死霊を見たと人々が供述する場所のことは〝逢魔京極辻《おうまきようごくつじ》〟と呼ばれる。本誌記者はこの場所について今後も継続して調査を——

「困った記者だ」綾辻先生が顔をしかめて云った。「本人は正義感で書いているようだが、結果として殺人志望者の背中を押すきっかけを与えている。〝地獄への道は善意で舗装されている〟という奴だな」

「先程本人と面会しましたが、この記事と大体似たような話と態度でした。どうやら、京極事件に関わった軍警や市警の捜査官に聞き込みをして、情報を集めたようです」私はため息をついた。「政府権限で雑誌を回収させますか?」

「無駄だ」綾辻先生は興味なさそうに珈琲をすすった。「どうせ他に類似の記事や噂が多発的に出回ってくる頃だ。〝妖怪〟は奴の予定通り、順調に拡散を始めているらしい」

妖怪――。

〝逢魔京極辻〟に湧き、悪を与えるもの。

先生が何度も云っていた通り、この勝負は京極の『勝ち』なのだ。

三ヶ月半前、滝の上で綾辻先生に殺された瞬間に――もう私達の敗北は決定づけられていた。

後の事件はすべて、私達が敗北を噛《か》みしめるだけの消化試合に過ぎなかった。

それを止めるには、元凶である京極がただの人間なのだと証明しなくてはならないが――奴が死んでしまった今となっては、それも不可能だ。

京極の死は、〝式〟を完成させるために必要な最後のひと筆だったのだろう。

「人が妖魔と化した事例は、過去にも多くある」綾辻は表情を変えずに云った。「平家《へいけ》物語、剣《つるぎ》の巻における『宇治《うじ》の橋姫《はしひめ》』では、ある公卿《くぎょう》の娘が、妬《ねた》ましい他の女を呪うため貴船《きふね》の社《やしろ》に七日籠《こ》もり我を鬼神にせよ、と祈った。すると『鬼になりたければ姿を改め、宇治の川瀬に二《に》十一日浸れ』とお告げがあった。彼女は長い髪を五つに分けて角に擬し、顔には朱、身には丹を塗り、鉄輪《かなわ》を戴《いただ》き、足には松を燃やし、松明《たいまつ》を口に咥《くわ》えて二十一日川瀬に浸った。その結果ついに鬼となり、妬ましいと思う人々を取り殺していった」

綾辻先生は目を閉じ、すらすらと暗誦《あんしょう》していく。一度見たものや読んだものは決して忘れない人なのだ。

「そのほかにも天平宝字《てんぴょうほうじ》元年、つまり七五七年には、獄死した橘奈良麻呂《たちばなのならまろ》の亡魂が浮言をなし、郷邑《きょうゆう》を騒ぎ乱したとされた記録がある。また宝亀《ほうき》三年、すなわち七七二年三月には、天皇を呪《じゅ》詛《そ》したかどで皇后の井上《いのうえ》内親王が、同五月にはその子である皇太子他戸《おさべ》親王が廃されたが――

この二人が三年後に謎の死を遂げて以降、宮中で度重なる怪異を起こしている。一番有名なところでは、九〇三年に亡くなった菅原道真《すがわらのみちざね》公だな。彼は死後荒ぶる雷神となりて示現を重ね、ついには北野《きたの》天神社に祀《まつ》り上げられた。今では学問の神様として有名だ」

「死んで妖魔になり、暴れ回って祀られて、ついには神様になっちゃった訳ですね……」

「この国では、妖怪と神は本質的には等価だからな」と綾辻先生は云った。「益虫と害虫のようなものだ」

だとすると、京極もいつか神と呼ばれるようになるのだろうか。

悪と犯罪をもって、孤独な人々を救済する悪神。いずれ噂は伝説となり、やがて怪奇譚《たん》となる。

京極のことだ、私達がまだ与《あず》り知らないところで、策を巡らし、使い魔を配置して、さまざまな妖怪化計画を同時進行させているのだろう。

京極の愉快げな高笑いが聞こえる気がした。

「そういえば」私は顔を上げた。「京極の形をした『憑き物』は、まだときどき現れるんですか？」

私は周囲を見渡しながら訊《たず》ねた。もちろん部屋には私と先生しかいない。けれどそれは、奴がここにいないということを意味しない。

「ああ」綾辻先生は目を細め、部屋の奥を見た。「今もそこにいる」

私は思わず先生の視線を追った。

もちろんそこには誰もいない。薄暗がりと、わずかな風のゆらぎと、沈黙があるだけだ。

「先生」私は何もないその空間を見つめたまま云った。「特務課に任せて頂ければ、先生に憑いた『憑き物』の異能である京極を、祓《はら》い落とすことができるかもしれません。もし同意頂けるなら――」

「俺も心底そうしたいが、残念ながら無理だ」綾辻先生は不機嫌そうな顔をして云った。「奴は脳も体もないただの影にすぎないが、それでも俺達の知らない、生前の京極の知識を持っている。そして奴は時折気まぐれのように過去の殺人事件の真相を話す。俺への嫌がらせにな。だから他の井戸の情報や、未解決事件の新情報を得るためには、当分この忌ま忌ましい憑き物と付き合うしかない」

「でしたら……ひとつ訊《き》いてみて欲しいことがあるんですが」

「何だ?」

「何故京極は、綾辻先生と私を選んだのでしょう?」と私は云った。「奴の打った〝式〟には、それぞれの事件に関わり、解決して井戸の噂を拡散させる役回りが必要であったことは理解できます。ですが、それがどうして私と綾辻先生だったのでしょう? 他にも異能捜査官や探偵はいるはずなのに」

「さあな」綾辻先生は椅子の背もたれに身を預けながら云った。だが、その後すぐに表情を変えた。

「……何?」

綾辻先生は部屋の隅を見る。そこにいる目に見えない何かを凝視している。

「どうしたんですか?」

「京極が、それだけではないと……いや、真逆《まさか》……貴様ふざけているのか？」

それだけではない、って……。

私はにわかに不安になった。「京極は何と云ったんです？」

「いや……」綾辻先生は首を振り、視線をそらした。「気にするな。どうせ嘘か冗談だ」

私は首を傾げた。それだけではない？　私と綾辻先生を巻き込んだのに、知られていない理由があるのだろうか。

綾辻先生は部屋の隅を忌ま忌ましげに見て云った。「黙れ京極。ああ、いいや、死んだ貴様の相手などいつまでもしていられるか。判ったら消えろ。それと二度と俺の枕元に立つな。今朝みたいに顔を近づけて目の前で俺が起きるのを待つんじゃないぞ」

そう云って綾辻先生は手元のスプーンを部屋の隅に投げた。

スプーンは飛んでいき、何にも中《あた》らず壁に跳ね返って床に落ちた。

「なんか……」私は見て感じたままを、思わず口にした。「変な人みたいですね」

その台詞《せりふ》を聞いて、ゆっくりと振り返った綾辻先生の表情は——微笑み。

「……辻村君」冥府《めいふ》の最深部を震わす声が先生の口から漏れた。「どうやら君が入院していた頃に行った『調教』の効果が切れてきたようだ。もう一度最初からやるか」

頭が真っ白になり、気がつくと、自分の意思に反して床に土下座していた。

「お……お願いします、アレだけは」全身が不随意に震える。「調教だけはやめ、ホントやめてください、お願いします、調教イヤ、調教コワイ」

「ふん」

綾辻先生は立ち上がり、冷たい目で私を見下ろした。

「立場を理解すればいい。行くぞ辻村君。車を出せ」

「……へ？」私は顔を上げた。「どちらかへお出かけですか？」

「呼び出しだ」綾辻先生は細煙管《キセル》を咥えて云った。「君達の巣、異能特務課の機密拠点にな」


綾辻は一人、異能特務課の拠点入口を潜《くぐ》った。

外見を田舎の図書館に偽装させたその施設の廊下を抜け、人のいない閉架図書室につく。

綾辻が古ぼけた白い壁の一部に手を当てて捻《ひね》ると、何もないかに思われた壁が落ちくぼみ、奥へと開いていく。

幾つもの監視装置と声紋・瞳孔《どうこう》識別機を抜け、厳重な警備員のチェックを通り抜けた後、地下へと下りる。誰もいない、薄暗く広い廊下を通り抜けると、アルミ製の巨大な扉があった。

音もなく開く扉の先には、巨大な地下図書館が広がっていた。

白い図書館だった。上階にある一般市民用の偽装図書館とは違う。天井はどこまでも高く、部屋の奥は遠くの薄闇に霞《かす》んではっきり見ることができない。儀仗《ぎじよう》兵のように整列した白銀の書架に、世界各地の貴重な書籍がぎっしり収められている。

そこには時間と、紙と、沈黙がたっぷり降り積もっていた。

綾辻は首を巡らし、周囲を見た。

入口近くの広い読書机に、一人の女性が腰掛け、本を読んでいた。

物静かな表情の女性だ。年齢は四十から五十。卯《う》の花色のニットセーターを纏《まと》い、銀の混じった黒髪を地味なヘアバンドでまとめている。装飾品の類《たぐい》は一切ない。色素の薄い瞳《ひとみ》が、本の文字を丁寧になぞっている。

図書館には、その女性が本のページをめくる音だけが響いていた。紙がめくれる音がするたびに、部屋の静けさが増していく。その女性にはどこかしら、時間と知性を固形化して閉じ込めたような印象があった。

綾辻はその女性の向かいの席に座った。

しばらく、どちらも何も云わなかった。ただ本をめくる音だけが、潮騒《しおさい》のように図書館に響いた。

「たまには外に出たらどうだ、局長」

綾辻が低い声で云った。

「ここも悪くないわ」、と呼ばれた女性は、本に目を落としたまま答えた。「それと私は局長補佐よ、綾辻君。ずっと表舞台には出てないけど、一応ね」

「そうだな。決して表に出ず、特務課を取り仕切る影のボスだ」

局長補佐は、本から顔を上げて微笑んだ。「貴方《あなた》のその辛口を聞くのも何年振りかしらね」

「五年だ」綾辻は見えるか見えないかほどかすかに唇を動かして微笑んだ。「俺の辛口が聞きたかったのか？　なら早く連絡してくれれば、幾らでも聞かせたんだが」

「そうもいかないわ」局長補佐はそっと髪をかき上げた。その右耳には、ずっと昔についたらしい小さな古傷がある。「私が生きていることを知る人間は数人しかいないわ。死んだ人間が表通りを歩いたら、みんなの心臓に悪いもの——そうでしょ?」

「ああ」

綾辻は頷《うなず》いた。そして云った。


「そうだな、辻村さん」


女性は微笑んだまま静かな目で綾辻を見たあと、本を静かに閉じた。そして云った。

「娘はどう?」

その声は広い図書館の空気を震わせ、静けさをいっそう際立たせた。

「相変わらずの暴れ馬だ」綾辻は首を振った。「次の給料と貯金を注《つ》ぎ込んで、今度は防弾仕様の四駆SUVを購《か》おうとしている。後部席に重機関銃を詰め込めるタイプだ。『今度は負けません』と意味不明に息巻いていた」

「大変そうね」女性の微笑みが深くなった。「でも、貴方に預けているから安心だわ」

「ああ。立派な召使いに仕上げてやるつもりだ」

「そんなつもりないくせに」

綾辻は何か云い返そうとして息を吸い、思い直して静かに息を吐いた。それから遠くを見た。

しばらくの間、砂漠の砂が流れるような静かな沈黙が落ちた。

「『影の仔《こ》』を潰して悪かったな」不意に綾辻が、遠くを見たまま云った。

「それがあの子の任務だったから」女性は首を振った。「心配ないわ。自律型の異能生命は、何年かすれば元通りの大きさまで成長するから」

「辻村君が、ポートマフィアの幹部に云われたそうだ」綾辻は白い机の模様を眺めながら云った。「『影の仔』からは死の臭いがすると」

女性はすぐには答えず、じっと綾辻を見つめた。

「それも当然だろうな」と綾辻は云った。「貴女《あなた》と『影の仔』は、無数の異能犯罪者や異国の異能諜報員《ちようほういん》と闘い、そのすべてを屠《ほふ》ってきた。貴女は異能戦闘のスペシャリスト——辻村君が憧《あこが》れる映画の主人公のような、本物のエージェントだった」

「そうね」女性は静かに頷いた。「でもそんな時は長く続かないものよ」

「ああ。……敵を作りすぎた貴女は、一線を退かざるを得なくなった。だから、貴女によって殺されるはずだった俺に、生存を保証する代わり偽装に協力するよう要請した。だから俺は匈圄島の殺人事件にあわせ、貴女が異能で事故死したように偽装した。まさかその謎を追って、貴女の娘が俺の元まで転がり込んでくるとは思いもしなかったがな」

「ああ見えて、娘は一度決めたら頑固だから」女性は微笑んだ。

「ああ見ようがどう見ようが彼女は頑固だ」綾辻は厭《いや》そうに云った。「辻村さん、貴女にそっくりだ」

辻村局長補佐は嬉《うれ》しそうに微笑んだ。

「だが今回は貴女の存在が有利に働いた。久保は貴女が死んだと云っていたからな。あれで奴が《技師》でないと判った。おそらく、『覚《サトリ》』に記憶を改竄《かいざん》される時、事件資料と実際の記憶が混ざってしまったのだろう」

「お役に立てて何よりだわ」辻村局長補佐は苦笑して云った。「事件の話ついでに、もうひとつ教えて。——京極は自分の計画を成就させるために探偵役を必要としていた。でもその相手に、貴方と娘を選んだのは何故？」

「それは——」綾辻は云い淀《よど》んだ。それから何かを考える仕草をした。

同じ質問を辻村にもされた。その時には答えなかった。

綾辻は目の前の女性を見た。辻村局長補佐は、あらゆる意図を見透かすような目で、じっと綾辻を見つめている。

その目に促されて、結局綾辻は諦《あきら》めたようにため息をつき、それから語りはじめた。

「一般的に、妖怪や怪異が発生する場所には法則性がある」と綾辻は云った。「異界と生活空間が交差する場所だ。井戸、橋、山麓《さんろく》——その中に、道の交差する十字路というものがある」

綾辻は机の上で手を組んだ。

「仏教の盂蘭盆会《うらぼんえ》と日本古来の行事が融合した祖先の霊を祀る行事、いわゆるお盆では、古来村の墓や十字路に線香を立てておくと、そこに先祖の霊が戻ってくると信じられてきた。また盆踊りは村の中心、すなわち十字路を中心に踊って歩く風習だった。それにある地域では、葬式があると七、八寸の竹串《たけぐし》に白い紙を差し挟んだものを村の十字路に刺しておく。これで村人は葬式があったことを知ると云う。つまり——古来十字路は、あの世とこの世の境にあたる場所だという潜在的思想があった訳だ」

辻村局長補佐は静かに頷いた。「そこまでは理解したわ。続けて」

「また『笈埃随筆《きゆうあいずいひつ》』では、京都の御所《ごしょ》の丑寅《うしとら》の方角にある十字路、つまり四辻《よつじ》には、『蹲踞《つくばい》の辻《つじ》』という名がつけられていた。馬でここを通過しようとすると、怪異によって一歩も動けなくなるという。また、死んだ妊婦の霊である産女《うぶめ》が四辻に現れる、という伝承は多い。さらに『だらし』という妖怪は辻に出て、通りかかった人間を引きずり込んで疲れ果てさせ、動けなくしてしまう。そのほかにも茨城の辻堂、鹿児島の辻神、堺発祥《さかい》の辻占いなど、四辻に関する怪異関連の伝承は枚挙に暇《いとま》がない。海外では十字路の悪魔という、魂を代償として願いを叶《かな》える悪魔の伝承もあるしな」

辻村局長補佐の表情が、にわかに曇った。何かに気づきはじめた顔だ。

だが何か云おうとする辻村局長補佐を指で制して、綾辻は続きを切り出した。

「辻が実際にあの世との境界だったのかは知らん。だが、京極がそこにこだわっていたのも確かだ。奴は宇治の橋姫や崇徳天皇のように、自らの意思で妖怪になろうとした人間に並ぶため、その発生装置には徹底的に執着していた。そして最もこだわらなくてはならなかったのが、怪異を解き明かし民間に広める礎となる役、つまり退治役にして発生源である、探偵だった」

「ちょっと待って」辻村局長補佐が、手で顔を覆いながら云った。「それじゃ……あの京極が貴方を宿敵とし、最後の計画の成就のために貴方や娘に拘泥したのは――」

「ああ、そうだ」綾辻はあっさり頷いた。

そして云った。

「俺の名は綾辻。助手の名は辻村。つまり――そういうことだ」

辻村局長補佐は呆《あき》れたように首を振った。「全く、そんなことで――」

「さて……愉《たの》しい会談だった」綾辻が椅子を引いて席を立った。「そろそろ失礼する。表に辻村君を待たせてあるからな」

「娘といえば——最後にひとつ訊いてもいいかしら」女性が綾辻に声を掛ける。「報告書で貴方、ひとつ嘘をついたでしょう」

綾辻は立ったまま辻村局長補佐をじっと見つめ、そして云った。「どの嘘だ？　心当たりが多すぎる」

辻村局長補佐はそっと微笑んだ。「『特務課の依頼を無視して逃げたのは演技。すべては使い魔を誘《おび》き出すために偽装したこと』——そう報告書には書かれていたわね。それっておかしいんじゃない？」

綾辻は答えない。遮光眼鏡の奥の目が、じっと辻村局長補佐に注がれている。

「貴方は『影の仔』が母親である私の異能だってことは知ってたわ。私が生きていることも辻村局長補佐は本の表紙を撫《な》でながら云った。「でも、『影の仔』に与えた命令のことまでは知らなかった。『娘が殺そうとした相手を、娘より先に殺せ』。——それは貴方が逃亡した後、私からの連絡が来て初めて知ったはずよ」

綾辻が、時間をかけてゆっくりと瞬《まばた》きをした。それから口を開いた。「何が云いたい？」

「こういうことよ。久保の死を調べるうち、貴方は娘が犯人にさせられていると気づいた。このままでは娘は事故死する——だから逃げた。特務課から追われると判っていてもね。つまり貴方は自分の命と娘の命を秤にかけ、娘を選んだ。違う？」

「……何の話か判らんな」綾辻は視線をそらして歩き出した。

「何の話か判らんな?」辻村局長補佐が嬉しそうに笑った。「京極と互角に戦った、かの殺人探偵が、そんな誤魔化《ごまか》し方しかできないの?」

「貴女のペースに嵌《は》まる気はない。それではな」

綾辻は靴音を響かせながら図書館の出口へと歩いていった。

綾辻が扉に手を掛けた時、辻村局長補佐が声を掛けた。

「娘を宜《よろ》しくね、綾辻君」

綾辻は振り返り、薄く笑ってから云った。

「ああ。貴女が自分と同じ名をつけた娘のことは、俺に任せておけ。それでいいな? 異能者――辻村深月殿」

二

綾辻は一人、図書館の裏口から外に出た。

眩《まぶ》しさに綾辻は目を細める。

そこは静かな駐車場になっており、出入口では辻村が待っていた。

「先生! 早かったですね。誰と会ってたんですか?」

「少し旧交を温めにな」綾辻は歩きながら簡潔に答えた。「次の探偵依頼があるそうだな?」

「はい。ついさっき連絡があって……奇妙な連続殺人だそうです」辻村は綾辻を追いかけながら、自分の手帳を広げて確認した。「何でも、さる有名な建築家が建築に関わった館で、次々に奇妙な殺人事件が起こっているとか。そこの関係者の口から、逢魔京極辻の名前が出たそうです」

「つまり——順調に増殖している奴の分身と、またやり合う訳か」

綾辻はひとつため息をつくと、移動用の車に向けて歩き出した。

車の向こうに、見覚えのある人影が見えた。

「善いことを教えよう」愉しげに車の前で待つ人物が、綾辻に向けて嗤《わら》った。「これから向かう先の事件は悪夢じゃ。儂《わし》のお気に入りの殺人鬼が、最新の密室トリックで君を待っておる」

綾辻はその言葉に視線すら向けず、車へと向かった。無視された京極が綾辻に顔を寄せた。

「これまで通り、事件解決に失敗すれば君は消される。もし助言が欲しければいつでも訊ねるといい。君の頼みとなれば断れんからのう」

「どけ」

綾辻が手を乱暴に振ると、京極の姿が一瞬でかき消えた。

「無駄じゃ。儂は唯の影じゃからな」京極は既に、車の中の後部席に出現していた。「実在せぬ幻、君の頭の中に棲《す》む架空の存在じゃ。さてさて、これからも仲良く二人で事件解決といこうではないか」

「誰が貴様などと——」

怒鳴ろうとした瞬間、既に京極の姿は消えている。もうどこにもいない。

綾辻はため息をついた。

「先生？　どうされたんですか？」運転席の辻村が、心配そうに振り返る。

「……何でもない。辻村君」

「はい？」

綾辻は黙って辻村の顔を見た。

辻村は不思議そうに綾辻を見ている。首を傾げた拍子に、前髪が頬にかかる。

綾辻は思う。

自分が持った異能は、自分の意思と関係なく周囲に死を撒《ま》き散らす呪われた異能だ。その力を得た瞬間から、己がまともな人生を送れぬことは約束されていた。これからも死と血に囲まれ、慟哭《どうこく》と怨嗟《えんさ》に囲まれた生活を送るのだろう。この命が消えるその瞬間まで。

そして京極との死闘では多くが傷つき、失われた。それはこれからも続く。京極の遺《のこ》した『悪』との闘いに勝利はない。敗北を定められた闘いを、死ぬまで続けなくてはならない。

だが。

辻村の目、母親に似た色素の薄い目が、綾辻を見つめている。

だがそれでも、これならば――。

「何でもない。柄にもないことを考えていただけだ。車を出せ」

「判りました！」

「安全運転でな」

「かっ飛ばします！　掴《つか》まっててくださいね！」

綾辻は呆れたように首を振った。

たとえ地獄があろうとも。

たとえ死が溢《あふ》れようとも。

たとえ陰謀と怨嗟の中で、削られ損なわれて溺《おぼ》れるように息絶える日が来るのだとしても——

——。

「探偵冥利《みょうり》に尽きるというものだ」

綾辻はそう云って、そっと笑った。

《了》

参考文献

『妖怪の民俗学——日本の見えない空間』宮田登（岩波書店　同時代ライブラリー　一九九〇年）
『妖怪学新考　妖怪からみる日本人の心』小松和彦（講談社学術文庫　二〇一五年）

本書は角川キャラクター小説マガジン「小説屋 sari-sari」
2015年10月号〜2016年１月号に掲載されたものを加筆・修
正し、書き下ろしを加えて書籍化したものです。

朝霧カフカ（あさぎり　かふか）
３月17日生まれ。シナリオライター。「文豪ストレイドッグス」「汐ノ宮綾音は間違えない。」「水瀬陽夢と本当はこわいクトゥルフ神話」（全て角川コミックス・エース）のコミックス原作を手がける。国内外の文豪たちが擬人化（キャラクター化）され、〈異能〉を用いて闘うバトルアクションコミック「文豪ストレイドッグス」はアニメ化も決定した人気作品となっている。自ら手掛けたスピンオフ小説として『文豪ストレイドッグス　太宰治の入社試験』『文豪ストレイドッグス　太宰治と黒の時代』『文豪ストレイドッグス　探偵社設立秘話』（全て角川ビーンズ文庫）がある。

文豪《ぶんごう》ストレイドッグス外伝《がいでん》　綾辻行人《あやつじゆきと》VS.京極夏彦《きようごくなつひこ》

2016年１月30日　初版発行
2018年４月20日　15版発行

著者／朝霧《あさぎり》カフカ

発行者／郡司 聡

発行／株式会社KADOKAWA
東京都千代田区富士見2-13-3　〒102-8177
電話　0570-002-301（ナビダイヤル）
受付時間　11:00〜17:00（土日 祝日 年末年始を除く）
https://www.kadokawa.co.jp/

印刷所／旭印刷株式会社

製本所／本間製本株式会社

ISBN 978-4-04-103730-0　C0093

「文豪ストレイドッグス」
初の劇場版アニメ
コミカライズ始動!!
『異能者連続自殺事件』の裏に潜む
「澁澤龍彦」
「フョードル」
そして「太宰」――。
「ヤングエースUP」にて連載!
無料オンラインマガジン
ヤングエースUP
YOUNG ACE UP
https://web-ace.jp/youngaceup/
文豪ストレイドッグス
[デッドアップル]
DEAD APPLE 1
漫画＝銃爺
原作＝文豪ストレイドッグスDA製作委員会
文豪ストレイドッグス
[デッドアップル]
DEAD APPLE
漫画＝銃爺　原作＝文豪ストレイドッグスDA製作委員会
©2018 朝霧カフカ・春河35/KADOKAWA/文豪ストレイドッグスDA製作委員会
コミックス❶巻　3月10日発売!!
Kadokawa Comics A　B6判／定価：(本体580円+税)
※お近くの書店に本がない場合はKADOKAWA カスタマーサポート(TEL:0570-002-301)までお問い合わせください。
※KADOKAWAオフィシャルサイトでもご購入いただけます。→http://www.kadokawa.co.jp/
※2018年3月現在の情報です。
KADOKAWA

Kadokawa Comics A

文豪ストレイドッグス外伝

綾辻行人 VS. 京極夏彦

原作:朝霧カフカ 漫画:泳与《オヨヨ》 キャラクター原案:春河35

ヤングエースUP YOUNG ACE UP にて好評連載中!!

https://web-ace.jp/youngaceup/

※2018年2月現在の情報です。

[発行]株式会社KADOKAWA

KADOKAWA

の知られざる物語を
の最強タッグで完全小説化!

武装探偵社とポートマフィ
原作×漫画
◆探偵社設立秘話
すべての序章——若き日の乱歩&福沢の推理活劇！
◆55Minutes
ヨコハマ消滅を阻止せよ——敦が時を駆ける！